Jo D. Shannon
Valérie D'Arcy

QUEEN OF WEAPONS

HEARTLESS

Dark Romance

Impressum

Jo D. Shannon und Valérie D'Arcy
c/o Jacqueline Droullier
Neulandweg 53, 42329 Wuppertal
www.jacqueline-droullier.de

1. Auflage 2020

Lektorat: K. Groth
Korrektorat: D. Mirnig
Coverdesign: Marie Graßhoff – www.marie-grasshoff.de
unter Verwendung von Bildmaterial von www.shutterstock.com/
©Avesun, ©mirnass, ©Susanitah, ©Viacheslav Matiukhin,
©Sean Pavone, ©Yuriy Zhuravov
Satz: J. Droullier
unter Verwendung von Bildmaterial von www.depositphotos.com/
©Molesko, ©abscent, ©goldenshrimp

Druck: ScandinavianBook
Vertrieb: NOVA MD GmbH
ISBN: 978-3-96698-677-9

WARNHINWEIS

Wenn du die erste Seite aufschlägst, begibst du dich in eine Welt voller Dark Romance und Düsternis. Mach dich darauf gefasst, Dinge zu entdecken, die dich schockieren könnten.

Herzen und Blümchen?

Ewige Liebesschwüre?

Gesülze und Poesie?

Fehlanzeige.

Hier erwarten dich prickelnde Szenen und zwei Protagonisten, die dem Wort Abgebrühtheit eine neue Bedeutung geben.

Skrupellose Waffenhändlerin gegen eiskalten Profikiller.

Bereit?

Folgende Inhalte könnten dich womöglich triggern:

Die Darstellung von Blut, Tod als Folge von erhöhter Gewalt und Folterungen sowie die ausführliche Beschreibung derber Sexszenen.

There will always be haters, liars and people
who want to see you fail.
Don't let them make you doubt yourself.

Be the viper.
Be your own queen.

PROLOG

UNBEKANNT

Drei Jahre zuvor …

Es ist nicht das viele Geld, das mich antreibt.

Nicht der Hass, der sich in mir festgefressen hat.

Es ist der Wille, jemanden zu töten. Der Drang, das nächste hohe Tier von der Bildfläche verschwinden zu lassen. Nicht, um die Welt zu säubern, sondern allein wegen des Adrenalinrausches. Sobald einer dieser Wichser in die Knie geht, fühlt es sich an wie dieser eine Moment beim Bungee-Jumping. Wenn ich den Schritt ins Nichts wage und schließlich im freien Fall auf die Erde zu jage.

Ich bin niemand, der es bereut, jemanden abgeknallt zu haben. Das ist nur ein Teil des Jobs, nur ein weiterer Auftrag, der erledigt wird, und mich einige Plätze auf der Konkurrenten-Abschussliste nach oben rutschen lässt. Ich habe nichts mehr zu verlieren, niemanden, der noch Teil meines Lebens wäre. Das habe ich hinter mir.

Interessiert blicke ich auf den Arsch der Nutte vor mir, die ihn mir aufreizend entgegenstreckt. Ich präge mir die Kurven ein, stelle mir vor, wie sie sich perfekt in meine Hände schmiegen würden. Die Kleine passt in mein Beuteschema: dunkelhaarig, verrucht und willig.

Sie trägt einen glitzernden String und ein mit Federn besetztes Ding um ihren Hals. Lasziv sieht sie zu mir und leckt sich über die rote Unterlippe. Eine der wenigen Frauen in den letzten Monaten, bei der ich mir Zeit lassen werde, um das Spiel zu genießen. Sie entspricht meiner Vorstellung von Geschmack. Genau wie der Club, für den sie arbeitet. Exklusiv, verborgen und nur Männern mit richtig viel Kohle vorbehalten.

Das dunkle Rot an den Wänden erinnert mich an Blut. Die schwarzen Verzierungen an den Tod.

»Du siehst aus, als hättest du Ablenkung bitter nötig«, sagt sie mit rauchiger Stimme, kommt näher und hält mir ihre Titten vors Gesicht. Ein Schwall ihres süßlichen Parfüms dringt in meine Nase. »Sie sind echt. Kostprobe gefällig?«

Ich lasse einen Eiswürfel in den Mund gleiten, stelle das Whiskyglas auf dem Teakholztisch ab und betrachte sie herausfordernd.

Das Lächeln wird breiter, ihre Hand fährt nach unten und verschwindet hinter dem dünnen Stoff ihres Strings. Sie stöhnt leise, während sie sich weiter nach vorn beugt.

Meine Kleine scheint zu verstehen, was ich von ihr will. Ich klemme den Eiswürfel zwischen meine Lippen, streiche damit über ihre aufgerichteten Nippel. Ein kleiner Fick, bevor ich jemanden umbringe, reizt mich. Ich habe nicht das Bedürfnis, es schnell hinter mich zu bringen und dann zu verschwinden. Ich will mein Opfer beobachten, es im Visier behalten, bevor ich im richtigen Moment zuschlage.

Es handelt sich schließlich nicht um einen kleinen Wichser. Wir reden hier von einem mächtigen Mafiaboss, dessen Tod weite Kreise ziehen wird. *Alles* in der Szene wird sich ändern.

Ich reize die Nutte weiter, bis der Eiswürfel völlig geschmolzen ist, verstärke den Druck an ihrem Nippel, während sie heftiger an ihrer Klit reibt. Ja, sie würde mir als Zugabe gefallen. Ich lasse abrupt von ihr ab und umfasse fest ihren Unterarm. Wir tauschen einen Blick aus … und sie versteht.

»Komm mit«, haucht sie und greift nach den Aufschlägen meines Hemdes, bevor sie mich aus dem Sessel hochzieht. Während wir in ihr Zimmer gehen, sehe ich ein letztes Mal zur Bar. Ich weiß, dass sich im Getränkelager eine geheime Tür befindet. Ich weiß auch genau, wo sie hinführt, die wochenlange Recherche hat sich ausgezahlt.

Antonio Ricciardo genießt gerade seine letzten Momente auf dieser Welt, während ich meinen Spaß mit einer dieser Schlampen habe.

Du würdest gern meinen Namen wissen, richtig? Wer ich bin und was ich vorhabe. Ich muss dich enttäuschen, es ist Teil meines Jobs, unter dem Radar zu fliegen. Schnell und skrupellos zu töten, um einen weiteren Auftrag abzuhaken.

Mein Name ist Agent 211.

Vergiss ihn nicht.

LIAM

FBI Gebäude, Atlanta

»Sie haben *einen* gottverdammten Versuch, sich bei diesem Miststück einzuschleichen.«

Special Agent Miller sieht mich herausfordernd an, sein Gesicht ist knallrot. Erbärmlich, dass der Leiter einer Abteilung seine Emotionen nicht kontrollieren kann. Vielleicht liegt es daran, dass er sich in seinen eigenen vier Bürowänden sicher fühlt und von niemandem außer mir beobachtet wird. Er hat die Hände geballt und macht den Eindruck, als würde er gleich krepieren. Die pochende Stelle an seinem Hals verrät mir, dass sein Puls in ungeahnte Höhen hinaufgeschossen ist.

»Eine Kugel soll weniger schmerzhaft sein als ein Herzinfarkt. Vielleicht sollte ich Sie von Ihrem Elend erlösen?«, sage ich seelenruhig, ohne auf seine Worte einzugehen.

Das Zucken seines rechten Lids ist ein Anzeichen dafür, dass er mich am liebsten auf der Stelle umlegen würde. Aber er braucht mich, das ist ihm bewusst.

»Lassen Sie den Scheiß, Hunter. Wir haben keine Zeit für Ihre Spielchen. Nicht mehr.«

Diese Viper scheint seinen Verstand zu ficken. Drei Agents in drei Monaten, die dank der mörderischen Waffenhändlerin ihr Leben gelassen haben. Wer hätte auch ahnen können, dass sie dieses Imperium mit der Zielgenauigkeit einer Giftschlange leiten würde? Ausgerechnet sie, die bis zum Tod ihres Vaters unter dem Radar geflogen ist. Andererseits ist Miller selbst schuld. Es ist dämlich, Aufträge an Schwächlinge zu verteilen, die keine Ahnung von dem Business haben.

Ich lächle süffisant. »Schon wieder einen verloren, Miller? Wer war es dieses Mal? Der neue Wunderjunge Blake?«

Er verengt die Augen zu Schlitzen. »Ihr arrogantes Gehabe können Sie sich in den Arsch stecken. Nehmen Sie den Auftrag an oder nicht?«

Ich genieße es, mit ihm zu spielen und seine Angst um die Arschsitzerposition auszunutzen. »Was haben Sie im Sinn? Mich einzuschleusen?«

»Es gibt mehrere Clubs in Atlanta, die von einem Italiener übernommen worden sind, der mit Di Salvo in Kontakt stand. Wir gehen davon aus, dass sie die Buden für ihre Geschäfte nutzt.«

Was für ein Bullshit. Typen wie Special Agent Miller haben keine Ahnung, wie es im Untergrund läuft. Sie können noch so viele weichgespülte Undercover-Agents aus behütetem Zuhause einschleusen. Keiner von ihnen wird das sehen, was ich sehe. Erst, wenn man im Dreck aufgewachsen ist, weiß man, was es heißt wirklich schmutzig zu sein. »Wir gehen davon aus? Sehr vage Informationen.«

»Bei sämtlichen Razzien haben wir nichts gefunden und sie ist nicht als Eigentümerin der Clubs aufgelistet, sondern so ein kleiner Wichser namens Riccardo Messina. Mehr haben wir nicht. Sie ist wie ein verdammter Geist.«

Ich hebe eine Augenbraue. »Oder intelligenter als das FBI.«

Wir tragen mit Blicken einen stummen Kampf aus. Ich ignoriere das Lodern in seinen Augen, mein Lächeln wird breiter. »Wie viel ist Ihnen die Auslieferung der Viper wert?«

Jetzt sieht er weg und stützt sich am Rahmen des verspiegelten

Fensters ab, sein Atem kommt stoßweise. Miller weiß genau, was er zu verlieren hat. Seinen Job. Und um den zu behalten, würde er seine Seele verkaufen. In diesem Fall an den Teufel höchstpersönlich. Das wäre dann wohl ich.

Liam Hunter, ehemaliger Navy Seal und nun der Mann, bei dem das FBI auf den Knien angekrochen kommt, wenn die Vollidioten alias Agents scheitern. Ich existiere offiziell nicht als einer ihrer Agents … man könnte mich eher als einen Berater betrachten.

»Was wollen Sie?«, fragt er ungeduldig. »Einen Bürojob? Eine Ehrenmedaille? Ein-«

»Also wirklich, Miller, Sie enttäuschen mich. Glauben Sie ernsthaft, mich interessieren ein verfickter Bürojob oder eine Medaille?«

Ich platziere den Fuß auf meinem Oberschenkel und lehne mich zurück, bevor ich meine Finger aneinanderlege. Ich weiß, dass ihn das rasend macht. Wie sehr ich es genieße, dieses Arschloch um den kleinen Finger zu wickeln. Selbst nach über neun Aufträgen für das FBI, die selbstverständlich geheim gehalten werden, hat er es noch immer nicht gelernt, mich besser nicht zu provozieren. Ich arbeite nicht für diese Wichser, ich biete ihnen lediglich meine Dienste an. Dabei entscheide ich selbst, ob mein nächstes Opfer mich einer bestimmten Sache näherbringt oder nicht. Alecta Di Salvo ist eine einflussreiche Waffenbraut, die das FBI mehr als einmal zum Narren gehalten hat. Durch sie könnte ich an Informationen gelangen, die wichtig für mich sind.

»Was wollen Sie dann?«, presst er hervor und ich schenke ihm ein schmales Lächeln.

»Akte 402.«

Interessanter Wechsel von rotem zu bleichem Gesicht. Er schluckt sichtbar.

»Das kann ich nicht und das wissen Sie.«

»Wirklich? Nach meinem ersten Auftrag sagten Sie, ich muss mich zuerst beweisen. Ich denke, dass ich für den zehnten Auftrag ein Präsent verdient habe. Sie wissen doch, wie schnell eine Akte in dem Archiv verloren gehen kann. Ihre Entscheidung, Miller: Akte gegen Vipers Kopf, von mir aus bringe ich Ihnen auch Ihre Titten als Beweisstück.«

»Sie verdammter Wichser«, knurrt er.

»Es hat lange gedauert, bis Sie eins und eins zusammengezählt haben. Kommen Sie, Akte 402 ist es Ihnen nicht wert, dass Sie einen Orden an die Brust gepinnt bekommen, ohne dafür einen Finger krumm machen zu müssen?«

Ich brauche diese Akte. Mehr als alles auf dieser Welt. Leider ist sie besser bewacht als unser Präsident und sämtliche illegale Versuche, an sie zu gelangen, sind zum Scheitern verurteilt.

Aber das spielt alles keine Rolle, wenn ich heute einen Deal abschließe. Wenn man eine Ahnung von Körpersprache und psychologischer Kriegsführung hat, kann es so einfach sein, das Gegenüber in die Knie zu zwingen. Egal welche Position Miller haben mag, er ist zu menschlich, zu wenig abgebrüht. Das kommt davon, wenn man durch Beziehungen an Jobs kommt, die einem nicht liegen. Und ich bin jemand, der sehr geduldig ist. Ich warte. Wie die Spinne auf ihre Beute. Ich lasse sie mehrmals landen, verharre so lange, bis sie sich in Sicherheit wiegt – dann schnappt die Falle zu.

Verloren, Miller.

»Was haben Sie mit der Akte vor? Gerechtigkeit erwirken?«, fragt er und lacht höhnisch, was ihn in meinen Augen noch erbärmlicher macht. »Sie sind noch blauäugiger, als ich dachte. Glaubt jemand wie Sie wirklich an Gerechtigkeit?«

Ich beuge mich nach vorn und stütze mich mit den Händen an der Sessellehne ab. »Es gibt keine Gerechtigkeit auf dieser Welt, Miller. Aber es gibt Rache. Und ich werde derjenige sein, der diesem Wort eine völlig neue Bedeutung geben wird.«

Er fährt sich über seinen Dreitagebart. »Sie werden dabei draufgehen.«

Ich hebe eine Augenbraue. »Sagt jemand, der Anfänger einstellt und sie auf die Viper hetzt?«

»Treiben Sie es nicht zu weit, Hunter«, zischt er und wirft mir einen Blick zu, der wohl eine letzte Warnung darstellen soll.

Eine Zornesfalte bildet sich auf seiner Stirn. Ich kann mir ausmalen, wie gern er die Viper persönlich in ihre Gefängniszelle begleiten will. Miller will sich von keiner Frau auf der Nase herumtanzen lassen. Wahrscheinlich ist er deswegen nicht verheiratet. Allerdings kenne ich ein kleines Geheimnis von ihm, das mir irgendwann nutzen könnte.

»Deal. Sie bekommen die Akte, wenn Sie mir Informationen über die Viper liefern. Und anschließend bringen Sie sie zu mir. Lebendig oder mausetot, Hauptsache hierher«, knurrt er und gibt ein Geräusch von sich, das klingt wie ein verletztes Tier.

Ja, du hast verloren.

Und es wird nicht das letzte Mal sein.

»Wenn Sie es nicht schaffen, sich bei ihr einzuschleichen, um an brisante Informationen zu gelangen, werden Sie sie umbringen. Egal, wie«, setzt er nach und richtet seine Krawatte.

Ich lächele gelangweilt. Glaubt er allen Ernstes, dass er mir meinen Job erklären muss? Ich sitze nicht den ganzen Tag auf meinem faulen Arsch und koordiniere unfähige Agents. Ich töte Menschen. Schnell, radikal und ohne jemals Spuren zu hinterlassen. Mein Jagdinstinkt erwacht zum Leben und lässt das Adrenalin durch meine Adern pumpen.

Eine skrupellose Waffenhändlerin stand nie auf meiner Liste. Wird Zeit, dass sich das ändert.

»Haben Sie verstanden, Hunter? Ich würde mich nicht darauf verlassen, dass Ihnen die Viper mehr als einen Versuch gibt, sie zu beseitigen.«

Ich stehe auf und sehe ihn desinteressiert an.

»An Ihrer Stelle würde ich die ganzen Anfänger aussortieren«, gebe ich zurück und werfe ihm einen eiskalten Blick zu. »Denn ich brauche nur einen.«

Mit der dünnen Viper-Akte in der Hand sitze ich in einem leeren Verhörraum. Mein Blick gleitet zu der verspiegelten Wand. Natürlich steht dort hinten jemand. Miller würde mich hier niemals mit der wichtigsten Akte seiner Karriere allein lassen.

Alecta Di Salvo entscheidet darüber, wie es mit ihm weitergeht.

Ich nehme einen Schluck vom Espresso und klappe sie auf. Viele Informationen scheinen sie nicht gesammelt zu haben. Auf der ersten Seite finde ich mehrere Bilder einer kleinen, schwarzhaarigen Schlampe. Sie trägt immer dunkle Kleidung, hat lange Haare und eine schmale Statur.

Es ist nicht ihr Aufzug, der mir ins Auge springt, sondern ihr Blick, der zu dem strengen Zug um ihre Lippen passt. Auf keinem der Bilder kann ich Angst aus ihrer Mimik ablesen. Könnte eine abwechslungsreiche Jagd werden, wenn die kleine Mafiabraut kein Angsthäschen ist.

Die Fotos sehen aus, als wären sie irgendwo privat geschossen worden. Jemand, der sie verraten wollte? Sie sitzt in einem altmodisch eingerichteten Büro, an der Wand hängt ein Kinderfoto. Ein Mädchen mit schwarzen, dichten Locken, das auf dem Schoß eines Mannes sitzt. Es ist nur ein kurzer Moment, in dem mich die Vergangenheit mit voller Wucht erfasst. Ein durchdringender Schmerz, der durch meine Brust jagt und mich daran erinnert, was ich verloren habe. Ich balle die Faust und presse die Lippen aufeinander.

Das Vergangene kann ich nicht mehr beeinflussen. Die Zukunft schon. Ich blinzele gegen den Schatten vor meinen

Augen und blättere auf die nächste Seite. Mein Blick fällt auf die Kurzbeschreibung.

Name: Alecta Di Salvo
Alter: unbekannt (geschätzt: zwischen 25-30)
Kinder: unbekannt
Vater: Giuseppe Di Salvo, Waffenhändler, Verweis auf Akte 593 – eliminiert.
Mutter: unbekannt
Größe: ca. 1,68m
Gewicht: ca. 55kg
Letzter bekannter Aufenthaltsort: Seattle
Derzeitiger vermuteter Aufenthaltsort: Atlanta

»Atlanta? Was willst du denn hier, Süße? Kein lukrativer Ort, um Waffen zu verscherbeln.«

Ich blättere durch die restlichen Seiten, aber viel scheinen diese Typen hier nicht herausgefunden zu haben. Wundert mich jedoch nicht. Bei dieser Frau handelt es sich um ein anderes Kaliber als die üblichen mittelgroßen Kriminellen, mit denen sich das FBI brüstet. Anscheinend hat ihr Daddy sie gut auf seine Geschäfte vorbereitet, wenn die Agents, die ihr zu nahe kommen, krepieren wie angeschossene Menschen in einem Piranhabecken.

Ich hätte nicht gedacht, dass mich diese Frau so interessieren könnte. Sie scheint jetzt schon mehr zu sein als ein schlichter Auftrag, der mich näher an mein Ziel bringt.

»Ich freue mich auf dich … Alecta«, flüstere ich und lege die Akte zur Seite. Das bedeutet, die Zelte hier abzubrechen und mich auf eine neue Jagd zu begeben.

Ich blicke hinauf zur Decke. Nur einen Raum oberhalb befindet sich Millers Büro.

Du denkst, deine Schuld sei beglichen, wenn du mir die Akte gibst?

Du denkst, ich bin einer der kleinen Scheißer, die du herumkommandieren kannst?

Du hättest mich nie aus meiner persönlichen Hölle holen sollen.

ALECTA

Langsam schwenke ich das Weinglas und beobachte, wie die rote Flüssigkeit sich bewegt. Rot, die Farbe der Liebe, des Feuers und der Verdammnis. Es sieht aus wie Blut. Erinnerungen steigen in mir hoch, zeigen mir Bilder, die ich am liebsten vergessen will, mich aber bis zu meinem letzten Atemzug begleiten werden.

Mein Vater, sein lebloser Körper in den Armen einer schreienden Hure. An jenem Abend brach das Leben, wie ich es kannte, in sich zusammen. Mein Vater, der eine andere Frau als meine Mutter vögelte und sie vor den Augen der Welt hinterging. Mein Vater, der in seinem eigenen Club ermordet wurde. Mein Vater, der mich nicht richtig auf meinen Job vorbereitet hat.

»Miss Di Salvo?«

Blitzschnell greife ich unter den Petticoat meines schwarzen Kleides, ziehe den vergoldeten Revolver aus dem Halfter und richte den Lauf auf die Stirn meines Leibwächters. Ich hasse es, überrascht zu werden. Denn jede Überraschung in meinem Leben hat etwas mit Verrat, Tod oder Folter zu tun gehabt.

»Irgendwann, Riccardo«, sage ich mit warnendem Unterton, »hast du eine goldene Kugel in deinem Schädel.«

»Ich würde sie mit Freude empfangen, Miss Di Salvo«, erwidert er, ohne mit der Wimper zu zucken. Seufzend stecke ich die Waffe zurück, lehne mich gegen die Polster der Couch und betrachte ihn. Seit zehn Jahren weicht er nicht von meiner Seite. Er ist einer der Wenigen, denen ich mein Leben anvertraue.

Riccardo hat die Statur eines Ochsen, groß und muskulös. Allein seine Erscheinung sorgt dafür, dass sich einige Männer vor Angst in die Hose pissen. Seine schwarzen Haare sind bis auf wenige Millimeter geschoren, das kantige Kinn ist glatt rasiert. Den Hubbel auf seinem Nasenrücken hat er mir zu verdanken, da er sich nicht nur als Leibwächter, sondern auch als Trainingspartner hervorragend eignet. Seine Haut hat eine sonnengebräunte Farbe, wie meine, sofern man sie unter der schwarzen Tinte seiner zahlreichen Tätowierungen ausmachen kann. Indem er sich offiziell als Besitzer dieses und anderer Clubs ausgibt, kann ich unbemerkt die Geschäfte meines Vaters weiterführen. Man könnte ihn quasi als meinen Schutzschild beschreiben, in allen möglichen Situationen.

Lächelnd genehmige ich mir einen Schluck Wein. Wenn Rache nur auch so süß schmecken würde. Ich werde nicht eher ruhen, bis ich den Mörder meines Vaters gefunden habe. Den Scheißkerl, der ihm hinterrücks eine Kugel ins Herz gejagt hat. Wie ein Feigling.

Um mich von meinen Gedanken abzulenken, erhebe ich mich und schreite zu dem großen Fenster, das mir einen hervorragenden Blick auf den Raum unter uns bietet. Ich liebe diesen Club. Hierher kommen Menschen, die einfach nur Spaß haben wollen. Kein Sex, keine Drogen, nur tanzen, singen und feiern bis in die frühen Morgenstunden, und das alles unter dem Motto der fünfziger Jahre. Es kommt einer Zeitreise verflucht nahe. Währenddessen dienen die Räumlichkeiten hier oben meinen geschäftlichen Zwecken. Viele haben mich davor gewarnt, mich in Atlanta niederzulassen. Doch es hat sich schon des Öfteren bewährt, sich vor den Augen seines Feindes zu positionieren. Das Offensichtliche wird gern übersehen.

»Warum bist du hier, Riccardo?«

»Mrs. Di Salvo ist eingetroffen.«

Meine Augen verengen sich zu schmalen Schlitzen. »Und du lässt meine Mutter einfach draußen warten?«

Er neigt den Kopf, eilt zur Tür und öffnet diese. Meine Mutter kommt herein stolziert und strahlt dabei etwas aus, das in der Vergangenheit viele Leute respektvoll erstarren ließ. Mich beeindruckt ihre Aura jedoch schon lange nicht mehr.

Mutter reicht mir nur bis zur Schulter und dabei bin ich selbst nicht gerade groß. Die grauen Strähnen in ihren Haaren versucht sie ständig, mit schwarzer Farbe zu übertünchen, doch so ganz ist es ihr dieses Mal nicht gelungen. Seit Vaters Tod hat sie merklich abgebaut. Ihre Haut ist blass, ihre Augen müde und ihr Körper viel zu dürr, auch wenn sie sich krampfhaft darum bemüht, sich nichts anmerken zu lassen.

»Mama«, begrüße ich sie mit einem Lächeln und hauche ihr einen Kuss auf die Wange.

Sie betrachtet mich von oben bis unten und lächelt traurig. »Du siehst umwerfend aus, mein Schatz. Dein Vater wäre so stolz auf das, was du in seinem Namen geschaffen hast.«

Statt auf ihre Bemerkung einzugehen, führe ich sie zur Couch und setze mich neben sie, ihre Hände immer noch fest umschlossen. Meine Mutter ist eine starke Frau, starrsinnig, aber dennoch herzensgut. Letzteres kann ich mir nicht leisten. Nicht nach dem Desaster mit den Agents. Ich muss vorsichtig sein, ein Fehltritt und es ist aus. Auch wenn das FBI noch immer im Dunkeln tappt, irgendwann werden sie den verdammten Lichtschalter finden. Und dann muss ich vorbereitet sein.

»Du denkst zu viel.« Lucrezia drückt meine Hand und bringt mich damit zurück in die Realität. Ich hasse es,

Gefühle zu zeigen, und ich weiß, dass Mutter schwer mit meiner Eigenart umgehen kann. Dabei sollte sie wissen, dass sie der wichtigste Mensch in meinem Leben ist. Der Einzige, der mir aus meiner Familie geblieben ist. »Möchtest du etwas Wein?«

Ich warte nicht auf ihre Antwort, greife nach einem leeren Glas auf dem Sideboard und schenke ihr ein. Dankbar nimmt sie es entgegen und stößt mit mir an.

»Auf tote Verräter«, sage ich.

Sie lächelt. »Auf das Vermächtnis deines Vaters.«

Manchmal frage ich mich, ob es sie nie gestört hat, dass ihr Mann, Giuseppe Di Salvo, berühmt berüchtigter Waffenhändler, am laufenden Band sexuellen Kontakt mit anderen Frauen hatte. Ich bin sicher nicht prüde und habe hin und wieder einen Kerl in mein Bett gelassen – nach ausreichender Überprüfung, versteht sich. Aber ich bin noch weit von einer Ehe entfernt. Eine Beziehung kann ich nicht gebrauchen, von Kindern will ich überhaupt nicht reden. Denn die haben in meiner Welt nichts verloren.

Ich sehe an mir selbst, wie furchtbar das Leben auf der Abschussliste sein kann. Aus diesem Grund hat mein Vater meine und Mutters Existenz immer vor der Öffentlichkeit geheim gehalten. Bis ich mit fünfundzwanzig Jahren von einem Tag auf den anderen ins Rampenlicht gerückt bin. Ich stelle mir manchmal vor, dass er sich deshalb in Bordellen rumgetrieben hat, statt ein glückliches Familienleben nach außen zu zeigen. Um seinen Ruf und vielleicht auch uns zu schützen. Was keinen Wert hat, kann einem auch nicht weggenommen werden. Doch wer das denkt, glaubt auch noch an Santa Claus.

»Der Wein ist furchtbar. Hast du keinen besseren Jahrgang?« Angeekelt stellt meine Mutter das Glas zurück auf den kniehohen Tisch vor der Couchgarnitur.

»Unten an der Bar soll es hervorragende Cocktails geben«,

schlage ich stattdessen vor, weil mich der Wein doch zu sehr an Vaters Blut erinnert. Und sie hat recht, er schmeckt … eigen.

»Nein danke, ich gehe jetzt lieber«, sagt sie und lacht verhalten. »Ich wollte nur kurz nachsehen, ob alles gut verlaufen ist. Du weißt, dass ich mir immer Sorgen um dich mache.«

Dass sie überhaupt hier ist, wundert mich. Sie kann Menschenmengen nicht ausstehen, verbringt die Tage lieber allein in der Villa, die uns als Unterschlupf dient. Eigentlich gehört sie einem russischen Milliardär, der einen guten Deckmantel für unsere Identität bietet. Vaters zahlreiche Kontakte machen es mir leichter, unbemerkt zwischen den Menschen zu leben. Dennoch haust meine Mutter lieber im Schatten. Nur ab und zu sehnt sie sich nach ein bisschen Gesellschaft. Aber nur kurz, bis sie sich vergewissert hat, dass ich noch lebe. So wie heute.

»Du weißt, dass ich auf mich aufpassen kann. Und ich bin niemals allein.« Ich erhebe mich und begleite sie zur Tür, die Riccardo bereits aufhält und hinter der fünf meiner Männer warten. Gekleidet in schwarze Anzüge, die Waffen verborgen unter den Jacketts. »Sei vorsichtig, Mama«, murmele ich und drücke ihr einen Kuss auf die Stirn. »Alexander wird dich begleiten.«

Sie nickt, nimmt gemeinsam mit dem angesprochenen Leibwächter die schmale Treppe hinunter zum Hinterausgang. Ich sehe ihr nach, bis sie aus meinem Sichtfeld verschwunden ist. Dann wende ich mich der Treppe zu, die in die andere Richtung führt, hinab zur Tanzfläche. Die Übergabe der Waffen heute Morgen in Minneapolis ist laut meinem Händler ohne Zwischenfälle über die Bühne gegangen. Die harte Arbeit der letzten Monate hat sich ausgezahlt. Und ich habe mir einen freien Abend verdient.

»Haltet euch im Hintergrund«, weise ich Riccardo an, der mir folgt. »Ich möchte eure Anwesenheit nicht bemerken. Vor allem will ich nicht, dass jemand denkt, jemand Wichtiges befindet sich heute in diesem Club.« Ohne seine Antwort abzuwarten, schreite ich die Stufen hinunter und mische mich unauffällig in die tanzende Meute. Männer und Frauen der Oberschicht, die sich für einen Abend dem Rock'n'Roll hingeben wollen, umgeben mich. Gerade drehen sie sich zu *Rock around the Clock* von Bill Haley & his Comets im Kreis oder lassen sich von meiner Kellnerin Merita die Getränke bringen. Ich schiebe mich durch die Menge, bis zur Bar und ziehe mich auf einen Hocker.

Luca sieht mich sofort und nickt mir grinsend entgegen. Ich muss zugeben, ich schaue dem gutaussehenden, blonden Kerl wirklich gern beim Cocktailmixen zu. Er hat eben nicht nur als persönlicher Berater hervorragende Qualitäten vorzuweisen.

»Einen Cosmopolitan für Sie, nicht wahr, Miss?«, säuselt er, wirft sich ein Handtuch lässig über die linke Schulter und lehnt sich gegen die Theke.

Ich genehmige mir einen Schluck und lasse mir den säuerlichen Wodka-Limetten-Cranberry-Mix auf der Zunge zergehen. »Du weißt, was eine Lady braucht«, seufze ich zufrieden. »Du bist ein Cocktail-Gott, Luca.«

Er grinst frech. »Ich bin nicht nur ein guter Barkeeper, Miss.«

Dem kann ich nicht widersprechen. Luca Corrazzo ist mütterlicherseits Deutscher, weswegen er durch seine hellen Haare aus meiner *Familie* hervorsticht, und seine Cocktails verursachen einen Orgasmus auf der Zunge. Im Bett ist er auch nicht übel. Diese Fähigkeiten und seine Bereitschaft zur Verschwiegenheit machen ihn zu einem unwiderstehlichen Mitarbeiter.

»Nein, du hast viele Qualifikationen«, gebe ich zu, richte seine Fliege und ziehe an einem seiner Hosenträger. Er springt zurück, klatscht gegen seine Brust.

Luca zieht scharf die Luft ein. »Meine Schicht endet um zwölf.«

Langsam erhebe ich mich, beuge mich über den Tresen, bis unsere Gesichter sich fast berühren. »Sei pünktlich«, fordere ich und beiße ihm ins Ohrläppchen. Lachend weiche ich zurück, rutsche vom Barhocker und greife schwungvoll nach meinem Getränk. Ich zwinkere ihm zu, ehe ich mich abwende und zwischen den Tanzenden verschwinde. Das gewöhnliche Mädchen zu mimen liegt mir im Blut.

LIAM

Eines muss ich Di Salvo lassen.

Er war schlauer als gedacht und hat seine Tochter völlig im Verborgenen gehalten. Keine Geburtsurkunde, keine Dokumente, die man mit ihr in Verbindung bringen könnte, nur die wenigen Fotos, die dem FBI vor drei Jahren übergeben wurden. Seither wurden keine neuen geschossen, sie könnte ihr Aussehen komplett verändert haben.

Alecta ist erst nach seinem Tod auf der Bildfläche erschienen. Als ob sie vorher nicht existiert hätte. Ich wische mit dem Finger über das Tablet. Sage und schreibe vierzehn Clubs in Atlanta, die alle diesem Riccardo Messina gehören.

»Wo versteckst du dich, Süße?«, flüstere ich, während ich das Bild von ihr neben das Tablet halte. Ich warte in einer dunklen Seitenstraße in meinem Wagen auf meinen Kontaktmann.

Dumm nur, dass das FBI nicht die Insider hat, die ich habe. Korrupte Menschen, die für einen Gefallen oder Geld ihre Mutter verkaufen würden. Korrupte Menschen, die *ich* in der Hand habe. Wenn man in der Gosse aufwächst, lernt man die Abgründe dieser Menschheit kennen. Ihre dunkelsten Begierden, ihre Schwachstellen. Ich rutschte in die Netzwerke des Untergrunds, zu denen das FBI niemals Zugriff bekommen würde. Dadurch hat es jetzt nur vier

Wochen gedauert, bis ich endlich den richtigen Kontaktmann erwischt habe, aber Geduld macht sich immer bezahlt.

Als sich die Autotür meines Mustangs öffnet und sich jemand auf den Beifahrersitz wirft, verdunkle ich das Tablet und sehe die Gestalt an.

»Ich habe, was Sie wollen«, knurrt der Typ und hält sein Gesicht unter einer Kapuze verborgen. Keine lästigen Höflichkeiten, keine Begrüßung, so gefällt mir das.

Ich strecke die Hand aus und warte stumm. Mein Kontaktmann zieht scharf Luft ein und hält mir einen Zettel hin.

»Was ist das?«

»Die Adresse des Clubs, in dem sie sich gerade aufhält.« Die Worte klingen, als hätte er einen Frosch im Hals. Als würde es ihn beinahe umbringen, ihren Aufenthaltsort zu verraten.

»Quelle?«

Er ballt die freie Hand zur Faust, gleichzeitig beginnt sein Bein nervös zu zucken. »Mein Schwager.«

»Mehr Infos«, knurre ich, greife nach der Glock unter dem Fahrersitz und halte sie ihm an die Schläfe. »Ich habe wirklich keinen Bock, dass mir dein Blut mein Armaturenbrett versaut. Der ganze Scheiß hängt mir immer wochenlang in der Lüftung. Also … mehr Informationen.«

Er schweigt nur kurz, ehe er die Luft in einem langen Atemzug ausstößt. »Der Barkeeper spielt eine wichtige Rolle im Leben dieser Schlampe. Mein Schwager arbeitet in diesem Club als Türsteher.«

Ich grinse. »Sicher?«

»Ja … sicher«, stammelt er.

»Wenn du mich verarschst, ramme ich dir das Scheißding so weit in den Arsch, dass du dir wünschst, ich hätte dich heute und hier in meiner Karre erschossen«, erwidere ich leise und drücke die Waffe noch einmal mit Nachdruck gegen seine Schläfe.

»Ich lüge nicht.«

»Besser für dich.«

Das erste Mal, seit er ins Auto gesprungen ist, sieht er mich an. Seine Augen liegen tief in den Höhlen und der Kokskonsum ist ihm deutlich anzusehen. Zerstörte Nasenscheidewand und spitz hervorstehende Wangenknochen. Wir alle sind Opfer irgendeiner Sucht. Er braucht das Koks, ich das Morden. Der Unterschied in den beiden Dingen liegt in den Konsequenzen.

»Ist meine Schuld jetzt beglichen?«

Ich beschließe, das Stück Scheiße zu entlassen. »Wenn ich sicher bin, dass du die Wahrheit sagst, dann ja.« Ich deute mit dem Kopf zur Beifahrertür, bevor ich die Waffe wieder in der Jackeninnentasche verschwinden lasse. »Verpiss dich.«

»Viel Glück mit der Schlampe«, knurrt er und verschwindet aus dem Wagen. Ein Teil seiner Lebensenergie scheint zurückgekehrt zu sein, aber Typen wie er begehen immer wieder denselben Fehler: sie überschätzen ihre Fähigkeiten.

Ich starre auf die Adresse. Es gibt eine Übereinstimmung mit einem der vielen Clubs, die diesem Riccardo gehören. Sämtliche Razzien haben nie zu etwas geführt. Entweder verstecken sie die Braut wirklich so gut oder sie hat auch in dieser Abteilung ihre speziellen Freunde, die sie vorwarnen. »Also gut, Süße, es wird Zeit, dich kennenzulernen.« *Und deinen Barkeeper, der dir so am Herzen liegt.*

Ich stecke den Zettel in die Mittelkonsole, lege den Gang ein und fahre los. Wie kommt man am besten an eine gesuchte Person des FBI heran, die sich scheinbar wie ein Geist bewegt? Vorfreude durchströmt mich, ich umschließe das Lenkrad fester und trete auf das Gas. Das ist der erste Auftrag nach Monaten, der mich reizt. Er ist anders, schwieriger … interessanter.

Eine halbe Stunde später parke ich den Wagen zwei Querstraßen entfernt, verstaue meine Glock in der Innentasche meiner Jacke und gehe zu Fuß zum Club. In der Nacht erwacht die Partygesellschaft Atlantas zum Leben, Alkohol fließt in Strömen, es wird gefeiert und getanzt. Für mich ist die Nacht die beste Zeit, um auf die Jagd zu gehen, die Schwäche der Menschen auszunutzen und an Informationen zu gelangen, mich unsichtbar zwischen ihnen und ihren Promillepegeln zu bewegen.

Auf der gegenüberliegenden Seite werfe ich einen Blick auf die blinkende Schrift der besagten Adresse.

»Was zur Hölle?«, flüstere ich und kneife die Augenbrauen zusammen. »Ein Fifty's Club? Ich dachte, du hättest mehr Stil.«

Kopfschüttelnd überquere ich die Straße und gehe im Kopf meinen Plan durch. Ich muss mich nur auffällig genug verhalten, um die Aufmerksamkeit einer Mafiabraut auf mich zu ziehen, ohne von ihren Schoßhündchen abgeknallt zu werden. Ein schmaler Grat.

Der Türsteher baut sich vor mir auf, als ich auf den Eingang zusteuere. Der Vorteil von langweiligen Fifty's Clubs – sie sind nicht so gedroschen voll wie die Hotspots der Stadt, deswegen braucht es nicht mehrere Türsteher. Jackpot. »Kein Eintritt. Falsche Kleidung«, grunzt er und deutet herablassend auf mich.

Ich blicke auf die schwarze Jeans und die Lederjacke. »Was passt dir daran nicht?«

Er zeigt auf die blinkende Schrift über sich. »Fifty's Club, Alter. Wir erwarten einen gewissen Kleidungsstil.« Er grinst mich an, wobei mir ein glitzernder Zahn entgegenleuchtet. So eine Pussy. Die Waffe in der Innenseite meiner Jacke zu benutzen, ist verdammt verlockend, aber die Show wird erst im Inneren stattfinden.

Ich mustere ihn eingehend von oben bis unten. Zucke mit den Schultern und noch ehe er verstanden hat, was das sollte, balle ich die Hand zur Faust, hole aus und verpasse ihm einen gezielten Schlag gegen den Hals. Der Kerl bricht sofort in sich zusammen, als hätte man der Marionette die verdammten Schnüre gekappt. Die Halsschlagader ist eine empfindliche Stelle. »Zum Glück musst du auf deiner Beerdigung deine eigene Kleidung nicht aussuchen.« Es reicht, wenn er ein paar Minuten bewusstlos ist. Ich richte den Kragen meiner Lederjacke und betrete den Club. Lichtpunkte tanzen an den Wänden, grässliche Musik dringt an meine Ohren und ich beschließe in diesem Moment, den Prozess zu verkürzen. Wie passend, dass es ein Nichtraucherlokal ist und Rauchmelder an den Decken hängen.

Schwitzende Körper reiben sich aneinander, Röcke werden beim Tanzen in die Luft geschleudert. Scheiße, Alecta, das kann nicht dein Ernst sein, ein verdammter Puff wäre mir lieber gewesen. Die Bar ist schummrig beleuchtet, aber es reicht aus, um mir einen Überblick über die Situation zu verschaffen. Unauffällig positioniere ich mich hinter zwei tratschenden Weibern und halte Ausschau nach Bodyguards oder bewaffneten Typen, die für die Mafiabraut arbeiten.

Mein Blick fällt auf zwei Kerle, die am Absatz einer Treppe stehen und die Hände vor ihren Eiern verschränkt halten. Der Barkeeper, der die Cocktails mischt, nickt einem völlig in schwarz gehaltenen Kerl zu, der an der Jukebox hantiert. Eine Kellnerin huscht mit einem gepunkteten Kleid durch die Menge, ihre schwarzen Locken wippen mit ihren Schritten mit.

Alecta scheint keine Armada an Bodyguards zu besitzen, aber aus eigener Erfahrung weiß ich, dass drei top ausgebildete Söldner auch ausreichen.

Genervt von der lauten Musik verschwinde ich in eine nicht besetzte Ecke, zünde eine Zigarette an und blase den Rauch nach oben. Es reichen drei Züge, bis sich das Schrillen der Rauchmelder zu den anderen Geräuschen gesellt. Ich werfe die Kippe zu Boden und warte auf meinen Moment.

»Lauft nur«, brumme ich und grinse, als die ersten Tussen

kreischend den Laden verlassen, gefolgt von Typen, die sich genauso jämmerlich wie ihre Weiber aufführen. Ich beobachte genau, wer wohin verschwindet und es ist verdammt auffällig, dass sich ein bulliger Mann in die Menge mischt und nach einer Frau greift, die er beschützend an sich zieht. Er sieht dem Bild vom FBI überraschend ähnlich, ich vermute, es ist dieser Messina.

Während die Leute nach draußen stürmen, platziere ich mich hinter einer Säule und behalte diesen Leibwächter im Blick. Die Frau schüttelt gerade genervt seinen Arm ab und folgt ihm mit gerunzelter Stirn von der Tanzfläche. Ich bin mir nun sicher, dass sie Alecta Di Salvo ist, obwohl sie nur wenig Ähnlichkeiten mit derjenigen auf den Fotos hat. Doch ihre Ausstrahlung, die Furchtlosigkeit und der Stolz sind einfach unverkennbar. Sie ist heiß. Verdammt heiß. In dem Moment treffen sich unsere Blicke und sie kneift die Augenbrauen zusammen.

»Hey! Raus hier«, brüllt mir jemand von der Seite zu. Ich wende mich kurz von der Mafiabraut ab. Ein Typ im schwarzen Anzug kommt auf mich zugeschossen, er hält keine Waffe in der Hand, aber ich bin mir sicher, dass er eine unter seinem Jackett versteckt.

»Sagt wer? Du kleiner Möchtegern-Security?« Ich weiß, dass mir nicht viel Zeit bleibt. Erst recht nicht, weil Messina im Begriff ist, mit meiner Beute zu verschwinden.

»Raus mit dir«, schießt er nach und baut sich vor mir auf.

»Nein. Miss Di Salvo wartet auf mich.«

Als hätte er endlich verstanden, dass ich nicht einer der harmlosen Typen bin, die einfach den Alarm ignorieren, reißt er die Augen auf und greift nach seiner Waffe.

Während Mr. Wichtigtuer den Arm hebt und abdrückt, bin ich schneller und verschanze mich hinter der nächsten Säule. Putz fliegt mir ins Gesicht, als die Kugel in meinen

Schutzwall einschlägt. Als ein zweiter Kerl von der Seite auftaucht, fasse ich nach dem Messer in meinem Schuh und werfe es nach ihm. Ein Brüllen ertönt, der Wichser sackt zu Boden und hält sich den Oberschenkel. Es geht so schnell, dass die liebe Alecta noch nicht einmal am oberen Ende der Treppe angekommen ist. Ein Leibwächter schubst sie hoch und zückt seine Waffe. So wie ich meine. Es wird Zeit für die härteren Geschütze. *Einer nach dem anderen.*

Der Messertyp liegt keuchend am Boden, während ich die restlichen zähle, die noch auf mich warten. Alectas lebendige Schutzwand, der Barkeeper und der Typ, der auf mich geschossen hat.

Sehr gut, meine Aufmerksamkeit ist gesichert, auch wenn sie vermutlich denkt, ich gehöre zu den Cops. Trotzdem sollte ich an einem Abend nicht zu viele umlegen.

Mit der kalten Steinsäule im Rücken zähle ich die Sekunden. Die Musik ist so laut, dass ich nicht hören kann, ob jemand auf mich zukommt. Aber auf meine Instinkte ist Verlass. In einem Moment, den ich für passend halte, sprinte ich zur anderen Säule, näher an die Bar heran. Eine Kugel zischt an mir vorbei und schlägt in eine Jukebox ein. Es wird nicht lange dauern, bis die richtigen Cops hier auftauchen, deswegen muss ich das Schauspiel beenden.

Plötzlich wird die Musik abgedreht und es summt in meinen Ohren. Wenig später ertönen Schritte. »Komm her, du kleines Arschloch. Du hast dich mit den Falschen angelegt.«

»Ich bin auf der Suche nach einem Job«, rufe ich zurück. »Miss Di Salvo braucht einen geeigneteren Leibwächter.«

Ich wette, dass sie sich nicht verkrochen hat, sondern vom Treppenabsatz aus zuhört. Sie ist niemand, der sich einfach versteckt. Nicht sie. Und es wird keine bessere Gelegenheit geben, um an sie heranzukommen. Nach diesem Spektakel wird sie wieder wie ein Geist in der Versenkung verschwinden, und sie dann aufzuspüren, ist schwierig.

»Wir haben keine Jobs an Wichser zu vergeben«, brüllt der Typ.

Ich hebe eine Augenbraue. »Wie bist du dann zu deinem gekommen?«

Er gibt ein Geräusch von sich, das sich wie das Schnauben eines Gauls anhört. »Genieß deine letzten mickrigen Minuten.«

Wie kann ein Typ so viel Scheiße daherreden? Ich schätze den Abstand zur Bar ab. In einer glänzend polierten Statue kann ich eine Bewegung erkennen, kurz darauf einen blonden Schopf. Der Barkeeper entkommt mir nicht, er ist ein Puzzlestück meines Plans. Ich haste von meinem Versteck zu den Hockern und dem hinteren Teil des Tresens. Wieder zischt eine Kugel an mir vorbei, lässt das Holz des Sessels splittern, während ich meine Waffe im Anschlag halte. Ich nutze den Moment, wirble im Schutz der Bar herum und ziele auf den Typen, der als Erstes das Feuer eröffnet hat.

»Du hast der Mafiabraut keine guten Dienste erwiesen.« Ehe er reagieren kann, drücke ich ab. Sein Körper wird zur Seite geschleudert, ein Brüllen dröhnt durch den Raum. Ich nutze den Moment der Ablenkung und stürze mich auf den Barkeeper, der am Boden die verängstigte Kellnerin an sich gedrückt hält. Als er mich sieht, setzt er sich auf und greift nach seiner Waffe. Ein Fehler. Ich ziele auf seine Brust und drücke ab. Durch die Wucht des Schusses wird er nach hinten gerissen, schlägt mit dem Kopf auf dem Boden auf und bleibt reglos liegen. Die Bitch schreit, kriecht vorwärts und heult dabei wie ein Kleinkind, dem man die Schokolade weggenommen hat. Die Panik in ihren Augen ist der Sauerstoff, der meine Lunge füllt. Planänderung. »Wenn alles gut läuft, verschone ich dich.«

Ich halte ihr die Glock an die Schläfe und ziehe sie zu mir, während sie wie ein jämmerliches Kleinkind schluchzt. Ich presse sie fest an mich und stehe auf. Messina und ein weiterer

Bodyguard richten ihre Waffen auf mich. Sie werden nicht abdrücken. »Eigentlich sollte der Barkeeper mein Druckmittel sein«, brumme ich, »aber er war leider zu übermütig.«

Messina presst die Kiefer aufeinander, wirft einen kurzen Blick zu seinem Boss und bedeutet dem Typen neben ihm, die Waffe sinken zu lassen.

Es ist ein bisschen wie Poker, darauf zu hoffen, dass meine Gedanken stimmen, aber ich glaube zu wissen, wie Alecta tickt. Sie wurde zu einer Bitch erzogen. Zu einer machtgeilen Waffenlady, die nichts dem Zufall überlässt. Weswegen ihr Personal aus sorgfältig überprüften und ausgewählten Leuten besteht, die eine Bedeutung für die sogenannte *Familie* haben.

»Lass sie los.« Messina, der zuvor Alecta nach oben geschubst hat, kommt langsam auf mich zu.

»Schade, ich hätte gern länger mit euch geplaudert, aber ich habe keine Zeit für den Scheiß.« Ich deute mit dem Kopf nach draußen. »Es wird nicht mehr lange dauern, bis die Cops hier sind.«

»Was willst du?«, fragt er.

»Hervorragend, wir kommen zum Punkt. Seht meinen kleinen Auftritt als Bewerbung an.« Sie blicken mich mürrisch an, während die Kellnerin noch immer zittert.

»Wir vergeben keine Jobs«, zischt Messina.

Ich lächele müde. »Du hast mich zwei Mal verfehlt, was so viel bedeutet wie: austauschen. Jetzt würde ich aber liebend gern mit Miss Di Salvo sprechen. Sie hat sich bereits ein Bild meiner Fähigkeiten machen können. Und mindestens zwei ihrer Angestellten haben sich als nutzlos herausgestellt.«

ALECTA

Fassungslos starre ich auf den dunkelhaarigen Kerl hinab. *Will er mich verarschen?* Ich wende mich ihm zu, schreite die Stufen der Treppe wieder hinunter, während meine Fingerspitzen über das Geländer gleiten. Die Blicke aller in diesem Raum liegen auf mir und ich weiß, ohne hinzusehen, dass Riccardo und seine Männer vor Anspannung beinahe platzen. Doch irgendetwas lässt mich zögern. Ich weiß nur nicht, was.

In einiger Entfernung höre ich die Sirenen der Cops, aber mir bleibt noch Zeit.

»Du kommst in diesen Club«, sage ich mit scharfem Tonfall, »legst einen der Männer um und forderst, dass Miss Di Salvo mit dir spricht?«

Sein Grinsen verleiht ihm fast etwas Diabolisches. Grübchen bilden sich um seine Mundwinkel, doch das Lächeln erreicht seine Augen nicht. Sie blicken mir hart und kalt entgegen. Kein Zweifel, vor ihm muss ich mich in Acht nehmen. Doch genau das macht mich neugierig und bereitet mir einen Nervenkitzel, den ich lieber nicht herausfordern sollte.

»Tja«, sagt er gelassen, »da sie gerade mit mir spricht, habe ich wohl bekommen, was ich wollte.«

»Es scheint wohl so.« Ich lasse die letzten Stufen hinter mir, gebe Riccardo ein unauffälliges Handzeichen, dass er sich zurückhalten soll, auch wenn er innerlich vor Wut kochen muss.

»Wenn du die Güte hättest, meine Mitarbeiterin gehen zu lassen.« Fordernd bewege ich meine Hand in Richtung der jungen Frau, die in seinem Griff zittert wie Espenlaub. Merita gehört zu meiner Familie, seit vielen Jahren schon ist sie eine zuverlässige und vor allem schweigsame und unersetzbare Arbeitskraft für mich geworden.

Der Fremde mustert mich unverhohlen. Er weiß, dass er an der Reihe ist. Tötet er sie, stirbt er. Ergeben hält er seine Hand mit der Waffe in die Höhe und entlässt Merita aus seinen Armen. Sie wirft mir einen dankbaren Blick zu und rennt durch den Personalausgang aus der Gefahrenzone. Ich nicke in Riccardos Richtung. Sofort gibt er den stummen Befehl an seine Männer weiter. Zwei von ihnen packen den toten Leibwächter Vitalij und schaffen seine Leiche aus dem Raum, um sie ins Auto zu verfrachten. Der Dritte, Pietro, humpelt trotz seiner Beinverletzung zu Luca, geht neben ihm in die Hocke und überprüft dessen Puls.

»Ist er tot?«, frage ich den Fremden, deute auf Luca und bemühe mich, mir nicht anmerken zu lassen, dass ich diesen Kerl am liebsten erwürgen will.

»Trägt er eine Schutzweste?«, entgegnet er kühl.

»Ja.«

»Dann lebt er.«

Mein Bodyguard nickt bestätigend. Erleichterung durchflutet mich. Lucas Tod würde zwar nicht viele Fragen aufwerfen, dennoch hätte ich einiges zu erklären. Und er ist mir zu wichtig. Es reicht für einen Tag, einen meiner Leibwächter zu verlieren. Pietro winkt die zwei zurückgekehrten Jungs zu sich und übergibt Luca ihren Händen. Sie nehmen den Barkeeper in ihre Mitte und steuern erneut den Weg zum Hinterausgang an. Der verletzte Leibwächter folgt ihnen humpelnd.

»Miss Di Salvo«, raunt Riccardo und erinnert mich daran, dass wir gleich erneut unerfreulichen Besuch bekommen. Er steht nur wenige Schritte von mir entfernt, bereit, sich jederzeit vor mich zu werfen, sollte es vonnöten sein.

»Wie ist dein Name?«, frage ich den Fremden.

»Liam Hunter«, antwortet er, ohne zu zögern, und ich versuche, in seinem Gesicht zu lesen, ob er die Wahrheit sagt. Lügner kann ich nicht ausstehen. Leider ist das eine Eigenschaft, die in meiner Branche weit verbreitet ist.

»Du hast mich und meine Männer angegriffen. Woher weiß ich, dass du es nicht wieder tun wirst?«

Sein Grinsen jagt mir eine unangenehme Gänsehaut über den Körper. »Das weißt du nicht.«

Ich kenne meine Männer. Mir sind die Herkunft, Vergangenheit und Lebenslage von jedem meiner Angestellten bekannt. Wenn ich jemanden in meinen Kreis aufnehme, gehört er für mich zur Familie. Und das geschieht nicht, indem man meine Leute vor meinen Augen umbringt. Ich muss wissen, ob ich ihm vertrauen kann. Mein Gefühl sagt mir, dass er spezielle Fähigkeiten besitzt, die ich mir zunutze machen könnte. Männer wie er können dafür sorgen, dass die Jobs schneller und effizienter über die Bühne gehen und gute Mitarbeiter findet man heutzutage leider selten.

»Morgen in der Marietta Street«, sage ich ohne Erklärung. Er wird schon sehen, was er von seinem Hochmut hat. Wenn er überlebt, gut. Wenn nicht, Pech gehabt. »Fünf Uhr nach italienischer Zeit, sei pünktlich.« Sein abfälliges Grinsen verstärkt meinen Eindruck, dass dieser Kerl sich seiner Fähigkeiten vollauf bewusst ist.

Ohne eine weitere Reaktion abzuwarten, lasse ich ihn stehen, steige die Treppenstufen hoch, um meine Habseligkeiten zu holen, und verlasse den Club durch den zweiten Hinterausgang. Riccardo bleibt zurück und wird dafür sorgen, dass Mr. Hunter den Laden verlässt wie er ihn betreten hat. Wenn er klug ist, und davon gehe ich aus, wird er den Cops entwischen. Wenn nicht, ist er kein Verlust.

Draußen wartet ein schwarzer SUV mit getönten Scheiben auf mich. Mein Fahrer Moussa lässt den Motor bereits laufen und Pietro hält mir die Tür auf. Ich rutsche auf den Ledersitz, während mein Leibwächter die Tür schließt, das Auto humpelnd umrundet und sich neben mich setzt. Der Wagen fährt los, ohne dass ich meinem Fahrer sagen muss, wo ich hin möchte. Es gibt festgelegte Handlungsabläufe für solche Szenarien. Wir werden eine Weile willkürlich durch die Stadt fahren, um mögliche Verfolger abzuhängen, bevor wir uns zu mir nach Hause begeben. Riccardo wird sich um die Cops kümmern und anschließend zu mir kommen. Wir haben viel zu besprechen heute Nacht.

»Meine Mutter?«, frage ich Pietro.

»In Sicherheit, Miss«, antwortet er knapp.

»Und Luca?«

»Ist aufgewacht und wird bereits versorgt. Die Kugel ist in seiner Weste stecken geblieben, doch die Wucht des Schusses hat ihn nach hinten fallen und mit dem Kopf aufschlagen lassen. In ein paar Tagen ist er wieder auf den Beinen.«

Beruhigt atme ich auf, lehne mich in den Sitz und schließe die Augen. »Bekunde Vitalijs Familie mein Beileid zu ihrem Verlust und schenke seiner Mutter einen Strauß weißer Nelken. Ihr Sohn war mir treu ergeben, sein Tod ist ein unglücklicher Umstand, der nicht hätte sein müssen.«

»Was werden Sie mit Hunter anstellen, Miss?«

Ich öffne die Lider und beobachte die vorbeiziehenden Lichter der Stadt. »Er wird für seine Unverschämtheit bezahlen.«

Für einen kurzen Moment schließe ich die Augen und atme die frische Nachtluft ein. Es weht ein lauer Wind und die Grillen zirpen lautstark zwischen den Zitrusbäumen, die den Eingang unserer Villa säumen, um die Wette. Kaum betrete ich das Anwesen, eilt mir meine Mutter entgegen und fällt mir um den Hals. »Gepriesen sei Maria, du bist unversehrt!« Ich drücke ihr einen Kuss auf den Scheitel und nehme sie beruhigend in den Arm.

»Wo ist Luca?«, frage ich sie, während wir die Treppe zur ersten Etage hochsteigen.

»Er liegt im Gästezimmer und schläft. Die Kopfwunde ist nicht gefährlich«, antwortet sie mit zitternder Stimme. »Wer ist das gewesen, Alecta?«

»Ich kümmere mich darum.« Manchmal beschließe ich, meine Mutter nicht in alles einzuweihen. In diesem Moment halte ich es für angebracht, um sie nicht noch mehr zu beunruhigen. »Lass mich unter die Dusche springen und nach Luca sehen«, bitte ich sie. »Ruh dich aus, es ist schon spät. Wir reden morgen beim Frühstück.«

Widerwillig gibt sie nach. Ich warte nicht, bis sie in ihren Räumlichkeiten verschwunden ist, sondern steuere meine eigenen an. Ich muss schnell aus diesen Klamotten raus, um mir das Gefühl der Machtlosigkeit, das dieser Hunter hinterlassen hat, von der Haut zu schrubben. Pietro begleitet mich und bezieht vor meiner Zimmertür Stellung, die er erst verlassen wird, wenn Riccardo zurückkehrt.

»Du solltest deine Verletzung untersuchen lassen, Pietro«, sage ich und deute auf seinen Oberschenkel. Der Stoff der Hose ist an der Stelle eingerissen und hat sich dunkel verfärbt.

»Ist nur eine Schramme, Miss.«

»Gut.« Ich lasse ihn vor der Tür zurück und betrete mein Zimmer. Augenblicklich zerre ich den Petticoat unter meinem Kleid hervor und spüre erleichtert, wie der Druck des Gummibandes von meinem Bauch verschwindet. Anschließend ziehe ich mir das Kleid über den Kopf, schlüpfe im Gehen aus den Pumps und meinem Slip und lasse alles liegen, wo es hinfällt. Nackt durchquere ich mein Zimmer, lege den goldenen Revolver auf meinen Schreibtisch und betrete das Bad. Als mir heißes Wasser den Rücken hinunterläuft, kann ich endlich in Ruhe darüber nachdenken, was eben passiert ist.

Dieser Scheißkerl! Wütend schlage ich mit der Faust gegen die sandfarbenen Fliesen. Glaubt er wirklich, er könne einfach so in meinen Club spazieren, Mitglieder meiner Familie abknallen und davon ausgehen, ich empfange ihn mit offenen Armen? Nein, das wird er nicht glauben. Er ist zu gerissen, um sein Leben für so einen Blödsinn aufs Spiel zu setzen. Da muss mehr dahinterstecken. Mir ist noch nie zuvor so ein Typ untergekommen, das gefällt mir nicht.

»Liam Hunter«, flüstere ich und selbst in meinen Ohren klingt es wie eine Drohung. Ein Schauder überkommt mich. Er hat erreicht, was er wollte, sein selbstgefälliges Grinsen geht mir nicht mehr aus dem Kopf. Ich werde meinen Hacker Rams morgen sämtliche Datenbanken nach diesem Namen durchforsten lassen.

Wütend steige ich aus der Dusche, trockne mich ab und hülle mich in meinen schwarzen Bademantel. Meine Haare kämme ich nur notdürftig durch, bevor ich sie mit einer Klammer hochstecke. Auf nackten Füßen verlasse ich meine privaten Zimmer. Vor der Tür wartet Riccardo auf mich, sein finsterer Blick spricht Bände.

»Er ist ein Wichser«, sagt er ungeniert, während er mich zum Gästezimmer begleitet. »Wir hätten ihn einfach abknallen sollen.«

»Missfällt dir meine Entscheidung, Rico?«, frage ich mit hochgezogener Augenbraue. Er ist schon so lange an meiner Seite, dass mir seine Meinung wichtig ist.

»Ich sage nur, dass Sie sich in Acht nehmen sollten, Miss. Er ist kein kleiner Fisch.«

»Wie konnte er mit einer Waffe in den Club gelangen?«

»Er hat den Türsteher überrumpelt. Dessen Schwager hat uns verpfiffen. Hat mir die Ohren vollgeheult, wie leid es ihm tut.«

Ich hasse es, Schwachstellen in meiner Mauer zu finden, und obwohl ich meine Schäfchen regelmäßig kontrollieren lasse, scheinen mich manche dennoch irgendwann zu hintergehen. Meine Strafen müssen härter ausfallen. Noch härter. »Bis morgen will ich alles wissen, was es über diesen Hunter zu wissen gibt. Er wird mich kein zweites Mal überraschen. Und was den Türsteher und seinen Schwager angeht …« Ich brauche den Satz nicht zu Ende führen. Für Verräter gibt es nur eine Art der Strafe. »Wobei, wenn ich es mir recht überlege, lass den Türsteher am Leben. Vielleicht kann er mir noch von Nutzen sein.«

»Natürlich, Miss.«

»Gut.« Wir erreichen das Ende des Flures. »Du kannst gehen, ich möchte mit Luca allein sein. Oder ist uns irgendwer gefolgt?«

Sein Kopfschütteln genügt mir. Ohne ein weiteres Wort betrete ich das Gästezimmer und lasse ihn draußen stehen. In dem Raum schlägt mir eine wohlige Wärme entgegen. Es ist düster, nur ein schwaches Nachtlicht schimmert neben dem Bett. Lucas Gesicht sieht ungewöhnlich blass aus. Sein Kopf wurde fachmännisch verbunden und vereinzelt lugt eine blonde Strähne aus dem Verband heraus. Doch er öffnet die Augen, als ich eintrete, und wirft mir ein freches Grinsen zu.

»Wie geht es dir?«

Er zuckt mit den Schultern und richtet sich etwas auf. »Nur ein wenig Kopfschmerzen. Morgen bin ich wieder ganz der Alte.«

»Denk nicht einmal daran. Du bist von deinen Tätigkeiten vorerst freigestellt, bis du dich erholt hast. Die Finanzplanung bekomme ich ein paar Tage auch ohne dich hin.«

Als er Luft holt, um mir zu widersprechen, löse ich die Schnürung meines Bademantels und das Kleidungsstück rutscht von meinen Schultern auf den Teppichboden. Vorsichtig hebe ich die Bettdecke an und lege mich an seine Seite.

»Dieses Mal bin ich zu spät«, flüstere ich, streiche mit den Fingerspitzen über die feinen, blonden Härchen auf seiner Brust, die sich bei jedem Atemzug auf- und abwärts bewegt. Eine bläuliche Färbung zeugt von der Wucht der Kugel, die ihn getroffen hat. »Dafür wird Hunter bezahlen.«

LIAM

Ich warte in meinem schäbigen Motelzimmer darauf, dass die Zeit vergeht. Fünf Uhr italienische Zeit, das bedeutet dreiundzwanzig Uhr nach amerikanischer Zeit. Die Mafiabraut liebt es, Spielchen zu veranstalten. Raffiniert, meine liebe Miss Di Salvo, aber ich weiß, dass ich nicht so einfach an sie herankommen werde. Sie ist in der Dunkelheit des brutalen Systems aufgewachsen, spielt Katz und Maus mit dem FBI und verhökert schwere Waffen. Sie wäre dumm, mich einfach einzustellen, und ich ahne schon, was auf mich wartet.

Das Aufnahmeritual oder der Tod.

Sie wird sich auch über mich und meine Fähigkeiten erkundigen und ich weiß, was sie herausfinden wird. Liam Hunter, zweiunddreißig Jahre alt, sechs Jahre Navy Seal, danach für verschiedene Auftragsmorde verantwortlich. Kein Wort darüber, dass ich mir manchmal für das FBI die Finger schmutzig gemacht habe. Es ist alles so eingefädelt, wie ich es brauche, um an sie heranzukommen.

Ich nehme das Prepaidhandy aus der Verpackung, während ich das andere, auf das das FBI Zugriff hat, im Mülleimer versenke. Dass ich ihnen während meiner Recherchezeit vier Wochen lang Zugang zu meinem Leben gewährt habe, sollte ausreichen. Ich kann es nicht leiden, wenn man wie eine Klette an mir hängt, deswegen halte ich das FBI auf Maximalabstand.

Ich drücke auf den Lichtknopf meiner Uhr und stehe auf. Zehn Minuten noch.

Das Viertel, in das sie mich kommandiert hat, zählt zu den Schäbigsten in ganz Atlanta. Drogen, Menschenhandel und Morde gehören hier zum Tagesgeschäft. Ich verlasse das Motel und trete nach draußen auf die Straße. Der Treffpunkt liegt nur zweihundert Yards entfernt. Auf das, was jetzt kommt, habe ich keinen Einfluss mehr. Ich weiß, was mir blüht, aber das, was folgt, weckt den Nervenkitzel in mir. Was wird die liebe Alecta tun? Mich foltern lassen?

Sie wäre nicht die Erste.

Sie wird auch nicht die Letzte sein.

Der Haken an meinem Job ist, dass man ins Kreuzfeuer vieler Arschlöcher gerät. Dass ich diesen Auftrag angenommen habe, liegt nicht nur an der verführerischen Summe und der Akte, die ich unbedingt will. Es ist mein persönlicher Nervenkitzel, das Adrenalin, das durch meinen Körper jagt.

Ich stecke die Hände in die Hosentaschen und warte an der Kreuzung. Die Straßenlaterne flackert, der süßliche Geruch nach Hanf weht zu mir. Gestalten lungern auf der gegenüberliegenden Straßenseite, ziehen an den Blunts, während daneben leere Flaschen herumliegen. Was für ein jämmerliches Leben.

Der Gestank von Pisse und Kotze dringt in meine Nase. Netter Ort, um mich abzuholen. Ich wappne mich innerlich, als ich quietschende Reifen höre. Zwei Vans jagen um die Ecke und bleiben direkt vor mir stehen. Die Tür des ersten geht auf und ich erwarte, dass sie mich verprügeln, stattdessen packt mich jemand am Kragen. Sein Gesicht ist vermummt, aber der Schein der Laterne reicht aus, um die Mordlust in seinen Augen zu sehen.

Es fällt mir schwer, mich nicht zu wehren, aber ich darf es nicht vermasseln. Anstatt mich halbtot zu schlagen, spüre ich im nächsten Moment einen scharfen Schmerz am Hals und wenige Sekunden später verschwimmt das Bild vor meinen Augen.

Betäubt werden? Im Ernst?

Du willst es auf die harte Tour, Bitch? Es wird immer interessanter. Bevor ich den Gedanken zu Ende spinnen kann, wird alles schwarz und das letzte, das ich spüre, ist ein harter Aufprall.

Es dauert eine Ewigkeit, bis ich meine schweren Lider öffnen kann. Das Blut rauscht in meinen Ohren, dumpfe Geräusche dringen zu mir. Schritte? Stimmen? Ich versuche, mich zu orientieren. Mein Kopf dröhnt, und als ich die Hände heben will, stelle ich fest, dass ich gefesselt bin. Ich sehe an mir hinab. Nackt an einen Stuhl gekettet. Es ist lange her, dass mir das das letzte Mal passiert ist.

»Schon munter?«, hallt eine weibliche Stimme zu mir. Im selben Augenblick blendet mich grelles Licht. Ich blinzele und versuche, mich krampfhaft an die plötzliche Helligkeit zu gewöhnen. Nach und nach schälen sich die Strukturen meiner Umgebung aus dem grellen Weiß. Ich stecke in einem Raum fest, vielleicht zehn Quadratmeter. Der Boden ist mit grauen Fliesen ausgelegt und geht an den Ecken in unverputzte Wände über. Der unverkennbare Geruch nach Bleiche hängt in der Luft. Hier werden also ihre Opfer hingezerrt, um sie anschließend zu malträtieren. An der Wand hängen Folterwerkzeuge, die ich nur zu gut kenne.

»Sorry, Süße, aber SM ist nicht so mein Ding«, gebe ich zurück.

Absätze klackern über den Boden und ich spüre einen Luftzug, als jemand hinter mir stehenbleibt. Finger für Finger legt sich auf meine Schulter und ein Seufzen ertönt.

»Liam Hunter«, flüstert sie.

»Nackt.«

Sie lacht auf. »Ist dir etwa kalt? Das wäre angesichts deiner Karriere als Navy Seal allerdings etwas peinlich.«

Sie hat recherchiert. Wie tief hat sie gegraben?

»Willst du mir nicht in die Augen sehen, weil du Schiss hast?«, kontere ich und sie zieht scharf die Luft ein. Sie entfernt Finger für Finger von meiner Haut und umrundet mich schweigend. Ich hebe den Kopf und sehe sie amüsiert an. Die Mafiabraut hat sich umgezogen, trägt eine schwarze, enge Jeans und ein dünnes Top. Ihre Haare liegen offen über ihren Rücken, Vorfreude blitzt mir aus ihren verschiedenfarbigen Augen entgegen. Braun und grün. »Keine Scheu, Süße, du kannst mir ruhig auf den Schwanz starren.«

Sie wird nicht rot. Stattdessen wandert ihr Blick langsam nach unten, ehe sie schmunzelt und mit den Schultern zuckt.

Das abgebrühte Miststück bringt mich zum Grinsen. »Mit dir könnte es lustig werden. Kann man das als Bewerbungsgespräch ansehen?«

Sie beugt sich zu mir, stützt sich mit den Händen auf meinen Oberschenkeln ab und bringt ihr Gesicht näher. »Warum willst du für mich arbeiten?«

Ihr Atem riecht nach Wein. Sie fixiert mich eindringlich, als ob sie herausfinden will, ob ich lüge oder die Wahrheit sage.

»Weil ich dich beschützen kann.«

Sie lacht. »Und du denkst, dass können meine anderen Leibwächter nicht?«

»Wie man gesehen hat, nein.«

Wirsch hebt sie eine Augenbraue. »Liam Hunter, sechs Jahre Navy Seal, danach abgetaucht und wird mit einigen Auftragsmorden in Verbindung gebracht. Du tötest Menschen für Geld?«

Ich nicke. »Ein netter Zeitvertreib, wenn mir langweilig ist.«

»Wer sagt, dass du nicht im Auftrag von jemandem handelst? Und wegen mir hier bist?«, flüstert sie und ich spüre ein Brennen auf meinem Oberschenkel. Die Spitze ihres Messers fährt über meine Haut und hinterlässt eine dünne blutige Spur. Ich rühre mich keinen Zoll.

»Du glaubst, du bist eine gefürchtete Frau, die niemand erwischen kann? Wenn ich gewollt hätte, dass dein Leben endet, wäre das Letzte, was du in deinem Club gesehen hättest, ich gewesen«, raune ich.

Sie ist heiß und strahlt ein Temperament aus, das mich neugierig macht. Alecta handelt nicht unüberlegt, sie ist ein Profi und sie spielt mit ihrer Beute, bis sie im geeigneten Moment zubeißt.

Wie eine Schlange.

Sie zieht das Messer von meinem Bein zurück und fährt stattdessen mit der Spitze an meinem Arm entlang hinauf zu meinem Hals.

Ihre langen, dichten Haare kitzeln mich und ich habe das verdammte Bedürfnis, sie zu packen und an ihnen zu zerren, bis ihr Kopf im Nacken liegt.

»Hm, dein Lebenslauf spricht für dich. Aber ich frage mich eines, Liam«, haucht sie und drückt das Messer etwas fester gegen meine Haut, »wie kann jemand, der einst seine Familie so vergöttert hat, so ein skrupelloses Arschloch werden?«

Ihr Blick durchbohrt mich. Es surrt in meinen Ohren, mein Gehirn verarbeitet das Gesagte und kommt zu dem Schluss, dass sie unmöglich davon wissen kann. Ausgeschlossen. Nur die höchsten Wichser des FBI haben Zugang zu diesen Informationen.

»Keine Ahnung, wovon du sprichst«, entgegne ich hart und recke mein Gesicht zu ihrem. »Ich habe keine Familie.«

Sie zuckt nicht einmal mit der Wimper. »Dann muss ich mich wohl irren, dass deine Frau Ella und deine Tochter June hießen.«

Sie nimmt das Messer von meiner Kehle und stellt sich wieder aufrecht hin, während es in meinem Kopf rattert. Es ist einfach unmöglich. Nicht einmal ich komme an diese Akte. Sie ist unter Verschluss. Und meine Bezahlung für diesen Auftrag.

»Du fragst dich bestimmt, woher ich das weiß, richtig? Als Navy Seal hast du einige Privilegien genossen, unter anderem, dass die Akte mit dem Mord an deiner Familie verschwand, aber ich bin mächtig, Liam. Mächtig und gefürchtet. Ich informiere mich über meine Bewerber.«

Sie hat es tatsächlich geschafft, dass ich Blut lecke. »Wie hast du es herausgefunden?« Allein bei dem Gedanken an meine Familie wühlt sich Wut durch meine Eingeweide, die mich dazu verleiten könnte, einen Fehler zu begehen. Doch ich bin rational und abgebrüht genug, um mich nicht von Emotionen leiten zu lassen.

Ella und June sind tot. Weg. Von der Welt verschwunden.

Ich bin hier. Und im Moment verdammt erleichtert, dass es keine Akten zu der vorherigen Zusammenarbeit mit dem FBI gibt.

»Das bleibt mein kleines Geheimnis, Liam, es sei denn, du überzeugst mich von deinen Fähigkeiten.« Sie wischt sich mit der Klinge über die schwarze Hose. Alecta scheint wirklich nichts davon zu wissen, dass ich in der Vergangenheit ein Söldner für das FBI gewesen bin. Sonst wäre ich schon tot.

»Was willst du?«, knurre ich.

»Ah, ah«, sagt sie mit dem Finger wedelnd, »versuch es erst gar nicht. Riccardo ist ein Meister im Knoten binden, er hat jahrelang auf Schiffen angeheuert.«

Das Ganze nimmt eine Wendung, die ich nicht vorhergesehen habe. Miller hat nicht übertrieben, Alecta ist durchtriebener, als ich es für möglich gehalten hätte.

»Es geht um eine brisante Waffenlieferung nach Mexiko. Du wirst wissen, wie gut die Grenzen bewacht sind, aber ich bin mir sicher, du findest eine Lösung, nicht wahr? Sollte es dir gelingen, darfst du mich begleiten und bei geschäftlichen Angelegenheiten beraten, ich bin immer auf der Suche nach tauglichem Frischfleisch.« Sie spricht es aus, als sei es ein Privileg, ihr zu dienen. Aber sie hat Informationen, die ich will, und sie könnte auch welche über den Mörder meiner Familie haben.

»Einverstanden. Was ist die Anzahlung? Du in Reizwäsche?«

Sie lächelt müde und leckt sich über die Unterlippe. »Du gefällst mir, Hunter. Mir ist selten ein selbstverliebteres Arschloch über den Weg gelaufen. Dazu hast du eine hervorragende Ausbildung genossen, also bin ich dir gnädig gestimmt. Du wirst nur die halben Schläge für deine Unverschämtheit kassieren.«

Sie kommt zu mir und fährt mit dem Zeigefinger über die lange Narbe auf meiner Wange. »Enttäusche mich nicht, Hunter. Denn das wird in deinem Tod münden.«

Dann deutet sie mit dem Zeigefinger in Richtung Tür und schwere Schritte ertönen. »Bringt ihn in meine Räumlichkeiten, wenn ihr fertig seid. Verschont sein Gesicht und lasst mir etwas übrig.«

ALECTA

»Halten Sie das wirklich für eine gute Idee?« Riccardos kritischer Unterton entgeht mir keineswegs, als wir den Kellerraum verlassen und den ehemaligen Navy Seal mit zwei meiner Männer allein lassen.

Ich höre einen dumpfen Laut und daraufhin ein gequältes Keuchen, bevor sich die Tür hinter uns schließt. Eine Gänsehaut breitet sich auf meinen Armen aus, obwohl im Haus angenehm warme Temperaturen herrschen.

»Nein«, gestehe ich ehrlich, doch ich kann nicht leugnen, dass mich dieser Hunter fasziniert. Er ist ein harter Brocken, den ich brechen und unter meinen Absätzen zermalmen will. »Deswegen wirst du ihn begleiten.«

Mein Leibwächter schnaubt. »Das habe ich befürchtet.«

Während wir die Treppe ins Erdgeschoss hochsteigen, schlage ich Rico kameradschaftlich gegen den Oberarm. Eine Geste, die sich bei uns eingebürgert hat. »Komm schon, das ist nicht dein erstes Rodeo in Mexiko.«

Galant öffnet er mir die Tür, die die geheimen Kellerräume vom Rest meines Domizils trennt. »Nicht Mexiko bereitet mir Sorgen, Miss. Dieser Hunter ist ein Arschloch. Es fuckt mich an, den Babysitter für ihn spielen zu müssen.«

»Hast du Angst, dass du ihm nicht gewachsen bist?«, frage

ich provokant und ein grimmiger Zug schleicht sich um seine Mundpartie.

»Ich werde Sie nicht enttäuschen, Miss Di Salvo, Sie können sich auf mich verlassen.«

Ich nicke zufrieden. »Das will ich auch hoffen«, erwidere ich schmunzelnd, während ich die Küche ansteuere. »Wie würdest du mit ihm verfahren?«

Er zieht eine Augenbraue nach oben und erwidert meinen Blick. »Mir gefällt die Vorstellung seines verwesenden Leichnams in einer Mülltonne«, sagt er todernst.

Ich muss grinsen. »Ja, die Vorstellung gefällt mir auch. Und dennoch«, ich mache eine kurze Pause und hole einen Amaretto-Joghurt aus dem Kühlschrank, »irgendetwas an ihm stimmt nicht. Ich meine nicht seine arrogante Art oder sein aufgesetztes Lächeln. Da fehlt etwas. Und ich will wissen, was das ist.«

Auch wenn es ihm kaum anzusehen gewesen ist, bei der Erwähnung seiner toten Frau und Tochter habe ich seine Schwachstelle gefunden. Er wirkte … verunsichert.

Ich beiße mir auf die Unterlippe und mahne mich zur Beherrschung. Mitleid ist eine Schwäche, die ich mir nicht erlauben kann. Und überhaupt, Hunter ist nicht der Einzige, der einen geliebten Menschen verloren hat. Meine Familie ist mein wunder Punkt. Genauso ist es bei ihm. Eine Sache, die wir gemeinsam haben. Und damit habe ich ihn in der Hand.

»Konntest du schon mehr über seine Familie in Erfahrung bringen?«, frage ich, während ich den Joghurt öffne und einen Löffel aus der Schublade hole.

Bedauernd schüttelt er den Kopf. »Nein, seine Spuren sind gründlich verwischt worden. Unsere Männer sind dran, doch es wird noch ein paar Tage dauern.«

»Sie sollen sich mehr anstrengen, ich bezahle sie fürs Ergebnisse liefern.«

»Natürlich.«

Aus dem Radio erklingt italienische Musik und lässt Erinnerungen an meine Jugend aufkommen. Ich drehe die Lautstärke hoch und tänzele leichtfüßig durch die Küche. Nur einmal hat mein Vater mir erlaubt, ein Konzert von Laura Pausini zu besuchen. Meine Mutter begleitete mich, genauso wie Rico, er allerdings gezwungenermaßen. Es war sein erster Einsatz an meiner Seite als Bodyguard und für mich der schönste Tag in meinem Leben. Ein Moment, in dem ich einfach nur ein einigermaßen normales Mädchen sein konnte. Doch das ist schon zehn Jahre her. Mit der Zeit habe ich gelernt, dass ich niemals ein normales Leben führen werde. Niemals.

»Du kannst gehen, Rico«, summe ich zwischen zwei Löffeln Joghurt. »Lasst Hunter wissen, wer hier das Sagen hat, doch übertreibt es nicht.«

Er nickt und lässt mich allein. Eine Weile lausche ich noch der Musik, bevor ich das Radio ausschalte und die Küche verlasse. Was ich jetzt brauche, ist ein wohltuendes Bad.

Erschöpft lehne ich mich in dem heißen Wasser zurück, genieße den Moment der Ruhe und den Duft nach Zitronen, der mich umgibt. Drei große Deals stehen noch aus, Mexiko, Kanada und einer an der Westküste. Danach habe ich mir eine Auszeit verdient. Doch zuerst muss ich mich um den Navy Seal kümmern.

Nach dem Bad schlüpfe ich in meine schwarze Jeans und in mein mit Spitze besetztes Seidentop. Auf Unterwäsche verzichte ich, sie kneift nur unangenehm und wird völlig überbewertet.

Für die nächsten zwei Stunden verziehe ich mich in meine persönliche Bibliothek, die sämtliche Klassiker der italienischen und amerikanischen Literatur der damaligen wie auch heutigen Zeit beherbergt. Mit einem italienischen Krimi mache ich es mir in meinem Sessel bequem und lese. Es ist bereits nach drei Uhr am Morgen, als ich höre, wie jemand aus dem Keller kommt. In Ruhe lese ich das Kapitel zu Ende, stelle das Buch zurück an seinen angestammten Platz im Regal und mache mich auf den Weg zu meinem Zimmer.

Als ich die Tür öffne und eintrete, sitzt Liam Hunter gefesselt auf einem Stuhl mitten im Raum und wartet auf mich. Auf den ersten Blick sieht er unverändert aus. Ein zynisches Grinsen liegt auf seinen Lippen und er erwidert meinen Blick mit unnachgiebiger Härte. Doch unter seinen Augen liegen tiefe Schatten. Seine Schultern haben ein wenig ihrer geraden Haltung verloren, sein Atem geht schwer. Er trägt wieder sein Hemd und seine Hose, die die Spuren der heutigen Sonderbehandlung verbergen.

Zielstrebig gehe ich an meinem Gast vorbei zu der kleinen Zimmerbar, finde in dem Schrank noch zwei unbenutzte Gläser und befülle sie mit Ramazzotti.

»Trink«, sage ich und halte ihm eines gegen die Lippen.

Er zögert und schüttelt den Kopf. »Ist nicht mein Geschmack.«

»Trink«, wiederhole ich. »Du bist wie verabredet zum Treffpunkt gekommen und hast dich von meinen Männern verprügeln lassen. Ein Willkommenstrunk scheint mir angebracht zu sein, schließlich sind die Di Salvos keine Geizhälse.«

»Ich habe die Hände voll«, entgegnet er rau, woraufhin ich ihm das Glas kommentarlos fester gegen die Lippen halte. Mit versteinerter Miene öffnet er den Mund, und ich kippe ihm die schwarze Flüssigkeit herunter. Er verzieht das Gesicht, auch wenn er sich bemüht, es zu verbergen. Diese Erniedrigung scheint ihm genauso wenig zu schmecken wie der Ramazzotti. Erst dann leere ich mein Getränk.

»Was willst du, Hunter?«, frage ich und stelle beide Gläser zurück auf die kleine Bar.

»Für dich arbeiten«, antwortet er prompt.

Ich seufze und wende mich ihm wieder zu. »Ja, das hatten wir schon. Was willst du *wirklich*?«

»Was hast du mir denn zu bieten?«

Aufreizend langsam schlendere ich auf ihn zu. Meine Finger wandern von meinem Hals über mein Schlüsselbein und ziehen den Ausschnitt meines sowieso schon freizügigen Tops ein wenig weiter nach unten, ohne jedoch allzu viel freizulegen. Sein Blick verfolgt jede meiner Bewegungen.

Ich umrunde ihn und lasse meine Hände über seine breiten Schultern gleiten. Mir gefällt, was ich im Verschlag gesehen habe. Liams trainierter Körper ist eine Augenweide und ich muss wissen, wie weit ich bei ihm gehen kann. Was er bereit ist, für seine Ziele zu tun. Für den Moment weiß ich nur, dass er mich nicht überwältigen kann. Nicht in seinem Zustand, dessen wird er sich bewusst sein. Flink löse ich den Knoten, der seine Arme an die Rückenlehne des Stuhls fesselt.

»Weißt du, was du tust?«, brummt er.

Als ich an seiner linken Seite stehe, spreize ich die Beine und setze mich auf seinen Schoß. Er keucht auf und blickt mich aus dunklen Augen an. Neugierig. Abwartend.

Ich beuge mich zu ihm vor und bringe mein Gesicht nah an seines heran. Meine Lippen berühren sanft seine Stirn, bewegen sich über seine Haut. Mit den Zähnen ziehe ich an seinem Ohrläppchen, während meine Finger zielstrebig über sein verschlissenes und beflecktes Hemd nach unten wandern. Er stößt ein Zischen aus, als ich eine verletzte Stelle berühre, doch darauf nehme ich keine Rücksicht. Fordernd legt sich meine Hand auf sein bestes Stück, das ich durch den dünnen Stoff der Hose allzu deutlich spüren kann.

»Wenn du mich hintergehst«, hauche ich, lasse meine

Fingerspitzen über seine Erektion gleiten und reibe mich selbst ganz langsam an seinem Oberschenkel, bis sich eine vertraute Hitze zwischen meinen Beinen ausbreitet, »wirst du dir wünschen, deine Eltern hätten nie miteinander gefickt.«

Ein tiefes Knurren entringt sich seiner Kehle, das mir selbst beinahe ein Seufzen entlockt. Nur mit Mühe kann ich es zurückhalten.

Seine Hände legen sich besitzergreifend auf meinen Hintern und ziehen mich enger an ihn. Ich lasse es geschehen, obwohl ich das eigentlich nicht tun sollte. Eine kleine Lektion für mich, unbekanntes Terrain zu betreten und stärker wieder zurückzukehren.

Ein unerwartetes Kribbeln durchfährt meinen Bauch, als ich seine Härte dicht bei mir spüre.

»Du bist eine verfluchte, kleine Bitch«, raunt er heiser. »Gerade habe ich ganz andere Bedürfnisse, als dich zu verraten.«

Sein Blick legt sich auf meinen Mund und als ich mich zu ihm beuge, kommt er mir ein Stück entgegen. Grinsend beiße ich ihm in die Unterlippe und richte mich wieder auf. Ich stehe auf und bringe so viel Abstand zwischen uns, bis ich wieder etwas klarer denken kann. Hunter ist gefährlich. »Bis deine Reise nach Mexiko geregelt ist, kannst du dir in meinem Club die Zeit als Barkeeper vertreiben.«

Verwirrt über den unerwarteten Themenwechsel blinzelt er mich an. Er sieht aus, als hätte ich ihm eine Ladung kaltes Wasser übergegossen. Hat er im Ernst gedacht, mich so leicht rumkriegen zu können? Willkommen zurück in der Realität. Er sollte lernen, dass ich mir nichts vorschreiben lasse.

»Ich fürchte, da muss ich passen, Süße. Die Musikrichtung sagt mir nicht zu. Außerdem waren die Cops dort. Musst du den Laden jetzt nicht sofort in Flammen aufgehen lassen?«

Langsam fängt er an, mir auf die Nerven zu gehen.

»Verzeihung, ich habe mich undeutlich ausgedrückt: Das

war keine Bitte. Deinetwegen ist mein Barkeeper außer Gefecht und ich habe wichtigere Dinge zu tun, als mich um einen Ersatz zu kümmern. Und wie ich mit meinen Immobilien verfahre, geht dich einen Scheißdreck an. Die Cops in Atlanta spielen keine Rolle für meine Clubs.«

Dieses Mal ist er es, der dreckig grinst. »Und jetzt soll ich als Aufnahmeprüfung den Barkeeper für dich spielen?«

Meine Miene verhärtet sich. »Du wirst tun, was ich dir sage. Das bedeutet auch, dich an die Bar zu stellen.«

Wir liefern uns sekundenlang ein stummes Blickduell, ehe er die Stille mit einem Schnauben beendet. »Wann geht es für mich nach Mexiko?«

»Wenn es so weit ist. Riccardo wird dich begleiten.«

Er verdreht die Augen und lässt den Kopf in den Nacken fallen, sodass ich einen freien Blick auf seine mit Bartstoppeln versehene Kehle habe. Es reizt mich, ihm ein Messer an diese Stelle zu drücken und einfach in die dünne Haut zu schneiden. Doch dann würde ich nie erfahren, welches Geheimnis er hütet.

Als spüre er meinen Blick, richtet er den Kopf wieder auf und sieht mich aus kalten Augen an. »Du vertraust mir nicht.« Eine Feststellung, keine Frage.

»Wenn ich jedem Menschen in meinem Leben sofort vertraut hätte, wäre ich wohl nicht hier«, entgegne ich. »Und jetzt geh. Rico wird dir ein Zimmer zuweisen.«

»Liest er mir vielleicht auch noch eine Gutenachtgeschichte vor?«, spottet er, erhebt sich aber ohne weiteren Protest. Er versucht, es tapfer zu verbergen, doch ich sehe, dass die Prügel nicht schmerzlos an ihm vorbeigegangen sind. Sein linkes Augenlid zuckt verdächtig und seine Atmung rasselt ein wenig. »Schlaf gut, Viper«, sagt er mit rauer Stimme. »Morgen mixe ich dir einen Cosmopolitan.«

Überrascht blicke ich ihm nach. Von einer Frau auf ihren

Lieblingscocktail zu schließen ist brillant. Oder hat er im Club beobachtet, was ich getrunken habe? Ein mulmiges Gefühl durchfährt mich. Hunter kann mir von großem Nutzen sein, genauso gut kann er der schlimmste Feind sein, der meinen Weg kreuzt.

Erst als die Tür hinter ihm ins Schloss fällt und ich allein bin, atme ich hörbar aus. Ich habe versagt. Mein ganzer Körper steht unter Strom, die Hitze zwischen meinen Beinen ist noch nicht verflogen und das Kribbeln in meiner Magengegend steigert meine Lust nur noch mehr. Mein Versuch, ihn zu bezirzen, ist nach hinten losgegangen. Auch wenn ich mich nach außen hin kontrollieren konnte, sah es in meinem Inneren ganz anders aus. Dieser verfluchte Wichser!

Wütend stürme ich aus dem Raum. Ich kann gerade noch erkennen, wie Rico und Hunter am Ende des Flures links in einen Korridor abbiegen. Kopfschüttelnd wende ich mich in die entgegengesetzte Richtung, laufe den Flur entlang und trete ohne zu klopfen durch die große Tür des Gästezimmers. Luca sitzt aufgerichtet in dem Bett, Kissen stützen seinen Rücken und auf der Decke über seinem Schoß liegt ein aufgeschlagenes Buch. Wie es aussieht, kann er genauso wenig schlafen wie ich. Er trägt noch immer einen Verband um den Kopf, doch ein wenig Farbe ist bereits in seine Wangen zurückgekehrt.

Überrascht sieht er auf. »Was ist passiert?«

»Halt die Klappe!«, murre ich, reiße mir im Gehen die Klamotten vom Körper und werfe mich in seine Arme.

LIAM

Barkeeper.

Was für ein verschissener Deal, um das Vertrauen der kleinen Schlampe zu gewinnen.

Es ist der dritte Abend, den ich ihr *dienen* muss, und sie hat mich immer noch nicht von diesem scheiß Job abgezogen. Was hat sie nur vor?

»Bist du neu hier, Süßer? Wo ist denn Luca abgeblieben?« Eine Tussi mit langen blonden Haaren und einem lächerlichen Punktekleid beugt sich über den Tresen und präsentiert mir dabei ihre Titten.

»Was darf's denn sein?«, frage ich desinteressiert und lehne mich ebenfalls zu ihr. »*Orgasmus*, *Sex on the Beach* oder vielleicht einen *Bitch on Ice*?«

Sie zieht die Augenbrauen zusammen. »Ist der neu? Den habe ich auf der Karte nicht gesehen.« Sie schnappt sich das Teil vom Tresen und sieht sich die Vorder- und Rückseite an.

»Nein, Süße, eine Spezialmischung von deinem Barkeeper«, sage ich laut und dann scheint sie zu verstehen. Die wäre sogar fürs Ficken zu dämlich.

»Dann nehme ich den doch gern«, erwidert sie mit klimpernden Wimpern und legt die Karte wieder auf den Tresen. Ihre perfekt manikürten Finger streifen dabei über meinen Unterarm.

»Kommt sofort.«

Ich drehe mich zu den Flaschen um und hole ein Cocktailglas vom Regal.

»Was hast du vor?«, brüllt mir Rico ins Ohr, der dazu verdonnert wurde, meinen Babysitter zu spielen. »*Bitch on Ice*, dein scheiß Ernst?«

»Keine Sorge, die Kleine wird dem Club danach sicher eine Fünf-Sterne-Bewertung geben.«

Er kneift die Lider zusammen.

»Willst du ihr etwa Drogen ins Getränk mischen?«, mischt sich nun auch Merita erbost ein, die Kellnerin, die mir als Schutzschild diente. »So läuft das hier nicht, Freundchen.« Sie genießt es sichtlich, mich in die Schranken zu weisen.

Ich gebe mich sichtlich enttäuscht. »Drogen? Schon mal was von einem ordentlich gemixten Cocktail gehört, der mehr Alkohol als Wasser beinhaltet?«

Merita erwidert nichts mehr, schnappt sich schnaubend ein gefülltes Tablett und verteilt die Getränke unter den Gästen. Rico betrachtet mich mit Argusaugen. Es macht Spaß, diesen Penner an die Grenzen zu treiben. Vor allem, weil er mir kein Haar krümmen darf, so ein Pech.

Ich schütte die doppelte Menge an Alkohol in das hohe Glas und gebe nur wenige Eiswürfel dazu – es soll schließlich nicht heißen, dass dieser Club hier an Qualität spart.

»Damit könntest du einen Elefanten umlegen«, knurrt Rico und beobachtet mich irritiert dabei, wie ich zwei Kirschen auf ein Schirmchen spieße.

»Scheinbar bin ich wirklich ungeeignet für den Job. Vielleicht wird es Zeit, mir die richtige Arbeit zu geben, damit ich mich nicht mit so einem Scheiß befassen muss«, erwidere ich, deute auf die Cocktailkirschen und grinse ihm zu.

Ich drehe mich um und schiebe den Cocktail der Tussi zu. Sie zahlt bei Rico, zwinkert und rauscht dann grinsend ab.

Wenn sie schnell genug trinkt, kommt sie sicher kein zweites Mal zu mir, um mir auf die Eier zu gehen.

»Ich traue dir nicht, Wichser.« Rico hat sich neben mich gestellt, während ich die Alkoholika wieder an ihren Platz stelle.

»Und du denkst, das juckt mich?«, gebe ich zurück und drehe mich zu ihm. Rico ist groß, dunkelhaarig und ein aufgeblasener Muskelprotz. Ich wette, er würde sogar den Boden ablecken, wenn Alecta ihm das befehlen würde.

»Ich finde heraus, was an dir faul ist.« Er drückt mir den Zeigefinger gegen die Brust und ich sehe betont langsam hinab.

»Wusste nicht, dass du zum anderen Ufer gehörst.«

Als hätte er sich verbrannt, reißt er die Hand wieder zurück. Seine Kiefermuskeln zucken auffällig, aber er sagt kein Wort mehr.

Nach einer Stunde wird der scheiß Laden endlich geschlossen. Die restlichen Gäste verlassen die Bar, nur eine liegt auf der Bank und schnarcht vor sich hin. »Ah, *Bitch on Ice* hat funktioniert. Nächstes Mal brauche ich nur die Hälfte«, stelle ich fest und blicke auf das halbleere Glas.

»Irgendwas läuft in deinem kranken Hirn schief.« Rico rüttelt an ihrer Schulter und schafft sie dann nach draußen. Anschließend kommt er wieder zu mir an die Bar. »Und jetzt komm. Der Boss erwartet dich.«

Endlich. Das ist das erste Mal seit drei Tagen, dass mich Alecta zu sich beordert. »Wohin fahren wir?«

Er schubst mich zum Hinterausgang. »Das geht dich einen Scheißdreck an. An die Wand stellen.«

Auch wenn ich ihm gern sagen würde, wohin er sich seinen Befehlston hinstecken darf, beiße ich mir auf die Zunge. Wenn man an sein Ziel kommen will, muss man sich manchmal zum Arschloch machen lassen. Und es wird noch der Zeitpunkt kommen, an dem ich Rico den Arsch aufreißen darf.

Ich bleibe stehen und wenig später verbindet er mir die

Augen mit einem Tuch. Ich darf also noch immer nicht wissen, wo Alecta wohnt. Vermutlich wechselt sie ihre Bleibe im selben Rhythmus wie ihre Höschen.

Ein Auto bleibt mit quietschenden Reifen vor uns stehen. Eine Tür wird knapp vor mir geöffnet. Rico schubst mich nach vorn und ich lande auf der lederbezogenen Rückbank. *Keinen Fehler begehen, Hunter, Fehler können tödlich enden.*

Der Wagen donnert mit erhöhter Geschwindigkeit durch die Stadt, sodass ich mich in den Sitz pressen muss, um nicht hin- und hergerüttelt zu werden wie die verdammten Eiswürfel im Cocktailshaker.

Als wir ankommen, packt mich jemand am Arm und zerrt mich mit sich. Kies knirscht unter meinen Schuhen. Ich rieche etwas Zitroniges und höre Wasser plätschern. Der übliche Straßenlärm fehlt, das heißt, wir befinden uns entweder in einer ruhigen Siedlung oder außerhalb Atlantas. Ohne Vorwarnung reißt mir der Penner den Stofffetzen von den Augen und ich blinzele gegen die künstlichen Lichter an. Ich stehe vor einem beleuchteten Pool, rundherum ist alles dunkel.

»Benötigen Sie noch etwas, Miss Di Salvo?«, fragt Rico und stellt sich an den Poolrand. Alecta kommt in langen Zügen auf ihn zu geschwommen und hält ihm etwas hin. Es sieht aus wie ein MP3-Player. »Danke für die Informationen. Du kannst dir morgen frei nehmen, ich brauche deine Dienste nicht.«

»Das ist sehr großzügig«, entgegnet er nickend und ich lache spöttisch auf. Kaum zu glauben, wie dieses Arschloch vor ihr katzbuckelt. Könnte mich amüsieren, wenn mich der Scheißkerl nicht schon wieder anschauen würde, als wollte er mir eine reinhauen. Eigentlich warte ich nur darauf. *Komm schon, Wichser. Raste aus, damit ich einen Grund habe, mich zu wehren und endlich aus dieser verdammt unterwürfigen Rolle fallen kann.*

»Du kannst schlafen gehen. Mach dir keine Sorgen, ich bin in Sicherheit.« Alecta blickt nach oben zum Dach und ich vermute, dass sie dort entweder Wachen oder Sniper platziert hat. Oder gar nichts und die Geste dient nur der Ablenkung. Sie ist sich anscheinend verdammt sicher, dass ich nicht vorhabe, sie zu ertränken.

Rico wirft mir einen letzten drohenden Blick zu, ehe er geht, doch er tut mir natürlich nicht den Gefallen auf mich loszugehen. Dem kleinen Schoßhündchen liegt etwas an seinem Frauchen. Ich wette, er würde sie gern ficken.

»Zieh dich aus.« Ich drehe mich zu Alecta, die sich mit den Unterarmen am Poolrand abstützt. Wassertropfen rinnen über ihr Gesicht und ihr Blick ist … abwartend. »Wir haben etwas zu besprechen, Hunter.«

»Im Pool?«

Sie neigt den Kopf leicht zur Seite. »Du sollst dich ausziehen.«

Wow, mir ist noch nie so eine Frau über den Weg gelaufen. So abgebrüht, so heiß und dennoch so kontrolliert. Es ist schwer, sie einzuschätzen.

Ich ziehe die Schuhe aus, schäle mich aus meinem Shirt und der Hose.

Ihr Blick liegt die ganze Zeit auf mir, als ich den Saum nach unten ziehe und aus dem letzten Kleidungsstück schlüpfe. Ungeniert gleitet er von meinem Oberkörper hinab zu meinem Schwanz und verharrt dort. Sie wirkt zufrieden. »Du kannst reinkommen.«

Ich gehe zum Rand und lasse mich ins Wasser sinken. Es ist angenehm kühl. Alecta lehnt noch immer an derselben Stelle und sieht hinab zur beleuchteten Stadt. Ihr Anwesen befindet sich auf einer Anhöhe, umgeben von hohen Zypressen und Zitrusbäumen.

»*Bitch on Ice*?«, durchbricht sie die Stille. Sie sieht mich nicht an, auch nicht, als ich mich zu ihr bewege und die Unterarme neben ihren abstütze.

»Man muss improvisieren können.«

Sie lacht leise. »Ist das in deinem Metier so?«

»Wenn du das nicht kannst, ist dein Leben schnell vorbei.«

Sie dreht sich zu mir, fährt mit dem Finger über meinen Oberarm. »Also, Hunter, du hast eine Chance, mir die Wahrheit zu sagen. Auf dem Dach befindet sich ein Sniper, der eine hervorragende Ausbildung genossen hat. Wenn ich merke, dass du lügst, bist du tot.« Sie lässt den Satz enden, indem sie mit den Fingern über meinen Handrücken streift und dann wieder verschwindet.

Ich erwidere ihren Blick, kalt und herzlos, wie ich es in den letzten Jahren gelernt habe. »Es gibt viele Gründe, warum ich für dich arbeiten will, Alecta.« Ich betone ihren Namen, wende mich dann zu ihr und streiche ihr eine dicke Strähne hinter die Schulter. In ihrem Gesicht ist keine Reaktion zu erkennen, aber ihr Körper verrät sie. Gänsehaut hat sich auf ihren Oberarmen gebildet.

»Und was ist der Ausschlaggebende? Die Wahrheit, vergiss das nicht.« Sie stellt sich dicht vor mich. Die Spitzen ihrer Titten berühren mich am Ansatz meiner Bauchmuskeln. Sie weiß genau, wie sie mit ihrer Beute spielen kann. Und sie genießt es. Wie eine Viper, die sie umkreist. Wieder und wieder, bevor sie zum tödlichen Biss ansetzt.

»Du bringst das System zu Fall«, raune ich und meine Finger gleiten über ihre Schulter hinab.

Sie öffnet die Lippen leicht und sieht mich herausfordernd an. »Und das unterstützt du?«

»Du kennst die Geschichte meiner Familie, du weißt, was danach passiert ist.«

»Der Mord an deiner Familie wurde nie aufgeklärt und aus dem Navy Seal wurde ein Abtrünniger. Du hast Menschen für viel Geld um die Strecke gebracht. Böse, einflussreiche Menschen. Warum willst du mich nicht tot sehen?«

Ich beuge mich leicht zu ihr, ihr heißer Atem kitzelt meine Lippen. *Was du kannst, kann ich auch, Alecta.*

»Wer war an der Mordermittlung beteiligt? Ich wette, du hast es schon herausgefunden?«

»Das FBI.«

»Sehr gut recherchiert. Und was ist dabei herausgekommen?« Ihre Hände wandern an meinem Oberkörper entlang. » Du bist verdammt neugierig, Hunter.«

Es sollte mich nicht wundern, dass sie so viel weiß, denn ihre Netzwerke sind breit gestreut. Und dennoch spannt sich mein Körper an.

»Wie oft fragst du dich, wer den Befehl gegeben hat, deine Familie zu töten?«, raunt sie leise und legt Finger für Finger auf meinem Oberkörper ab.

»Jeden Tag«, gebe ich emotionslos zurück. Sie drückt ihren Körper enger an mich, schlingt die Arme um meinen Hals und sieht zu mir hoch. »Willst du wissen, warum ich so sicher bin, dass du mich nicht hintergehst?«

»Ich bin gespannt.«

Sie lächelt. So kalt, dass der Ausdruck selbst meinem Konkurrenz macht. »Ich habe jeden, der für mich arbeitet, in der Hand. Informationen, die mich die Hunde nicht anleinen lassen müssen. Sie folgen mir auch so. Du wirst mich nie verraten, weil ich weiß, wer deine Familie getötet hat, Hunter.«

Wumm.

»Unmöglich«, kommt es mir wie automatisch über die Lippen. Ein Schutzmechanismus, der mich vor Fehlern bewahren soll. »Die Akte liegt in einem Raum mit den modernsten Sicherheitssystemen. Wäre es so einfach, sie zu besorgen, hätte ich sie längst in der Hand.«

Sie schürzt die Lippen. »Oh, ich hätte erwähnen sollen,

dass mein Vater vor Jahren einen Typen eingeschleust hat, der das kann. Zugang zu allen Akten, die ich sehen will.«

Entweder lügt sie oder die Akte ihres Vaters befindet sich nicht in diesem Archiv und wurde woanders untergebracht. Ich tippe auf Zweiteres.

Meine Hände gleiten an ihrem Rücken hinab und umfassen ihren Arsch fest. Ich grabe meine Finger in ihre weiche Haut, genieße das Gefühl, sie so nah bei mir zu wissen. »Was willst du für diese Information?«

»Ich entscheide, wann und ob du sie bekommst, Hunter. Stellst du mich zufrieden, stehen deine Chancen höher, als wenn du darüber nachdenkst, mich zu verraten.«

Dieses Biest will ihr Zepter nicht hergeben. Sie spielt mit mir, lockt mich hervor, nur um dann wieder zuzuschlagen. Aber solange ich nicht weiß, was sie vorhat, werde ich den wahren Liam Hunter hinter der Maske versteckt halten.

»Woher weiß ich, dass es stimmt, was du sagst?«

Sie lächelt wieder. »Deine Aussage wurde kurz nach Mitternacht von einem Agent Clark aufgenommen. Du warst für den Geburtstag deiner Tochter einkaufen – ganz der fürsorgliche Familienvater auf Fronturlaub.«

Mir läuft es kalt den Rücken hinunter. Selbst die Uhrzeit stimmt. Wie ist es möglich, dass sie dort rangekommen ist? Das FBI nimmt nicht wahllos Typen auf, erst recht keine, die für die Aktenverwahrung zuständig sind. Ich muss das Thema wechseln, bevor ich mich auf dünnes Eis begebe. Ich darf meiner Schwachstelle nicht das Denken überlassen.

»Also, Alecta, war meine Antwort zu deiner Zufriedenheit?« Mein Daumen streicht über ihre rechte Arschbacke.

»Es reicht mir vorläufig«, gibt sie gnädig zurück und stellt sich auf die Zehenspitzen. Ihre Lippen berühren meine fast. »Du wirst morgen mit Rico diesen Deal über die Bühne bringen. Vielleicht belohne ich dich, wenn der Auftrag zu meiner Zufriedenheit ausgeführt wurde.«

»Morgen schon?«

Sie schmunzelt süffisant. »Ich verrate doch vorher kein genaues Datum, wenn ich dir nicht trauen kann, Hunter. Aber du hast die drei Tage in meinem Club tapfer hinter dich gebracht.«

Dann küsst sie mich. Nicht weiblich zart, sondern fordernd, während sie die Beine um meine Hüften schlingt. Ich fasse sie unterm Arsch an und hebe sie hoch, sodass mein Schwanz gegen ihren Venushügel drückt. Sie schmeckt nach Alkohol und etwas Fruchtigem. Ich werde so verdammt hart, als ihre Zunge mit meiner spielt, vergrabe die Finger in ihren Haaren und ziehe ihren Schopf nach hinten, sodass unsere Lippen sich lösen. Sie stöhnt auf, presst sich fester gegen mich. Mit der Zunge fahre ich über ihren Hals, spürte ihren Puls gegen die Haut pochen. Es ist nur ein kurzer Moment, in dem sie mir ihre Lust zeigt. Mit einem Ruck löst sie sich von mir und hievt sich am Beckenrand hoch. Ihr Fuß gleitet über meinen Oberkörper. »Viel Glück für morgen, Hunter. Es wäre unerfreulich, wenn du nicht überlebst.«

Sie spielt ein Spiel mit mir, bei dem ich nur zu gerne mitmische. »Ich brauche kein Glück.«

Lasziv steht sie auf und zeigt mir ihre Rückansicht. »Wir werden sehen.«

Für einen Moment starre ich fasziniert auf ihren schmalen Körper. Mein Blick folgt den schwarzen Strichen auf ihrer Haut, die sich über ihren gesamten Rücken erstrecken. Hauchdünne Linien schlängeln sich von ihrem Nacken bis zu ihrer Hüfte, winden sich über der Mulde ihrer Wirbelsäule. Eine Schlange, die ihr einen gefährlichen Spitznamen eingebracht hat. Ihr leises Lachen reißt mich aus meiner Starre, dann geht sie splitterfasernackt über die Marmorsteine zum Terrasseneingang.

Alecta hat mehrfach bewiesen, dass sie keine Anfängerin ist, aber heute hat sie meine volle Aufmerksamkeit bekommen. Sie ist eine ebenbürtige Gegnerin. Jemand, den man nicht unterschätzen darf. Alecta wird gerade interessanter als Millers Auftrag.

Aber auch sie wird mich nicht zu ihrem Spielzeug degradieren. Ich bin Liam Hunter, niemand, den man einfach beherrschen kann.

Ich steige aus dem Pool und starre auf die Kulisse der Stadt. Sie weiß, wer den Auftrag gegeben hat, meine Familie zu ermorden. Ich balle die Hände zu Fäusten und unterdrücke den Wunsch, die Liegestühle neben mir in alle Einzelteile zu zerlegen. Damit hat sie mich in der Hand. Aber sie hat sich getäuscht, wenn sie denkt, ich werde zu ihrem Schoßhündchen.

»Man zeigt dem Hund nicht den Knochen und haut dann ab, Süße«, raune ich und folge ihren Spuren ins Hausinnere. Der leichte Wind weht die dünnen Vorhänge zur Seite. Alecta steht vor der Bar und nippt an einem Getränk. Rechts und links säumen meterhohe Bücherregale die Wände.

»Komm her«, befehle ich ihr und bleibe in der offenen Terrassentür stehen.

Sie dreht sich zu mir.

»*Was?*«, fragt sie hörbar belustigt und geht einige Schritte auf mich zu, bis sie im Lichtkegel der Laterne steht.

»Du sollst zu mir kommen«, wiederhole ich, dieses Mal in einem strengeren Tonfall. Sie reckt das Kinn in die Höhe und stellt das Glas auf dem Tisch ab.

»*Du* erteilst mir Befehle?« Sie greift nach der Knarre auf der Theke, kommt näher und drückt die Mündung gegen meine Brust. »Wage es niemals, die Grenzen zu überschreiten, Hunter.«

Mit einer blitzschnellen Bewegung schlage ich die Waffe zur Seite. Sie landet scheppernd auf dem Boden und rutscht in die gegenüberliegende Ecke des Raumes, bis sie vor einem Bücherregal liegen bleibt. »Und du wage es niemals, aus einem Rottweiler einen kläffenden Handtaschenköter zu machen«, knurre ich und packe sie im Nacken.

Alecta will mir als Antwort einen gezielten Schlag gegen die Kehle verpassen, den ich mit meinem Unterarm abblocke. Sie nutzt den Moment, hebelt meinen sicheren Stand aus. Ich taumele mit ihr zu Boden und rolle mich über sie. »Nicht schlecht, Süße, aber der letzte Zug war ein Fehler.«

»Dafür wirst du büßen, Hunter«, zischt sie, als ich ihre Arme über dem Kopf festhalte.

»Wie bestrafst du mich?«

Sie atmet schwer, ihr Brustkorb hebt und senkt sich auffällig. Da ist so viel Feuer in ihr, so viel Leidenschaft. Dieses Mal packt sie mich im Nacken und zieht mich nach unten. Unsere Lippen treffen hart aufeinander. Wieder und wieder. Sie schlingt die Beine um meine Hüften und ich drehe mich auf den Rücken, ziehe sie über mich. Ihre nassen Haare fallen zur Seite, sie stützt sich mit den Händen neben meinem Kopf ab. »Und jetzt, Hunter?«

Ich fahre mit dem Daumen über ihre Unterlippe. »Jetzt wirst du mir zeigen, wie viel dir an meinem Überleben liegt.«

ALECTA

Sanft gleitet meine Zunge über seinen Daumen, bevor ich ihn ganz in den Mund nehme. Dunkle Lust tritt in seine Augen, die Kieferpartie ist angespannt. Rico hat nicht unrecht … bei Hunter muss man vorsichtig sein. Mein Instinkt warnt mich vor ihm – nicht als Geschäftspartner, sondern als Mann. Ich muss zugeben, dass ich noch kein vergleichbares Exemplar kennengelernt habe. Aber gerade das reizt mich. Das Verbotene. Die Gefahr. Das ewige Duell zwischen Gut und Böse.

Als er sein Gesicht nahe an meines bringt, lache ich rau auf. »So unwiderstehlich bist du auch wieder nicht.« Ich löse mich aus seinen Armen, erhebe mich und laufe durch die Bibliothek, während er mir fluchend folgt. Mit einer schnellen Bewegung ergreife ich meine Waffe vom Boden, entsichere sie und richte ihren Lauf auf Hunters Herz. Er hat keine Angst vor dem Schuss. Ich beginne sogar zu glauben, dass er sich nach Erlösung sehnt. Wir taxieren einander, Viper trifft auf Skorpion. Gift auf Gift.

»Für wen schlägt es?«

Kein Zucken auf seinem Gesicht. Nein, er fürchtet sich nicht vor dem Tod, nicht er. »Nur für mich allein.«

Das glaube ich ihm. Der Navy Seal ist sich selbst der Nächste. Ich habe in der Vergangenheit die Erfahrung gemacht, dass

Menschen ihr wahres Gesicht erst offenbaren, wenn sie kurz davorstehen, durch mich getötet zu werden. Bei Hunter ist es anders. Ich weiß, dass er eine spezielle Ausbildung genossen hat, vermutlich kann er sein Herz allein durch Willenskraft dazu bringen, langsamer zu schlagen. Hunter ist eine willkommene Herausforderung in meinem Piranhabecken.

Ich nehme die Knarre zurück und lege sie gesichert auf den Tresen. »Du solltest dich ausruhen. Morgen wartet ein Auftrag auf dich. Dann werden wir sehen, wie lange es dein Herz noch macht.«

Jeder andere würde die eindeutige Botschaft in meinen Worten verstehen: *Hau ab*. Aber nicht Hunter. Ich will mich von ihm abwenden, doch er ergreift meine Hand und zieht mich schwungvoll in seine Arme. Seine Lippen liegen hart und begierig auf meinen, sein Schwanz drückt sich fordernd gegen meinen Bauch, während seine Finger ungewohnt sanft meinen Rücken hinabwandern. Er zeichnet die Linien meines Tattoos nach, als wüsste er genau, wo es verläuft. Ich sollte das nicht tun. Ich sollte ihn für seine Unverschämtheit bestrafen, doch ich *will* mich nicht gegen ihn wehren. Bestrafung hat viele Facetten, deshalb lasse ich es geschehen, aber einfach wird es für ihn nicht.

»Fuck«, flucht er, als ich ihm in die Lippe beiße. Blut quillt heraus. »Miststück.«

Ich packe sein Kinn, drücke es fest zusammen. »Dachtest du, es wird leicht?«

Ein arrogantes Lächeln breitet sich auf seinem Gesicht aus. »Ich hoffe nicht.«

Wieder zieht er mich in einen harten Kuss, seine Finger legen sich unter meinen Hintern und heben mich hoch. Seine eine Hand fegt über den Tresen, sämtliche Gläser und Flaschen fallen zu Boden, tausende Dollar tränken meinen Teppich. Kaum hat er mich auf dem Holz abgesetzt, drückt er mich nach hinten und spreizt meine Beine. Seine Finger dringen hart in mich ein, es ist schmerzhaft, aber auf eine andere Art macht es mich auch an. Er weiß, was ich will. Was ich *brauche*. Stöhnend dränge ich mich ihm entgegen, schreie auf, als er in meinen Nippel beißt. Er ist anders … wilder, ungezähmter, härter. Ein Zittern durchfährt meinen Körper. Ich fange von den Zehenspitzen bis in meinen Haarschopf an zu beben.

»Kondome«, keuche ich. »Oberste Schublade links.« Ohne weitere Nachfragen entfernt er sich kurz von mir. Ich höre das Reißen einer Verpackung, nutze die Zeit, um meinen Atem zu kontrollieren.

In einer ruckartigen Bewegung zieht er mich von der Bar, setzt mich auf seine Hüften und dringt in mich ein. Ein überraschter Schrei entfährt mir, doch ich fasse mich schnell, schlinge meine Arme um seinen Hals und meine Beine um seine Mitte, um ihn tiefer in mir zu spüren.

»Zeig mir, dass du es wert bist, Hunter«, schnurre ich. Wenn es nötig ist, mutiere ich zum sanften Kätzchen, bevor aus mir wieder eine unberechenbare Löwin wird.

Er stolpert einige Schritte nach vorn, bis sich ein Regal in meinen Rücken bohrt. Wieder und wieder stößt er in mich, rammt mich schmerzhaft gegen die Bretter. Ich schließe die Augen, versuche, mit meinen Händen Halt zu finden und fege dabei die störenden Bücher herunter. Seine Lippen saugen an meinen Brüsten, seine Zähne beißen in mein weiches Fleisch und ich schreie vor unkontrollierter Lust auf.

»Du bist ein Miststück, Alecta Di Salvo«, knurrt er. Ich erwidere nichts, stoße mich vom Regal ab und wir gehen beide keuchend zu Boden. Mit meinen Händen stütze ich mich auf seinem Oberkörper ab, halte ihn unten, während ich meine Hüfte fordernd auf ihm bewege. Stöhnend drückt er den Rücken durch. Ich lehne mich nach hinten, ficke diesen Mistkerl, bis wir beide schreiend explodieren.

Genussvoll beiße ich in mein Lachsbrötchen, lehne mich auf meinem Gartenstuhl zurück und schiebe mir die Sonnenbrille auf die Nase. Die Sonne scheint unnachgiebig auf uns herab, doch anstatt mich wie meine Mutter unter einem Schirm zu verkriechen, genieße ich die Wärme auf meiner Haut. Ein weißer Bikini ohne Träger und ein knappes Höschen bedecken meine intimsten Stellen. Ich würde nacktes Sonnenbaden bevorzugen, aber meiner Mutter zuliebe verzichte ich darauf. Seit sie sich in ihrer Midlife-Crisis befindet, ist sie um einiges prüder geworden und ich will nicht schuld daran sein, wenn sie einen Herzinfarkt bekommt.

»Du weißt, welche Verantwortung auf deinen Schultern ruht?«, fragt meine Mutter pikiert. Heute scheint einer der Tage zu sein, an dem sie mir einen ihrer Vorträge hält. Mutter ist der einzige Mensch, dem ich es durchgehen lasse, meine Autorität in Frage zu stellen. Zumindest bis zu einem gewissen Grad.

»Du hast mich mehr als einmal daran erinnert«, gebe ich knapp zurück und nehme den letzten Bissen des Brötchens in den Mund.

»Mir gefällt die Entwicklung nicht.«

Ich sehe zu ihr. Gott, ausgerechnet dieser Ich-weiß-was-du-getan-hast-Ausdruck. Ich schlucke mein Essen hinunter und greife nach dem Glas Prosecco. »Lass es gut sein, Mutter.«

Der Zitrusduft der Bäume weht zu uns herüber und ich genieße die Aussicht auf die Stadt. Eines muss man meinem Vater lassen, er hatte ein Händchen bei der Auswahl seiner Freunde.

»Hattest du eine schöne Nacht?«, fragt sie mit einem sarkastischen Unterton und genehmigt sich einen Schluck frisch gepressten Orangensaft. Der Farbe nach zu urteilen hat sie sich ihre Wunderpulver hineinmixen lassen. Zumindest weiß ich jetzt, woher der Wind weht. Es geht nicht um meine Waffendeals.

»Sie war interessant«, gebe ich zurück und lächele süffisant.

»Das war nicht zu überhören.«

Seufzend angle ich mir ein paar Trauben aus der Schüssel. »Möchtest du mir irgendetwas sagen, Mutter?«

»Ich habe nicht das Recht, mich in dein Liebesleben einzumischen, aber …«

»Wir reden hier über mein Sexleben«, unterbreche ich sie trocken. »Mit Liebe hat das nichts zu tun. Aber ja, es geht dich nichts an.«

Ihre Augen verengen sich zu Schlitzen. Früher hat mir dieser Blick den Schweiß ausbrechen lassen, doch er macht mir schon lange keine Angst mehr.

»Du kennst ihn nicht.«

»Genauso wenig wie er mich. Das mindert jedoch nicht seine Qualitäten als Liebhaber.« Ich muss grinsen, als ich an die vergangene Nacht zurückdenke. Hunter mag vieles sein, aber langweilig ist er nicht.

»Sei vorsichtig, Alecta, wen du in unsere Familie lässt. Du bringst damit nicht nur dich in Gefahr.«

Die Gläser meiner Sonnenbrille verbergen, wie ich die Augen verdrehe. »Ich habe alles unter Kontrolle, Mom.«

»Ach ja?« Sie zieht eine Augenbraue hoch und mustert mich scharf. »Was sagt Luca dazu? Ich dachte, ihr beide würdet so etwas wie eine Beziehung führen?«

Mir entfährt ein Lachen, doch ihr ernster Blick lässt mich verstummen.

»Du solltest dich mit ihm aussprechen, er wird dich ebenso gehört haben wie ich.« Sie erhebt sich und klammert sich an ihrem Glas fest. »Bitte entschuldige mich, ich habe einen Termin zur Massage.«

Massage. So nennt sie seit neuestem ihre Anti-Aging-Behandlungen. Vielleicht sollte ich dafür sorgen, dass sie auch einen Hunter an ihrer Seite hat, sie würde wesentlich entspannter sein.

Nachdenklich blicke ich ihr nach, bis sie im Haus verschwunden ist. Luca und ich ein Paar, das ist doch lächerlich. Überhaupt die Vorstellung, ich würde eine ernsthafte Beziehung führen, bringt meinen Magen zum Rebellieren. Unvorstellbar. Dennoch hat sie es geschafft, mir einen Funken schlechten Gewissens einzureden. Ich war nicht immer die eiskalte Waffenlady. Vor gut drei Jahren war ich ein Niemand, nur eine junge Frau mit anderen Zielen als ein Imperium zu übernehmen. Manchmal kommt es auch noch heute vor, dass ich in alte Muster verfalle.

Wenn Luca mehr für mich empfindet als nur Leidenschaft und Lust, muss ich eine klare Grenze ziehen. Eifersuchtsdramen kann ich nicht gebrauchen.

Ich werfe mir meine weiße Tunika über, schiebe die Brille wie einen Haarreif auf meinen Kopf und kehre auf nackten Sohlen zurück ins Haus. Vor dem Gästezimmer bleibe ich stehen und klopfe, entgegen meines sonstigen Verhaltens, an die Tür. Luca ist einer der wenigen, die sich meinen Respekt erarbeitet haben.

»Herein.«

Ich folge der Aufforderung und betrete den Raum. Luca steht vor dem großen Spiegel an der Tür vorm Kleiderschrank und wickelt sich den Verband vom Kopf.

»Wie geht es dir?«, frage ich ihn knapp und setze mich auf das gemachte Bett.

Er gibt ein Geräusch von sich, das sich wie ein abgehacktes Lachen anhört. Ein Zeichen, dass er seine Unsicherheit überspielen will. Ich habe vor langer Zeit damit begonnen, meine Mitarbeiter zu lesen, ihre Mimik und Gestik zu interpretieren.

»Hab schon Schlimmeres durchgestanden.«

»Kannst du heute Abend wieder deine Schicht im Club übernehmen?«

»Sicher.« Er wirft mir durch den Spiegel einen prüfenden Blick zu. »Hat Hunter viel Schaden angerichtet?«

Ich zucke betont lässig mit den Achseln. »Er war ganz passabel, aber die Leute fragen nach dir.«

»Gut.« Zufrieden knüllt er den Verband zusammen und versenkt ihn im Mülleimer.

Für einen Moment herrscht Stille und ich lege mir die Worte zurecht, die ich sagen möchte. Sagen *muss*. Ich hasse es, über Gefühle zu reden. Es wird überbewertet und führt meist zu nichts. Aber Luca gehört zu meinen engsten Vertrauten, wenn etwas zwischen uns steht, kann ich das nicht ignorieren.

»Was empfindest du für mich, Luca?«, komme ich daher gleich zum Punkt.

Er hält kurz die Luft an und atmet sie dann in einem schnellen Zug wieder aus. »Das weißt du nicht?«

Als ich ihm nicht antworte, holt er sich ein Glas aus der Zimmerbar und schenkt sich etwas von dem guten Whisky ein. Seufzend schwenkt er die goldene Flüssigkeit in dem Glas und stellt es wieder ab, bevor er meinen Blick erwidert. »Ich habe nie an etwas Ernstes geglaubt. Du bist nicht der Typ Frau, der sich in eine Beziehung zwängen lässt.«

»Aber?«, frage ich erwartungsvoll.

Er nippt an seinem Getränk, bevor er sich doch einen großen Schluck genehmigt. Anschließend sieht er mich mit einem schmerzerfüllten Blick an. Mein nächtlicher Spaß scheint ihn härter getroffen zu haben als die Verletzung an seinem Kopf. Innerlich wappne ich mich vor dem Drama, das nun folgen wird.

»Muss es ausgerechnet Hunter sein?«

»Ich werde mich vor dir nicht rechtfertigen.«

»Nein«, sagt er und fährt sich mit der freien Hand über das Gesicht. »Natürlich nicht, du bist der Boss.« Er leert das Glas und geht zur Tür.

»Wo willst du hin?« Mein schneidender Tonfall ist nicht zu überhören.

Zögerlich dreht er sich zu mir um. »Ich fahre in die Stadt. Ein wenig Ablenkung wird mir nicht schaden.«

»Sei heute Abend pünktlich im Club.«

Er nickt und verlässt das Zimmer. Seufzend lasse ich mich nach hinten auf das Laken fallen und starre an die mit Stuck verzierte Decke. Ein kurzer Moment des Durchschnaufens.

Nur wenige Sekunden später rappele ich mich auf und verlasse den Raum. Im Flur werde ich bereits von Pietro erwartet.

»Die neue Lieferung ist angekommen, Miss«, sagt er und folgt mir den Gang hinunter. »Sie finden die Liste auf Ihrem Schreibtisch.«

»Was ist mit Hunter und Rico?« Entschlossen steuere ich den Trainingsraum an.

»Die beiden haben zur verabredeten Zeit das Anwesen verlassen und sind auf dem Weg nach Mexiko. Rico hält mich auf dem Laufenden.«

Vor der Tür bleibe ich stehen und blicke meinen Leibwächter energisch an. »Sonst noch etwas?«

»Heute Abend um achtzehn Uhr dreißig wird das Auto bereitstehen, um Sie zum Dinner zu den Montenegros zu fahren.«

Scheiße. Das Dinner hätte ich fast vergessen. Vater hat mir beigebracht, wie wichtig es ist, Geschäftsbeziehungen zu pflegen und mit den Montenegros hat er immerhin über zehn Jahre lang zusammengearbeitet.

»Ist gut. Ich werde mich eine Stunde auspowern und danach den Papierkram erledigen. Merita soll mir ein neues Kleid besorgen. Etwas Extravagantes, ohne dass es zu überteuert wirkt.«

»Ich werde es ihr ausrichten, Miss.« Er neigt den Kopf und wendet sich ab.

Mit einer wegwerfenden Handbewegung entlasse ich ihn und betrete den Trainingsraum. Hier habe ich meine Ruhe und kann ungestört meinen Gedanken und meiner Wut freien Lauf lassen. Mit federnden Schritten gehe ich vor dem Boxsack auf und ab und balle meine Hände zu Fäusten. Mit einem Schrei schlage ich auf den Sack ein. Das ist für meinen Vater. Ich schlage wieder, dieses Mal mit der linken, meiner schwächeren Hand. Für meine Familie. Rechts, links, rechts. Für mich selbst. Flink tänzele ich um den Sack herum, schlage, trete immer wieder zu. Mein Puls schießt in die Höhe, Schweiß läuft meinen Rücken hinab, doch ich höre nicht auf. Niemand kann mich aufhalten.

Nicht mehr.

LIAM

»Ich traue dir immer noch nicht, Arschloch. Vergiss nicht, ich habe dich im Visier.«

Rico, Alectas Lieblingsbodyguard, wirft mir einen drohenden Blick zu, als ich den Mustang blubbernd zum Leben erwachen lasse. Es gibt kein schöneres Geräusch als das eines V8. Netter Fuhrpark, den sie da besitzt. Die Corvette hätte es mir mehr angetan, aber Rico bestand auf den Mustang, weil er weniger auffällig ist.

»Schau nicht so angepisst und entspann dich«, gebe ich ruhig zurück.

Ich lege den Gang ein und fahre aus der Garage. Anscheinend vertraut mir Alecta inzwischen zumindest so weit, dass ich nicht mehr mit Augenbinde durch die Gegend kutschiert werden muss. Das werte ich als gutes Zeichen.

»Fahr einfach und halt die Schnauze«, brummt er und tippt die Adresse des Fort Worth Alliance Airport im Bundesstaat Texas ins Navi ein. Ein Frachtflughafen, der gern für Schmuggel genutzt wird. Die Typen dort sind gut genug geschmiert, um unseren »Matratzen- und Bettgestell-Transport« mit zwei geschlossenen Augen durchzuwinken. Gut für uns.

»*Sie erreichen Ihr Ziel um neunzehn Uhr achtunddreißig*«,

trällert es aus dem Navi und ich weiß auch ohne hinzusehen, dass wir viel zu viele Meilen gemeinsam vor uns haben.

»Wie schön, dass wir so viel Zeit gemeinsam verbringen können«, säusele ich in seine Richtung und seine Miene wird noch grimmiger. Er ist von bulliger Statur, trägt einen Bart und sieht aus wie Shrek, dem man sein geliebtes Haus in der Pampa abgefackelt hat.

»Wenn es nach mir geht, würdest du längst auf dem Grund des Ozeans liegen.«

Bis zur Bundesgrenze zum Nachbarstaat Alabama spricht niemand ein Wort. So gefällt mir das. Kein sinnloses Geplänkel. Stattdessen lasse ich mir die letzte Nacht durch den Kopf gehen.

Alecta hat mich nicht enttäuscht. Sie fickt mit derselben Leidenschaft, die sie für ihre dreckigen Geschäfte aufbringt.

Ich mag es hart.

Sie mag es hart.

Wir ergänzen uns nicht nur auf skrupelloser Ebene.

»Du bekommst einen gefälschten Pass. Miss Di Salvo geht kein Risiko ein«, reißt mich Rico irgendwann an der Bundesgrenze aus meinen Gedanken.

Ich halte meinen Blick auf die Straße gerichtet. »Was transportieren wir?«

»Matratzen- und Bettgestelle.«

»Witzig.«

»Spielt das eine Rolle?«

Ich grinse. »Lass mich raten: Handfeuerwaffen vom Kaliber 9mm, Magnum-Revolver und Sturmgewehre? Sind Luftabwehrraketen und Panzerfäuste auch schon dabei? Ich habe gehört, die Mexikaner können dieses Zeug gut vertragen.«

Ich erkenne im Augenwinkel, wie er seinen Oberkörper zu mir dreht und mich anstarrt. »Woher hast du diese Informationen?«

»Wenn man so lange wie ich im Untergrund unterwegs ist, weiß man so etwas einfach«, antworte ich gelangweilt und er dreht sich wieder zur Seite.

Rico gibt ein wenig überzeugtes Grunzen von sich. »Oder wenn man ein Bulle ist.«

»Vertraust du dem Urteil von Alecta so wenig? Denkst du ernsthaft, sie würde einen Cop nicht zehn Meilen gegen den Wind riechen?«

Statt zu antworten, schnaubt er nur und verfällt wieder in Schweigen. Zwölf Stunden und zwei Pausen zum Pissen später kommen wir am Fort Worth Alliance Airport an. Rico hält dem Portier vor der Schranke einen Ausweis hin, der uns sofort passieren lässt. Das Rollfeld ist deutlich kleiner als ich es von Atlanta kenne, nur wenige Fahrzeuge, die zum Zurückschieben der Flugzeuge eingesetzt werden, befinden sich in der Halle neben dem Tower. Es wirkt wie ausgestorben hier.

»Welches Flugzeug?«, frage ich.

»Das Graue«, gibt Rico spöttisch zurück. Witzig, ich wette, der Flughafen ist voll von grauen Fliegern.

Bevor wir aussteigen, steckt er mir den Reisepass und eine Walther PPK zu. »Wir wollen ja nicht, dass dir etwas passiert.« Sein Blick ist fiebrig und er sieht so aus, als würde er sich darauf freuen, dass ich den ersten Fehler mache. Doch das wird nicht passieren.

»Oh ja, dir steht die Sorge offen ins Gesicht geschrieben.«

Ich warte auf keine Antwort, sondern steige aus. Die Sonne ist bereits untergegangen, Lichter scheinen vom Tower hinab und von irgendwo dröhnt das Geräusch von startenden Triebwerken zu uns.

»Geh mir einfach nach und halt die Klappe. Wenn du es versaust, lässt dir Miss Di Salvo den Schwanz abbeißen.«

Soll ich ihm sagen, dass sie ihn schon im Mund hatte?

Rico zeigt einem Wärter vor einem hohen Metallzaun

erneut seinen Ausweis – gemeinsam mit einem Pack Scheine, die der Typ grinsend entgegennimmt. »Es freut mich immer wieder, mit Ihnen Geschäfte zu machen.«

Schweigend betrete ich neben Rico das Rollfeld und schaue mich um. Eine Maschine drängt sich auf dem grauen Beton an die nächste. Wie zu erwarten hält uns niemand auf oder kontrolliert uns ein weiteres Mal. Ich dachte mir so etwas bereits, schließlich hat Alecta ihr Business offensichtlich gut im Griff.

»Läuft das immer so ab?«, hake ich nach.

Rico grinst mich an. »Du hast keine Ahnung, wo Miss Di Salvo überall ihre Finger im Spiel hat.«

Ich neige nicht dazu, meine Gegner zu unterschätzen, aber das Ausmaß ihres Einflusses ist mir immer noch nicht ganz klar. Ihr Vater muss ein immenses Netzwerk aufgebaut haben, das sie in den letzten drei Jahren noch ausgeweitet hat. Kanada, Russland, Mexiko … wenn das FBI nur über diese Kontakte Bescheid weiß, gibt es sicher noch mehr Länder und Nationen, die sie beliefert.

Das Gespräch mit Miller ist bald fünf Wochen her. Ich wette, dieses Arschloch sitzt bereits auf glühenden Kohlen, weil es kein Lebenszeichen von mir gibt. Ich werde ihn sitzen lassen, er kann ruhig wissen, wie es sich anfühlt, ahnungslos zu sein.

»Los, rauf da«, knurrt Rico, als wir vor einer geöffneten Flugzeugrampe stehen bleiben. Ich blicke nach oben. Gut, ich hätte mit einer Cargo-Airline gerechnet, aber nicht mit einem Privatjet.

»Ich dachte, wir fliegen in einem *richtigen* Flugzeug mit, das Tonnen an Ware transportiert.«

Rico wirft mir einen abschätzigen Blick zu. »Du hast keine Ahnung von Miss Di Salvos … Matratzenhandel. Wir verhalten uns unauffällig, klar? Keine Jumbojets.«

Dann muss es sich wirklich um exklusive Waffen handeln, wenn der Laderaum des Privatjets ausreichend ist, um damit eine Stange Geld zu verdienen. Wir werden an der Tür von einer Stewardess empfangen, die mich künstlich anlächelt. »Einen schönen Abend, Mister Heath.«

Ich nicke ihr zu und betrete das Innere. Der Jet ist klein, aber ausreichend für sicherlich zehn Personen. Die Sitze im Hauptraum, der mich an ein Besprechungszimmer erinnert, sind mit weißem Leder überzogen. Zu beiden Seiten stehen zwei Tische, deren Holz wahrscheinlich teurer ist als die Jahresmiete meiner Wohnung in Atlanta. Ich setze mich entgegen der Flugrichtung hin, Rico nimmt mir gegenüber Platz.

»Darf ich den Herren einen Aperitif anbieten?«, säuselt die Stewardess mit den roten Lippen und dem straffen Knoten am Hinterkopf.

Rico schüttelt den Kopf. »Nein.«

»Nein? Für mich einen Whisky, schottisch, Highlands.«

»Natürlich, Sir.«

Rico gibt ein Schnauben von sich. »Du sollst bei der Übergabe der Ware nicht besoffen sein.«

»Lass das meine Sorge sein.« Ich lehne mich zurück und blicke aus dem Fenster. Zehn Minuten später, mit einem Highland Park in der Hand, rollt die Maschine an.

Ein Knirschen reißt mich aus der Geschmacksverkostung. »*Hier spricht Captain Adrian Fox, ich heiße Sie an Board herzlich Willkommen, Gentlemen. Wir erreichen unser Ziel, Aeropuerto Internacional de Cuidad Juarez um zwanzig Uhr dreiundfünfzig*«, dröhnt es aus den Lautsprechern. Ich proste Alecta im Stillen zu. Der Flughafen liegt knapp hinter der Grenze zu El Paso. Perfekt, um Waffen ins Landesinnere zu schmuggeln und dann wieder zu verschwinden. Cuidad Juarez ist ganz vorn dabei, was die Verbrechensstatistik angeht. Zwei Kartelle, die sich hier einen ständigen Kampf um die Vorherrschaft in einer Stadt liefen, die am Schlimmsten vom Drogenkrieg betroffen ist. Der beste Platz für Waffengeschäfte.

Ich lehne mich zurück und schließe die Augen. Zumindest redet dieser Wichser nicht ständig, sondern hält die Klappe. Aber dennoch hat er mich dauernd im Blick.

Als wir landen, wirkt Rico nervös. Er trippelt sich mit den Fingern unaufhörlich auf seinem rechten Oberschenkel herum. Nervtötende Angewohnheit.

»Bringen wir die Scheiße hinter uns.« Ich stehe auf und gehe zum Ausgang. Die Stewardess grinst mir wieder dämlich zu, als ich das Flugzeug über die Rampe verlasse. Es ist wärmer als in Atlanta, ich ziehe die Lederjacke aus und hänge sie mir über die Schulter. Der Flughafen ist abgefuckt. Löcher in den Rollbahnen und abgesplitterte Farbe am Tower sind noch die geringsten Probleme. Das Hauptgebäude sieht aus wie eine verlassene Fabrik.

»Wohin fahren wir?«, frage ich Rico, als ein LKW vorfährt und neben der Laderampe parkt. Daneben erscheint ein Gabelstapler, der die Ware aus dem Flugzeug auslädt. Die Sonne ist bereits am Untergehen, was sich gut auf unseren Deal auswirkt. Obwohl ich glaube, dass die hiesigen Typen hier geschmiert sind, arbeite ich lieber in der Dunkelheit.

Rico grinst gehässig. »Wir bringen die Matratzen und Bettgestelle zu einer Kirche im Bezirk Nuevo.«

»Zu einer Kirche? Mann, deine liebe Miss Di Salvo ist sich für nichts zu schade«, gebe ich zurück und gehe kopfschüttelnd auf den LKW zu. Der Fahrer steigt aus und überreicht Rico den Schlüssel. Auch diesen Typen schmiert er mit einem ordentlichen Bündel. Ein dicker, alter Sack, der es wahrscheinlich bei der nächsten Hure ausgibt.

»Bereit?«, fragt er und hebt eine Augenbraue. Als wäre ich ein verfickter Anfänger.

»Fahr los«, erwidere ich genervt. Seine verdammten Spielchen kann er sich für einen anderen Idioten aufheben.

Durch den immer noch dichten Verkehr brauchen wir gut eine dreiviertel Stunde, bevor wir vor der Kirche ankommen. Mittlerweile ist es dunkel. Ein Pick-up steht davor, ansonsten ist kein Wagen zu sehen.

»Du lässt mich reden, verstanden? Ich kann es mir nicht leisten, dass du unseren Deal versaust.«

»Wenn das hier schiefläuft, dann sicher nicht wegen mir.« Ich taste nach meiner Walther und steige aus. Zeitgleich öffnen sich die Wagentüren des Pick-ups und zwei vermummte Gestalten gehen auf mich zu. Sie halten Maschinengewehre in der Hand.

»Laderaum öffnen«, knurrt einer und bedeutet mir mit der Mündung seiner Waffe, dass ich nach hinten gehen soll.

»Hätte ich jetzt nie erwartet«, gebe ich knurrend zurück, werfe einen abschätzigen Blick auf seine Erscheinung und gehe dann nach hinten. Betont langsam öffne ich die Ladeklappe.

»Taschenlampe?«, frage ich und er wirft mir unter seiner Sturmhaube einen misstrauischen Blick zu, bevor er dem anderen zunickt, der mir das Ding hinstreckt.

Ich leuchte auf die Matratzenpackung, während der Typ ein Messer zückt und sie aufschlitzt. Er gibt ein zufriedenes Schnarren von sich, als er die Magnum sieht. *Gut geraten.*

Erst als er die restlichen Pakete kontrolliert hat, pfeift er und ein Rascheln ertönt. Bewaffnete Männer versammeln sich um uns, die Gewehre im Anschlag, und positionieren sich um den LKW. Gleichzeitig fahren mehrere Transporter um die Kurve.

»Ausladen«, gibt er den Befehl an die unbewaffneten Typen, die auf uns zugelaufen kommen. Nicht sie erregen mein Interesse, sondern der Kerl, der aus einem der Wagen steigt. Er hat keine

Eile, zieht zwei Mal an seiner Kippe, bevor er den Stummel in einem Loch des Kanaldeckels verschwinden lässt. Prüfend blickt er zuerst zu mir, dann zu Rico, bevor er zu uns kommt.

»Ah, alter Freund, schön dich zu sehen«, begrüßt er Rico, der die Hände vor seinen Eiern verschränkt hält und ihm zunickt. »Immer wieder erfreulich, mit Ihnen Geschäfte zu machen.«

Als der Typ in den Lichtkegel der Laterne tritt, muss ich mir ein Auflachen verkneifen. Kein bekannter Drogenbaron. Alecta beliefert die Guerilla? Das kann unmöglich lukrativer sein als mit dem Sinaloa-Kartell Geschäfte einzugehen.

Miguel Flores ist einer der bekanntesten Guerillaführer, der die Machtkämpfe der beiden Kartelle für seine eigenen Ziele nutzt. Er schlägt dann zu, wenn sich die beiden nur aufeinander konzentrieren.

Gemächlich zündet er sich eine neue Zigarette an und bläst den Rauch in kleinen Wolken aus. Dann dreht er sich zu mir und fixiert mich einige Sekunden.

Na, Arschloch? Erinnerst du dich?

»Das ist …«, beginnt Rico, aber Flores muss nur die Hand heben, damit er die Schnauze hält.

»Ich weiß, wer das ist«, entgegnet er grinsend. Er hat sich zum letzten Jahr hin verändert. Tiefe Falten haben sich in sein Gesicht gegraben, eine zackige Narbe zieht sich über seine Wange und der Drogenkonsum macht sich in seinem Gesicht bemerkbar. »Du lebst noch, Hunter«, gibt er mit rauer Stimme und tiefem spanischen Akzent zurück.

»Hast du etwas anderes erwartet?«

Er lächelt und entblößt dabei eine Reihe gelber Zähne. »In deinem Job hat man keine hohe Lebenserwartung.«

Ich zucke mit den Schultern. »Das macht ihn so interessant.«

Er kommt auf mich zu und boxt mir mit der Faust gegen den Oberarm. »Du warst immer schon ein Lebemann, Hunter. Aber Alecta? Wirklich?«

Ich sehe ihn abschätzend an. »Ich arbeite immer dort, wo es mich hinzieht.«

Er nimmt einen letzten Zug, wirft die Zigarette auf den Boden und tritt sie aus. »Es wundert mich nur, dass du dich einer einzigen Person verschreibst. Bist du noch für Aufträge zu haben?«

Ich grinse. »Derzeit habe ich genug zu tun, Flores. Aber wer weiß … vielleicht bin ich irgendwann wieder auf dem freien Markt.«

»Sofern diese Waffen unser kleines Problemchen nicht eindämmen, melde ich mich bei dir und frage, ob du schon die Schnauze voll von Festanstellungen hast.«

»Mach das«, gebe ich zurück und er sieht mich ein letztes Mal von oben bis unten an, bevor er seine Männer wie gefügige Köter zurückpfeift. Der LKW ist vollständig ausgeladen, die Ware in deren Fahrzeuge verstaut.

»Richte deinem Boss aus, dass ich zufrieden bin. Ich werde mich in den nächsten Wochen wieder melden«, wendet er sich an Rico und schnippt mit dem Finger.

Kurz darauf stellt sich ein Typ neben ihn und hält Rico einen Beutel hin, in den dieser einen kurzen Blick wirft. »Das werde ich.«

Wir bewegen uns nicht von der Stelle, bis die beiden in einem Pick-up verschwunden sind. Staub wirbelt auf, als sich Wagen für Wagen in Bewegung setzt.

»Rein in den LKW. Wir müssen los.« Rico drängt sich an mir vorbei und steigt an der Fahrerseite ein, während ich die Schutzabdeckung der Ladefläche wieder nach unten ziehe. Er startet den Motor und ich kann die Beifahrertür gerade noch rechtzeitig öffnen, bevor sich das Gefährt in Bewegung setzt. Behände schwinge ich mich auf den Sitz und werfe die Tür zu.

»Wie schade, dass du es noch hineingeschafft hast«, brummt er, aber ich habe keine Lust, auf seine hirnrissigen Kommentare einzugehen. Dazu bin ich zu sehr mit der Frage beschäftigt, wen Alecta hier noch alles beliefert. Nur die Guerilla? Oder noch andere Typen? Ist Miller deswegen so scharf darauf, sie aus dem Verkehr zu ziehen?

»Unser Flieger geht in dreißig Minuten«, durchbricht Rico die Stille.

»Sag bloß, Alecta bezahlt den Piloten nicht fürs Warten.«

»Du hattest von Anfang an eine große Fresse. Sie wird dir aber nichts nützen, wenn Miss Di Salvo dir das Fell über die Ohren zieht.« Sobald er ihren Namen in den Mund nimmt, wird seine Stimme … mädchenhafter. Als würde er sie wie eine Gottheit verehren. Das macht mich neugierig.

»Was ist es, das dich antreibt? Warum arbeitest du für sie?«, hake ich nach und er streckt den Rücken durch, als würde er gleich eine patriotische Hymne anstimmen.

»Das kann jemand wie du, für den Familie nur ein Wort ist, nicht verstehen.«

»Und für dich ist es was?«

»Familie hält dich am Leben. Sie kann dir den Arsch retten.« Er wischt sich mit dem Unterarm über das Gesicht. Ich sehe ihm an, dass ihm das Thema unangenehm ist. Alecta hat ihm vermutlich irgendwann sein mickriges Leben gerettet.

»Wenn ich zum Arsch retten jemand anderen brauche, habe ich etwas falsch gemacht. Du musst allein überleben können.«

»Ich stelle es mir anstrengend vor, allein zu sein, wenn deine Feinde dich jagen«, gibt er zurück.

Ich runzele die Stirn. »Du denkst, jemand jagt mich?«

»Der Anführer kannte dich. Nicht flüchtig, sondern gut.«

Natürlich tut er das. Einer meiner besten Kunden in der Vergangenheit. »Du kannst eins und eins zusammenzählen. Ich bin stolz auf dich«, gebe ich ruhig zurück.

»Woher?« Er presst das Wort hervor und krampft die Hände um das Lenkrad.

»Meine Kundenliste ist lang.«

»Wie viele Menschen hast du im Auftrag von jemandem ermordet?«

Er hält den Blick starr auf die Ruckelpiste gerichtet.

»Dreiundneunzig«, gebe ich kalt zurück, »vielleicht ist vor dem Flughafen Nummer vierundneunzig auf meiner Liste.«

Das Bimmeln seines Smartphones beendet unsere Diskussion. Er runzelt die Stirn, als er auf das Display sieht, und stoppt den LKW mit einer Vollbremsung in der nächsten Ausweichstelle. Ich stütze mich reflexartig auf der Armatur ab, bevor mein Schädel gegen die Scheibe knallt. »Scheiße, gib deinen verfickten Führerschein ab.«

Er ignoriert mich und hebt ab. »Was gibt's?«

Ich schüttele die Hände aus und mustere ihn. Seine Miene ändert sich von grimmig zu erstaunt. Die Augenbrauen schießen in die Höhe. Zum ersten Mal, seit ich ihn kenne, wirkt er entsetzt statt angepisst. Als hätte man ihm gerade verkündet, dass seine Anabolika nicht mehr lieferbar wären.

»Was ist los?«, herrsche ich ihn an, als er das Smartphone sinken lässt und belämmert in die Ferne starrt. Die Sekunden ziehen sich endlos und ich will schon nach seiner Schulter greifen, um ihn wieder zur Besinnung zu schütteln, als er endlich etwas sagt: »Miss Di Salvo wurde entführt.«

ALECTA

»Sie sehen aus wie eine Prinzessin, Miss Di Salvo.«

»Nein, Merita«, entgegne ich und beobachte im Spiegel, wie mich meine ein paar Jahre ältere Angestellte mit glitzernden Augen und einem seligen Lächeln auf den Lippen betrachtet. Sie leistet nicht nur ab und zu im Club gute Arbeit, sondern ist mir auch eine hervorragende Haushälterin. »Ich sehe aus wie eine Königin.«

Erleichterung zeichnet sich auf ihren Zügen ab. »Sie *sind* eine Königin, Miss«, sagt sie und räumt das feine Papier, in welches das teure Kleid eingeschlagen war, zurück in den Karton.

»Es gefällt mir ausgesprochen gut«, meine ich. Der schwarze Stoff schimmert je nach Lichteinfall in grünen oder braunen Nuancen, perfekt zu meinen verschiedenen Augenfarben. Als Kind habe ich in diesen einen genetisch bedingten Makel gesehen, es war mir peinlich, nicht wie die anderen zu sein. Heute weiß ich, dass mich genau das auszeichnet. Ich bin nicht wie die anderen.

Lächelnd streiche ich mit den Fingern über den weichen Stoff, der sich sanft um meinen Körper schmiegt und mir bis zu den Knien reicht. Ich drehe mich und werfe einen Blick über die Schulter. Mit einer Hand hebe ich meine langen Haare in die Höhe. Mein Rücken ist bis zur Hälfte freigelegt und präsentiert die giftigen Fangzähne der tätowierten Viper. Ein Versprechen und eine Drohung zugleich: Ich bin gefährlich.

»Was meinst du, Merita?«, frage ich meine Haushälterin und halte meine Haare auf unterschiedliche Längen. »Wild oder streng?«

»Zu diesem Kleid würde ich Ihnen zu einer strengeren Frisur raten«, entgegnet sie und als ich an meinem Schminktisch Platz genommen habe, greift sie sofort nach der Bürste und kämmt mir den Knoten aus den frisch gewaschenen Haaren. Sie zieht die glatten Strähnen straff nach hinten und wickelt sie zu einem Dutt. Anschließend steckt sie mir eine silberne Spange ins Haar und fixiert alles mit Haarspray. Ich lehne mich zurück, lasse mir von ihr ein dezentes Make-up auftragen und Smokey Eyes schminken. Dieser verruchte Look passt perfekt zu mir und meinem Kleid. Merita betrachtet mich eingehend, nickt zufrieden und reicht mir meinen Schmuck. Ich lege die Ohrringe, Kette und Ringe selber an und besehe das Werk kritisch im Spiegel.

Meine Haushälterin lächelt aufmunternd. »Der junge Alessio Montenegro wird Ihnen aus der Hand fressen.«

Meine Fingerspitzen gleiten vorsichtig über die mit fünf kleinen Smaragden besetzte Halskette. »Das wäre besser für ihn.«

Es klopft und auf mein »Herein« streckt Pietro den Kopf in das Zimmer. »Der Wagen steht bereit, Miss Di Salvo.«

»Ich komme.« Nickend verschließt er die Tür, während Merita mir die schwarzen High Heel Sandaletten reicht. Ich schlüpfe hinein und werfe einen letzten Blick in den Spiegel, bevor ich die Schultern straffe und meine Räumlichkeiten verlasse. Draußen vor dem Haus erwartet mich bereits der SUV mit laufendem Motor. Ich steige ein, warte, bis sich Pietro neben mich gesetzt hat und Moussa den Wagen die Auffahrt hinunter fährt.

»Du wirst mich begleiten, Pietro«, sage ich bestimmt.

»Doch halte dich bedeckt, die Montenegros sollen nicht denken, wir würden sie überfallen.«

»Ja, Miss«, entgegnet er, doch ich weiß, dass ich ihn im Auge behalten muss. Er agiert zu impulsiv, das ist uns schon einmal fast zum Verhängnis geworden. Rico ist besonnener, doch der sorgt gerade dafür, dass Hunter sich an den Plan hält. Ich brauche ihn eigentlich an zwei Orten gleichzeitig.

»Die Montenegros sind in Italien eine genauso einflussreiche Familie wie wir Di Salvos. Mein Vater konnte den alten Montenegro damals für sich gewinnen, doch es war ein schwerer Kampf und kostete einiges an Grips und Geld. Sein Sohn wird nicht weniger skrupellos sein. Unser oberstes Ziel ist es, dieses Haus weiterhin mit all seinen Netzwerken auf unserer Seite zu wissen, haben wir uns verstanden?«

Ich ahne schon länger, dass der junge Montenegro weitaus weniger patriotisch ist als sein Vater.

»Ja, Miss.«

»Gut.«

Nach einer halben Stunde halten wir vor dem prächtigen Anwesen der Montenegros. Ich lasse das eindrucksvolle Gebäude im toskanischen Stil auf mich wirken. Eines muss ich dem alten Giovanni lassen, sein Geschmack war erlesen.

»Die wunderschöne Miss Di Salvo beehrt mich mit ihrer Anwesenheit«, erklingt die irritierend warme Stimme des neuen Hausherrn, als ich den imposanten Salon betrete. Alessio hat ein schmales Gesicht mit markanten Wangenknochen, dunkle Augen und braunes, kurzes Haar. Sein Körper, der in einem maßgeschneiderten Anzug steckt, ist athletisch anzusehen und vermittelt den Eindruck, dass ich einen Sportler vor mir habe.

Trotzdem hatte ich nie den Wunsch, ihn in mein Schlafzimmer einzuladen. Er ist mir zu aalglatt.

Pietro bleibt am Eingang des Raumes zurück, um die

Männer im Auge zu behalten, die sich deutlich sichtbar hinter uns postieren.

»Alessio Montenegro«, säusele ich, setze ein strahlendes Lächeln auf und reiche dem ungewöhnlich hochgewachsenen Italiener die Hand. Er ergreift sie, beugt sich vor und haucht einen Kuss auf meinen Handrücken.

»Sie werden mit jedem Mal schöner.«

»Zu gütig«, sage ich mit gespielter Freundlichkeit und nehme das Glas mit Rotwein entgegen. Ich schwenke das Getränk und nehme einen tiefen Atemzug. »Der Wein verspricht ein Genuss zu werden. Allein deshalb müsste man wissen, dass Sie Italiener sind, auch wenn die Gerüchteküche etwas anderes sagt.«

Eine Anspielung auf seine russische Mutter, die angeblich Montenegros Köchin war oder seine Gärtnerin, niemand weiß das so genau. Giovanni hat dazu nie öffentlich Stellung bezogen, doch eine nicht schwangere Ehefrau mit einem plötzlichen Kind wirft viele Fragen auf.

Grübchen bilden sich an seinen Mundwinkeln, als er mir seine strahlend weißen Zähne präsentiert. »Nun, ich bin wohl nicht der Einzige, dessen genaue Herkunft ein Mysterium ist.«

Ich weiß, worauf er hinauswill. Auch ich bin erst mit dem Tod meines Vaters in der Öffentlichkeit erschienen. Böse Zungen behaupten sogar, ich wäre nur die Tochter einer seiner Gespielinnen. Die Gerüchte, die mich umgeben, sind genauso einfallsreich wie seine. Eine Sache, die wir gemeinsam haben.

»Ich bin sehr erfreut, dass Sie meiner Einladung gefolgt sind, Miss Di Salvo. Unser letztes Aufeinandertreffen ist immerhin schon zwei Monate her«, sagt er höflich und deutet mir mit einer einladenden Geste, auf dem Sofa Platz zu nehmen, während er sich selber auf dem Ohrensessel nieder lässt. Ich betrachte ihn eingehend. Dunkle Schatten liegen unter seinen

Augen und er wirkt unnatürlich blass. Der Tod seines Vaters vor einem Monat scheint ihm immer noch zuzusetzen.

»Mein Beileid zu Ihrem Verlust«, meine ich ehrlich. »Ich hoffe, meine Karte und die Blumen haben Sie erreicht.«

Er nickt. »Danke, ich war gerührt von Ihrer Anteilnahme. Es ist unfassbar, was sich manche Menschen erdreisten. Sein Leichnam ist noch nicht erkaltet und schon stehen die ersten Aasgeier vor der Tür.«

»Das kenne ich nur zu gut.« Ich lehne mich zurück, schlage die Beine übereinander und hebe mein Glas. »Auf Giovanni Montenegro. Möge sein Vermächtnis ewig dauern.«

Er erwidert die Geste lächelnd. »Auf Giuseppe Di Salvo, möge er auf ewig in den Armen einer Hure liegen.«

Der erste Warnschuss in meine Richtung, doch ich lasse mir das schmerzhafte Ziehen in meiner Brust nicht anmerken. »Das war taktlos«, tadele ich ihn augenzwinkernd, »wenn auch treffend. Mein alter Herr wusste sich stets zu amüsieren.«

»Das wusste meiner auch.« Er lehnt sich ebenfalls zurück und mustert mich ungeniert. Alessio ist ein Frauenschwarm, wie er im Buche steht: Gutaussehend. Vermögend. Gefährlich. Mir persönlich ist er zu geleckt und zu feige. Er versteckt sich hinter seinem Namen, lächelt in unzählige Kameras und führt das Leben eines Playboys, ohne jemals selber Hand anzulegen. Und doch sollte man ihn nicht unterschätzen. Er ist auf Ruhm und Ehre aus, meinetwegen kann er beides haben. Mich kümmert die öffentliche Meinung nicht, solange alles nach Plan verläuft und ich ohne Komplikationen meine Geschäfte fortführen kann. Aber ich muss ihn bei Laune halten, wenn ich ihn mir nicht zum Feind machen will. Und mein Bauchgefühl sagt mir, dass es nicht mehr lang dauern wird, bis sich seine wahren Absichten bemerkbar machen.

»Warum bin ich hier?«, frage ich ihn nach einigen Minuten des Schweigens.

Seine rechte Augenbraue zuckt leicht. »Wir haben geschäftliche Dinge zu bereden.«

»Wollen Sie sich etwa über mich beschweren, Alessio?«, frage ich gespielt überrascht.

Er lacht. »Bitte verstehen Sie mich nicht falsch, ich bin nicht daran interessiert, die Zusammenarbeit unserer Familien zu lösen. Dafür profitieren die Montenegros zu sehr von den Di Salvos. Aber ich habe das Gefühl, dass mein Name bei einer gleichgestellten Partnerschaft ein wenig zu kurz kommt.«

Gleichgestellte Partnerschaft, dass ich nicht lache. Noch nie hat sich ein Montenegro die Hände schmutzig gemacht. Sie sind besonders gut darin, sich in der Öffentlichkeit zu präsentieren, aber wenn es ums Eingemachte geht, ziehen sie den Schwanz ein und überlassen die wirkliche Arbeit den anderen. Also mir.

»Was wollen Sie, Alessio?«

»Sie haben Ihre Augen und Ohren überall. Lassen Sie bei den örtlichen Behörden doch ein gutes Wort über die Montenegros fallen.«

Seine Männer sind bekannt für ihre Brutalität und Skrupellosigkeit, aber sie sind auch zu dumm, um nicht gefasst zu werden. Wenn die Gerüchte stimmen, muss Alessio fast jede Woche einen seiner Männer aus dem Knast rauskaufen. Das geht auf Dauer ganz schön ins Geld.

»Sicher«, bestätige ich lächelnd.

»Außerdem«, fährt er fort, »will ich eine zehnprozentige Steigerung meiner Beteiligung.«

Ich ziehe eine Augenbraue in die Höhe. Seine Forderung überrascht mich nicht, Geld ist nun einmal die einzige Sprache, die wir gemeinsam sprechen.

Ich habe nur nicht damit gerechnet, dass er sie so direkt stellen würde. Die Montenegros erhalten fünf Prozent der Gewinnbeteiligung in den südamerikanischen Ländern, dafür schmieren sie dort die Rebellen und es bleibt immer noch ein hübsches Sümmchen übrig.

»Sie bekommen schon mehr als genug.«

Er zuckt mit den Achseln und genehmigt sich einen Schluck Wein. »Den Frieden zu wahren ist kostspielig. Meine Männer langweilen sich, wenn sie nicht selber Geschäfte machen können. Die meisten Bezirke in Atlanta laufen schließlich unter Ihrem Namen, auch viele Clubs … Wenn ich sie bei Laune halten will, muss ich ein bisschen was springen lassen.«

Ich verabscheue ihn für seine dreiste Art und das arrogante Lächeln, mit dem er mich anschaut. Und noch mehr hasse ich es, dass ich an einer weiteren Front zu kämpfen habe. Aber ich bemitleide ihn auch für sein Unvermögen, über die Grenzen von Atlanta hinausschauen zu können. Er könnte seine Geschäfte über die Landesgrenzen hinaus betreiben, doch das Einzige, das er von außerhalb kennt, sind die Weinplantagen seiner Verwandten in Italien.

»Ich werde darüber nachdenken«, lenke ich ein und trinke meinen Wein. »Das ist wirklich ein vorzüglicher Jahrgang. Stammen die Trauben aus Ihrem eigenen Anbau?«

Augenblicklich gerät er ins Schwärmen, als hätte es seine Forderung überhaupt nicht gegeben. Lächelnd sitze ich ihm gegenüber, lasse das Gesagte wie im Rausch an mir vorbei gehen und werfe einen kurzen Blick zu Pietro, der mit den Augen rollt.

Nach einem gemeinsamen Dinner und dem anschließenden oberflächlichen Plausch über unsere Väter und deren Vermächtnis, reicht Alessio mir die Hand. »Ich warte geduldig auf Ihre Entscheidung, Alecta, auch wenn wir beide wissen, wie sie ausfallen wird. Unsere Zusammenarbeit ist bedeutend für unsere Familien.« Die unterschwellige Drohung entgeht mir nicht. Wenn ich will, dass alles bleibt wie bisher, muss ich ihm mehr bezahlen. Aber vielleicht will ich das überhaupt nicht mehr. Vielleicht gefällt mir ein toter Alessio besser.

»Gute Nacht, Alessio«, entgegne ich süffisant und lasse seine Bemerkung unbeantwortet im Raum stehen. Wir werden sehen.

Pietro und ich verlassen das Anwesen und ich lasse mich erleichtert auf den Autositz fallen.

Alessio und ich sind die Nachkommen mächtiger Männer mit einem großen Namen. Die Fußstapfen, in die wir treten müssen, sind gigantisch, doch ich glaube, dass wir beide auf die ein oder andere Weise unsere Väter übertreffen werden. Alessio ist ein gerissener Hund, aber auch der wohl größte Schwätzer, den ich kenne. Es könnte passieren, dass es ihm eines Tages zum Verhängnis wird.

»Wenn der junge Montenegro mich noch einmal einladen sollte«, sage ich müde, »erinnere mich daran, nicht zum Essen zu bleiben. Zwischendurch dachte ich, der Abend würde nie vorbei gehen.«

»Ja, Miss«, entgegnet Pietro grinsend.

»Hast du schon etwas von Rico gehört?«, frage ich. Ein Blick auf die Uhr verrät mir, dass noch Zeit bleibt, bevor ich anfangen muss, mir Sorgen zu machen.

»Er hat sich noch nicht gemeldet.«

Ich nicke. Der Flieger wird die beiden in einer Stunde wieder zurückbringen, spätestens dann wird Rico anrufen und einen kurzen Statusbericht bei Pietro abliefern. Entspannt lehne ich mich gegen das Polster und beobachte die vorbeizischenden Lichter in der dunklen Nacht.

Plötzlich geht ein Ruck durch den Wagen, als Moussa mit quietschenden Reifen eine Vollbremsung hinlegt. Ich knalle unsanft gegen den Beifahrersitz, werde aber augenblicklich vom Gurt hart zurück in den Sitz gedrückt, während Pietro neben mir lautstark flucht.

»Was ist los, Moussa?«, frage ich verwirrt und streiche mir eine Strähne hinters Ohr, die sich aus meiner Frisur gelöst hat. »Warum halten wir an?«

Mein Fahrer dreht sich zu mir um, ein betretener Ausdruck liegt in seinem Blick, als er antwortet: »Tut mir leid, Miss, aber Montenegro hat mir keine Wahl gelassen.« Seine Hand hebt sich. Zu spät erkenne ich in der Dunkelheit die Waffe.

»Nein!«

Ein Schuss ertönt. Pietro sackt leblos in sich zusammen, Blut rinnt aus einem Loch in seiner Stirn, spritzt mir entgegen.

In derselben Sekunde wird die Tür neben mir aufgerissen. Ein maskierter Typ zückt ein Messer und schneidet meinen Gurt durch. Ungewohnte Panik wallt in mir auf, Adrenalin durchströmt meinen Körper. Der Angreifer packt meine Arme und zerrt mich aus dem Auto. Ich lande auf dem Asphalt, schürfe mir die Knie auf, während ich an den Händen über den Boden geschliffen werde.

»Verficktes Arschloch, lass mich sofort los!«, fluche ich, versuche, den brennenden Schmerz zu ignorieren, der durch meinen Körper schießt.

Mein Gehirn arbeitet sekundenschnell, überlegt sich tausende Möglichkeiten, meinen Angreifern zu entkommen. Doch mit Technik allein kann ich der schieren Leibesmasse des Mannes über mir nichts entgegenhalten. Ich lege meine Finger um die Handgelenke meines Entführers, ziehe sie mit all meiner Kraft zu mir und beiße ihm so fest ich kann in die Hand.

Mit einem Brüllen lockert sich sein Griff, ich kann mich ihm entziehen und einen Schlag gegen die empfindliche Stelle an seinem Hals landen. Er verliert das Gleichgewicht, stürzt neben mir zu Boden und ich nutze den Moment, um ihn k.o. zu schlagen. Sofort greife ich nach der Glock an seinem Gürtel und erschieße ihn. Ein Knirschen zu meiner rechten Seite lässt mich herumwirbeln und den nächsten Angreifer ins Visier nehmen. Ich drücke ab. Der Schuss trifft ihn in der Bauchgegend, lässt ihn nach hinten torkeln. Um sein Schicksal endgültig zu besiegeln, drücke ich ein weiteres Mal ab.

Nichts.

Ladehemmung.

»Fuck!« Ich werfe die Waffe weg und konzentriere mich auf mein Überleben.

Durchtränkt von Wut und unbändigem Hass reiße ich meine High Heels von den Füßen, springe auf und renne. Ein weiterer Schuss ertönt und ich schaffe es noch rechtzeitig, hinter einem rostigen Transporter Schutz zu suchen. Erst jetzt fällt mir auf, dass wir uns auf einem abgelegenen Industriegelände befinden und ich keine Ahnung habe, wie ich von hier weg komme. Doch ich warte nicht darauf, dass die fremden Kerle mich entdecken, sondern taste mich am Wagen entlang und versuche, einen Fluchtweg zu finden. Zwei Schüsse fallen, prallen über mir an der Karosserie ab.

»Alecta! Komm raus, das macht doch keinen Sinn!«, ruft Moussa und ich presse mich gegen das kühle Metall. Seine Stimme kam von rechts.

Das Gelände ist nur schwach beleuchtet, die meisten Laternen sind ausgefallen, also husche ich im Schatten an einem Gebäudekomplex vorbei. Die Dunkelheit bietet mir Schutz und erschwert mir gleichzeitig die Orientierung. Eine Tür erscheint vor mir, ich zerre an der Klinke, doch sie bleibt verschlossen. Also laufe ich weiter. Unvermittelt tritt mein rechter Fuß ins Leere, ich rutsche in ein knietiefes Loch im Asphalt und falle nach vorn. Knapp fange ich meinen Sturz mit meinen Händen ab und beiße die Zähne fest zusammen. Mir bleibt keine Zeit, um über eine mögliche Verletzung nachzudenken. Ich stemme mich aus dem Loch und werfe einen kurzen Blick zurück. Zwei bewaffnete Gestalten nähern sich von hinten. Die Lichtkegel ihrer Taschenlampen fahren suchend die Hauswand entlang, kommen immer näher.

»Alecta, Süße. Wo bist du?« Alessio. Verfluchter Mistkerl! Seine Stimme kam von links. Sofort wende ich meinen Blick in diese Richtung, erkenne mehrere aneinander gereihte Container keine zweihundert Yards von mir entfernt. Ich vermute, dass er dort nach mir sucht.

So schnell es geht husche ich in geduckter Haltung weiter und bemühe mich, so flach wie möglich zu atmen, um kein Geräusch zu verursachen, doch mein Herz schlägt wild in meiner Brust. Gleich erreiche ich das Ende des Gebäudes. Mit etwas Glück kann ich von dort etwas finden, wo ich mich verstecken kann. Voller Hoffnung biege ich um die Ecke und starre dem Lauf einer Pistole entgegen.

»Ich habe sie, Boss«, ruft der Kerl vor mir mit einem siegessicheren Grinsen. Schritte nähern sich.

»Wie schade«, ertönt Alessios tiefe Stimme direkt hinter mir. »Das Kleid war so bezaubernd.«

Zornig fahre ich herum, ein schmerzhafter Blitz schießt von meiner Stirn durch meinen Körper, dann versinkt alles in Dunkelheit.

LIAM 

Niemand entführt das Miststück, auf das ich angesetzt wurde, ohne ungestraft davonzukommen. Scheiße, wie konnte das nur passieren? Ausgerechnet bei ihr, die fast besser bewacht wird als der verdammte Präsident. »Wie lange dauert der scheiß Flug noch?«, belle ich. Ich schaue ständig auf die Uhr. Jede Minute vergeht quälend langsam.

»Wir sind bald da«, lautet Ricos knappe Antwort. Der Typ scrollt kreidebleich durch sein Tablet, ist mit den Gedanken völlig woanders.

»Gut. Dann erzähl mir von diesen Montenegros. Es kann kein Zufall sein, dass Alecta verschwunden ist, nachdem sie dort war.«

»Eine eigentlich befreundete Familie. Die beiden Väter waren Geschäftspartner, Waffen und Drogen, aber anscheinend hält dieses Arschlochkind nichts von einer weiteren Zusammenarbeit. Ich habe Miss Di Salvo noch gewarnt.« Er schlägt mit der Faust auf den Tisch, wodurch das Glas umkippt und auf den Boden rollt.

»Der gute Whisky«, brumme ich. Sofort kommt die Stewardess angerannt und entfernt das Malheur. Erst als sie weg ist, redet Rico weiter. »Was hat er davon, sie zu entführen? Und vor allem: Wohin bringt er sie?«

Er trippelt mit den Fingern auf dem Holz herum und starrt nach draußen in die Dunkelheit. Noch fünfzehn Minuten, bis wir in Atlanta landen.

»Dieser Wichser wird bestimmt besser bewacht als die verfickten Kronjuwelen«, setzt er nach.

»Zeig mir ein Bild vom Anwesen. Und dann informierst du mich über eine mögliche Einsatztruppe. Wir brauchen gute Leute, keine unfähigen Bodyguards.«

Er wirft mir einen irritierten Blick zu. »Du glaubst nicht ernsthaft, dass ich dir traue, oder?«

Ich beuge mich nach vorn, fasse nach seiner Krawatte und ziehe diesen Penner mit einem Ruck zu mir. »Hör zu, du Wichtigtuer. Es ist mir scheißegal, ob du mir traust oder nicht. Wir werden Alecta retten und ich bin derzeit ihre beste Chance auf ein Überleben, verstanden? Ich war Navy Seal und ich weiß, wie Entführungen ablaufen.«

Sein Gesicht läuft rot an, seine Augen werden schmal, aber er ist schlau genug, sich nicht mit mir anzulegen. Er nickt verdrossen und ich lasse ihn los, bevor ich ihn nach hinten in seinen Sitz schubse. Rico strafft die Schultern, streicht seine Krawatte glatt und wirft das Tablet vor mir auf den Tisch. Wortlos greife ich danach.

Montenegros Anwesen erinnert mich entfernt an Alectas. Toskanischer Stil, wucherndes Gestrüpp rundherum, zig Kameras an den Wänden. »Was wissen wir über ihn?«

Rico gibt ein Grunzen von sich. »Das kleine Muttersöhnchen ist in unseren Kreisen nicht beliebt, es heißt, er würde Menschen für Geld ausliefern.«

Ich sehe vom Tablet auf. »An wen liefert er aus?«

»Cops und das FBI«, spuckt er aus.

Ich lasse es mir nicht anmerken, dass mich die Information wundert. Wenn er gesuchte Personen entführen lässt und sie dann an das FBI ausliefert, war die Nummer von Anfang an geplant. Das bedeutet, Miller fährt zweigleisig, aber warum? Warum schleust er mich ein und lässt dann Alecta von diesem Scheißer entführen?

»Wer von Alectas Feinden hat Interesse, sie in seiner Gewalt zu wissen?«

Rico fährt sich mit der Hand übers Gesicht. »Sie ist eine vielgesuchte Person, aber zeitgleich besser geschützt als der Außenminister. Jemand in unseren Reihen muss in die Entführung verwickelt gewesen sein.«

»Tote?«

»Pietro. Von Moussa gibt es keine Spur.«

»Erzähl mir alles Wichtige über die Typen, die für Alecta arbeiten. Wer gehört zu ihrem Team?«

»Drei Sniper, Bodyguards, zwei ehemalige SWAT-Mitglieder und auf Abruf ein Bombenentschärfer.«

Ich scrolle durch die Bilder des Anwesens und suche nach einer Möglichkeit zum Zugriff. »Funk die Sniper und die beiden SWAT-Typen an, ich brauche sie. Es sollen kugelsichere Westen und ein gepanzertes Fahrzeug bereitstehen. Hat sie Henry Survivals?«

»Natürlich haben wir Scharfschützengewehre«, grummelt er.

»Gut. Ich will eins haben. Wenn wir landen, fahren wir zuerst zum Anwesen und gehen dort den Plan durch.«

Rico presst seine Lippen zu einer schmalen Linie. Er sagt nichts, aber sein Blick spricht Bände. Er hat ein schlechtes Gewissen.

Ich lehne mich zurück, ignoriere seine Visage und überlege mir, wie ich Montenegro zum Winseln bringe. Er wird sich wünschen, Alecta niemals kennengelernt zu haben.

Eine Stunde später fahren wir auf das Grundstück von Alectas Anwesen. Luca hat uns abgeholt und mir während der Fahrt missmutige Blicke durch den Rückspiegel zugeworfen. Das könnte mich amüsieren, wenn der Kerl mir nicht dermaßen am Arsch vorbeigehen würde.

»Gibt es schon Forderungen?«, will ich wissen, als wir aussteigen.

»Nein«, presst Luca hervor.

»Gut.«

»Der Notfallplan im Falle einer Entführung wurde von unserem Hacker Rams schon in die Wege geleitet«, erklärt Rico, als wir die Treppe nach oben in die Halle gehen.

»Was bedeutet?«

»Wir setzen alles daran, sie zu finden. Rams greift auf Satelliten zu und lässt eine Gesichtserkennungssoftware bei sämtlichen Straßenkameras in Atlanta und Umgebung laufen.«

Er eilt durch die Halle und ich folge ihm.

Am Ende des Marmorganges reißt er eine Tür auf. »Rams!«

Ein Aufschrei gefolgt von einem schabenden Geräusch und lautem Gefluche. »Mann, bist du verrückt?«

Nein, so habe ich mir den kleinen Hacker nicht vorgestellt. Er ist groß, breitschultrig und könnte locker als Alectas Toyboy durchgehen. Nur die Brille lässt ihn wie einen Streber aussehen. Ich blicke auf die vielen Monitore an der Wand, die die Bilder von Atlantas Straßen im Wechsel anzeigen. Er hat sich in die Kameras gehackt. Der Raum ist abgedunkelt, Krümel und Kaffeeflecken sind auf dem Schreibtisch verteilt. Wert auf Ordnung legt der kleine Nerd nicht. Scheiße, er könnte wirklich was aus seinem Äußeren machen, wenn ihn jemand beraten würde. Ich greife nach der Coladose auf dem Tisch und öffne sie mit einem zischenden Laut. Rams sagt kein Wort.

Stattdessen hämmert er auf die Tastatur ein. »Nachdem die Information reinkam, dass Miss Di Salvo wahrscheinlich entführt wurde, habe ich den Chip zu orten versucht. Es gibt eine gute und eine schlechte Nachricht.«

»Welchen Chip?«, bellt Rico und umrundet seinen Tisch, sodass Rams zusammenzuckt.

Er sieht ihn misstrauisch an, aber ihm scheint klar zu werden, dass er mit der ganzen Information rausrücken muss, egal, wie geheim sie auch sein mag. »Miss Di Salvo hat sich vor zwei Wochen auf Anraten von mir einen Chip implantieren lassen. Nur sie, ihre Mutter und ich wissen davon. Aus bestimmten Gründen. Sie vertraut nur sehr wenigen. Sollte es nämlich nur einer wissen und eine Situation wie jetzt tritt ein, dann wäre Miss Di Salvo am Arsch.«

»Und wieso erzählst du uns das erst jetzt?«, faucht Rico.

Ich gehe zu ihm, packe ihn an der Schulter und ziehe ihn zurück. »Reiß dich zusammen. Wir haben keine Zeit für Spielchen.« Dann wende ich mich an den Hacker. »Die schlechte Nachricht zuerst«, komme ich Rico zuvor, als er den Mund aufreißt. Rams blickt abschätzend zwischen uns hin und her.

»Jetzt rede schon«, knurrt Rico. Ich nehme zwei Schlucke und warte auf die Hiobsbotschaft. Es gibt nichts Unlösbares in meinem Job, nur Herausforderungen.

Er räuspert sich. »Die Schlechte ist, dass ich das Signal mittlerweile verloren habe, weil der Chip entweder inaktiviert oder rausgeschnitten wurde. Die Gute, dass ich den Chip vorher noch orten konnte. Zumindest den derzeitigen Standort.« Er wirbelt auf seinem Bürosessel herum und vergewaltigt wieder die Tasten. Eine Karte mit einem leuchtenden, roten Punkt erscheint auf dem größten Bildschirm. »Sie ist hier. Zumindest der Chip.«

Ich beuge mich nach vorn und erstarre innerlich.

»Sie ist im Bezirk Rockdale in der Inverness Ave«, spricht Rams meine Gedanken aus.

»Fuck!«

Der Nerd sieht mich durch seine Brillengläser verwirrt an. »Das bedeutet so viel wie, es ist verdammt scheiße, dass sie dort ist?«

Ich darf nicht zu viel verraten, aber ich kann es nicht riskieren, Alecta in Millers Hände gelangen zu lassen. In der Nähe ist eines der abgefuckten Häuser, das Miller gehört, was bedeutet, dass er höchstwahrscheinlich seine Finger im Spiel hat. Der Scheißkerl hat sich verteilt über den Bundesstaat verwahrloste Häuser gekauft, so viel habe ich bereits vor Monaten herausgefunden. Ich balle die Fäuste. »In der Nähe der Inverness Ave ist ein Gebäude, das dem FBI gehört.«

Nur eine halbe Lüge.

Er kneift die Augen zusammen. »Woher weißt du das?«

»Weil auch Agents auf meiner Liste standen, Kumpel. Kenne deine Feinde besser als deine Freunde, das solltest du eigentlich wissen. Wir müssen schnell sein. Sobald sie dort ist, wird es nicht lange dauern, bis die Übergabe stattfindet. Wann hast du das Signal verloren, Rams?«

»Vor zwei Minuten.«

»Das bedeutet, es wird verdammt eng werden.« Ich greife nach der Glock, überprüfe die Ladung und stecke sie in den Holster. »Die Sniper sollen sich im Wald gegenüber dem Gebäude positionieren. Rico, du kommst mit mir und lass die Henry Survival mitgehen.«

Er sieht mich mürrisch an, scheint sich mit meiner Erklärung zufrieden zu geben. »Dachtest du, ich würde hier bleiben und Däumchen drehen, oder was?«, speit er mir entgegen. »Aber glaub nicht, dass du mir Befehle erteilen kannst.« Seine sonnengebräunte Haut wirkt im Raum noch dunkler, er funkelt mich an wie eine untervögelte Tussi, die ihre Desinteressiert-Masche durchzieht.

»Das habe ich schon. Und jetzt los.«

Ich werde Alecta finden.

Ich werde sie wieder zurückbringen.

Sie wird mir alles erzählen, was sie über meine Familie weiß.

Du wirst dir wünschen, mich niemals verarscht zu haben, Miller.

ALECTA

Mit einem Ruck fahre ich hoch, donnere mit dem Kopf gegen etwas Hartes und sacke stöhnend wieder in mich zusammen. Vollkommene Schwärze umhüllt mich. Die Luft ist stickig und erschwert mir das Atmen. Was ist passiert? Nur langsam verschwindet der Nebel aus meinen Gedanken und schafft Klarheit, auch wenn mein Schädel pocht, als hätte ich eine Woche lang durchgesoffen. Erinnerungsfetzen erscheinen vor meinem inneren Auge. Ich wurde aus dem Auto gezerrt. Moussa hat Pietro erschossen. Er hat mich verraten. Genauso wie Alessio. *Dieser Scheißkerl!*

Ich will schreien, mit wilden Flüchen um mich spucken, doch es kommt nicht mehr als ein dumpfer Laut über meine Lippen. Ein Klebestreifen hindert mich am Sprechen und Stoff kratzt über meine Augen. Ich kann mich nicht bewegen, meine Handgelenke sind wie meine Knöchel aneinander gebunden worden.

Ich spüre meine Knie vor meinem Bauch. Habe ich mich selbst so zusammen gekauert oder wurde ich so hingelegt? Als ich meine Gliedmaßen ausstrecken möchte, stoße ich gegen Widerstand. Ein Ruckeln drückt mich unsanft gegen die Wand und den brummenden Geräuschen nach zu urteilen, befinde ich mich im hinteren Teil eines Autos. *Dieser Wichser hat mich in einen Kofferraum gesperrt!*

Irgendwie schaffe ich es, meine Hände nach oben zu heben. Mit dem Kopf reibe ich an meinen Armen und versuche, mir den verfluchten Stoff vom Gesicht zu ziehen.

Meine Finger erwischen einen Fetzen, ich halte ihn fest und verrenke mich, soweit das in diesem beengten Raum überhaupt möglich ist. Schließlich ziehe ich den Sack von meinem Kopf und knülle ihn wutentbrannt in eine Ecke. Haarsträhnen fallen mir in die Augen und piksen mich unangenehm. Ich blinzele sie weg, taste mit zitternden Fingern nach dem Klebestreifen auf meinem Mund und ziehe ihn mit einem Ruck ab. Zischend stoße ich die Luft aus. *Scheiße, das brennt wie Höllenfeuer!*

Meine Glieder schmerzen, ein Gefühl der Taubheit breitet sich von meinen Beinen her aus, ich muss dringend meine Position verändern. Erneut verrenke ich mich, um an die Spange in meinem Haar zu kommen. Sie ist meine Geheimwaffe. Ihre metallenen Zacken sind geschärft und haben mir schon das ein oder andere Mal dabei geholfen, ein Schloss zu knacken oder etwas zu durchtrennen, wie die Kabelbinder, die meine Körperteile aneinander halten.

Ich bekomme die Spange zu fassen, ziehe sie aus dem Nest meiner Haare, als ein erneutes Ruckeln mich gegen die Kofferraumklappe wirft und das kleine Ding aus meinen Fingern rutscht.

»Fuck«, fluche ich und verkneife mir ein Stöhnen. Es ist zu dunkel, um etwas erkennen zu können, weswegen ich suchend den Boden abtaste. Etwas Spitzes sticht mir in die Hand und ich weiß, dass ich sie gefunden habe. Schnell ziehe ich meine Beine weiter an und beginne damit, den Kabelbinder, der meine Knöchel gefangen hält, aufzusägen.

Mit einem Ruck kommt das Auto zum Stehen. Ich halte inne und wage kaum zu atmen.

»Wir sind zwei Straßen vom Zielort entfernt«, höre ich eine mir unbekannte Stimme sagen. »Ich hoffe, der Boss ruft bald an, damit wir die Ware abladen können. Ich will sie loswerden.«

Wir sind fast am Zielort? Welcher Zielort?

Ich weiß nicht, wie lange wir hier stehen, ich schätze ein paar Minuten, als jemand scharf die Luft einzieht.

»Was ist, Moussa?« Sofort spüre ich die Hitze in mir aufsteigen, doch nicht vor Lust, sondern vor unbändiger Wut auf diesen Verräter.

»Ich hab den verkackten Sender vergessen«, entgegnet Moussa und eine Tür schlägt zu. Sofort gefriert mein Hass zu Eis, Gänsehaut bildet sich auf meinen Armen. Nur meine Mutter, Rams und ich wissen von dem Chip. Wie ist er an diese Informationen gekommen?

»Du meinst, die Schlampe ist gechipt? Scheiße, Mann!«

»Reg dich ab, Louis. Wir schneiden den Chip einfach schnell raus und verschwinden gleich zum Treffpunkt. Montenegro kann sich dann noch ein bisschen mit ihr amüsieren, bevor die FBI-Typen sie abholen.«

Verdammt! Wie besessen säbele ich an dem Kabelbinder. Schritte ertönen und nähern sich dem Kofferraum. Der Kunststoff reißt, meine Beine sind frei.

»Wenn du das sagst.« Seine Stimme ist erschreckend nah. »Aber sollte das auffliegen, hältst du den Kopf hin. Mit den Typen vom FBI ist nicht zu spaßen.«

»Ach, halt's Maul«, höre ich Moussa brummen.

Ein Klacken ertönt, die Klappe öffnet sich und ein blonder Haarschopf taucht über mir auf. Ruckartig richte ich mich auf und ramme dem Kerl meine Haarnadel in den Hals, woraufhin er fluchend zur Seite stolpert. Ich nutze seine Verwirrung aus und falle aus dem Kofferraum.

Der blonde Kerl hält sich seine Hand gegen den Hals und starrt mich mit offenem Mund an, ohne sich von der Stelle zu bewegen. Ein paar Meter entfernt auf der anderen Seite von mir steht Moussa, nicht minder verdattert. Unsanft komme ich auf dem Asphalt auf, rappele mich hoch, doch meine tauben Beine und mein schmerzender Knöchel geben unter mir nach. Notdürftig fange ich mich mit meinen noch immer gefesselten Händen ab.

»Deine Abwehr war auch schon einmal besser, *Miss*.« Moussa rotzt bei dem letzten Wort geräuschvoll auf den Boden.

Angeekelt wende ich mich ihm zu. »Muss das wirklich sein? Wir sind eine Familie, Moussa.« Ich versuche, mir nicht anmerken zu lassen, wie sehr mich sein Verrat zum Kochen bringt.

»Eine Familie?« Sein Lachen versetzt mir einen weiteren Stich. »Wir sind für dich doch nicht mehr als der Dreck unter deinen Fingernägeln.«

Wut steigt in mir auf. »Moussa, ich schwöre dir, wenn Rico dich in die Finger bekommt …«

»Rico, Rico, Rico«, äfft er mich respektlos nach und rollt mit den Augen. »Dein geliebter Rico ist nicht hier.« Er hält inne und starrt mich an, während er sich über die Lippen leckt. »Hast du ihn eigentlich genauso gefickt wie diesen Hunter?«

Schreiend springe ich auf und stürze mich ihm entgegen. Meine gefesselten Hände visieren seine Kehle an, doch bevor ich sie erreichen kann, werde ich gepackt und brutal zurück gerissen. Dieser Louis zieht meinen Kopf an meinen Haaren nach hinten und ich spüre etwas Kaltes an der Schläfe.

»Diese Schlampe ist eine ganz schön wilde Bestie«, brummt er und verstärkt seinen Griff, als ich mich befreien will. »Wenn der Boss nicht ausdrücklich gefordert hätte, dich am Leben zu lassen, Süße, würde meine Kugel schon ein Loch in deiner hübschen Stirn hinterlassen.« Wie um seine Worte zu unterstreichen, drückt er den Lauf seiner Waffe fester gegen meine Haut. »Entferne endlich den Chip, Moussa.«

Mein ehemaliger Fahrer zückt ein Messer aus seinem Gürtel, kniet sich neben mich und zieht meinen linken Arm nach vorn. Mein Blick heftet sich auf sein Gesicht, ich starre ihn an und erkenne, wie ihm der Schweiß auf die Stirn tritt.

»Du bist ein toter Mann, Moussa«, flüstere ich.

Er würdigt mich keines Blickes, setzt die Klinge an meinem Unterarm an und schneidet mir die Haut auf. Ich ziehe scharf die Luft ein. Ein stechender Schmerz fährt durch meinen Körper, treibt mir die Tränen in die Augen. Ich blinzele sie weg, fokussiere mich weiterhin auf Moussas Gesicht und klammere mich an den Gedanken der Rache. Das macht es erträglicher.

Blut läuft warm meinen Arm hinab. Vor Nervosität beginnen seine Hände zu zittern. *Scheiße, wenn er nicht aufpasst, durchtrennt er mir noch die Adern!*

»Willst du mich umbringen?«, fauche ich ihn an.

»Halt deine Fresse!«, brüllt er zurück. Mit seinen Pranken zieht er meine Haut auseinander und wühlt in der Wunde, um den Chip zu finden.

»Hoffentlich hast du deine Finger vorher gewaschen«, presse ich aus zusammengebissenen Zähnen hervor. Ein unheimlicher Schmerz durchzieht meinen gesamten Körper, lässt Sterne vor meinen Augen tanzen. Tränen steigen mir hoch, meine Atmung beschleunigt sich und ich habe das Gefühl, mir würde der Arm abgerissen werden. Meine Sicht verschwimmt und nur wenige Sekunden später versinke ich erneut in einer erlösenden Dunkelheit.

Die Kälte zieht mich zurück aus der Schwärze. Prustend komme ich wieder zu mir, ringe keuchend nach Atem und zittere am ganzen Körper. Blinzelnd vertreibe ich den Schleier von meinen Augen, will mir die Nässe aus dem Gesicht wischen, doch meine Hände lassen sich nicht bewegen. Dieses Mal bin ich an einen Stuhl gefesselt.

Ein Druck um meinen Arm lässt mich hoffen, dass sie ihn wenigstens nach Moussas Spielerei verbunden haben. Ich versuche, zu erkennen, wo ich bin. Der Raum ist vollkommen leer, Putz rieselt bereits von der Wand, das Licht der einzelnen Glühbirne an der Decke flackert. Lediglich dunkle Vorhänge hängen an einer Seite. Ich vermute, dass sich dahinter Fenster verbergen.

»So schnell sieht man sich wieder, Alecta.«

Ich drehe meinen Kopf in die Richtung, aus der die Stimme kommt, und erkenne Alessio Montenegro nicht weit von mir entfernt. Er stellt einen Eimer zu Boden, mit dessen Inhalt er mich vermutlich aufgeweckt hat. Lässig lehnt er am Türrahmen und betrachtet mich ungeniert und mit einem zufriedenen Ausdruck auf dem Gesicht. Langsam kommt er auf mich zu, zieht sich einen Stuhl heran und setzt sich mir gegenüber hin. »Das Kleid steht dir immer noch ausgesprochen gut, obwohl es mittlerweile verdammt dreckig ist.«

Ich werfe einen schnellen Blick nach unten und verkneife mir einen bissigen Kommentar. Das ohnehin schon freizügige Kleid ist im Ausschnitt noch weiter aufgerissen und gibt einen ungehinderten Blick auf meine Brüste frei. »Erinnere mich das nächste Mal daran, deine Einladungen zum Dinner auszuschlagen … Ich fürchte, das Essen bekommt mir nicht, es verursacht mir so ein ungutes Kribbeln im Bauch.«

»Wie unhöflich«, entgegnet er grinsend, schlägt die Beine übereinander und lehnt sich entspannt zurück. »Du fragst dich sicher, was hier vor sich geht.«

»Nein, eigentlich nicht«, erwidere ich und sehe, wie seine Mundwinkel herabfallen. »Ein weiterer machthungriger Playboy kommt nicht damit klar, von einer Frau Befehle zu erhalten, und zerstört mit einer leichtsinnigen Aktion alles, was sein Vater mühselig aufgebaut hat.«

Mit zusammengepressten Lippen stellt er die Beine nebeneinander, beugt sich vor und spielt mit dem Schlagring an seiner Hand.

»Wenn du kleiner Bastard nachher nicht einmal die bloße Faust nimmst, um mich zu schlagen, bin ich enttäuscht.«

Wut flackert in seinen Augen auf, aber er macht keine Anstalten, aufzuspringen und mir eine Abreibung zu verpassen. »Mein Vater konnte deinen gut leiden. Auch wenn sie Konkurrenten waren, ist er ihm stets mit Respekt begegnet. Das war seine Schwäche. Ich bin nicht wie mein Vater und ich habe es satt, die zweite Geige zu spielen. Atlanta ist meine Stadt. Die Di Salvos haben hier nichts mehr verloren.«

»Oh nein«, entfährt es mir, »habe ich dir etwa dein Spielzeug weggenommen?« Mir ist klar, dass ich ihn nur unnötig provoziere, doch ich kann nicht anders.

Mit gerötetem Gesicht springt er so schwungvoll auf, dass der Stuhl polternd umkippt. Seine Selbstbeherrschung ist wie weggeblasen. Nach nur wenigen Schritten ist er bei mir und holt aus.

Ich habe das Gefühl, mein Kopf würde explodieren, als seine Faust meinen Wangenknochen trifft. Es knirscht und knackt, Blut sammelt sich in meinem Mund und ich spucke es in Alessios Richtung, sodass sich rote Flecken auf seinem weißen Hemd abzeichnen. Schwer atmend starre ich ihn an, kein Schmerzenslaut kommt über meine Lippen. Diese Genugtuung werde ich ihm nicht geben.

Angewidert weicht er zurück, zieht ein Tuch aus seiner Hosentasche und wischt sich die blutige Hand daran ab. »Das FBI wird mich gut für deine Auslieferung bezahlen. Im Gegensatz dafür lassen sie mir freie Hand. Ein fairer Deal, meinst du nicht? Die Agents scheinen mit dir eine Rechnung offen zu haben. Besonders dieser Miller hat ein Auge auf dich geworfen. So sehr, dass er vor drei Wochen auf mich zukam.« Achtlos wirft er das Tuch auf den Boden.

Er steckt also wirklich mit dem Scheißkerl unter einer Decke. »Du bist eine Schande für deine Familie, Alessio Montenegro.«

Meine Stimme zittert vor Wut, aber ich halte seinem Blick stand. »Dein Vater würde sich im Grab umdrehen, wenn er hiervon wüsste.«

Erneut trifft mich sein Schlag, dieses Mal in die Magengrube.

Doch ich halte still.

Wenn er mich brechen will, dann muss er sich verdammt nochmal anstrengen.

LIAM

Ich ziehe die beschusshemmende Weste über, während Rico den gepanzerten Wagen zur Adresse jagt, an der der Chip zuletzt geortet wurde. Inverness Ave. »Wir haben nicht viel Zeit. Sobald das FBI vor Ort ist, wird es schwieriger.«

Rico gibt ein Schnauben von sich. »Wenn Montenegro auch dort ist, wird er sich mit ihr vergnügen wollen. Dieser Wichser will ihr Blut sehen.«

Bei dem Gedanken daran, dass er sie foltert, jagt das Adrenalin durch meine Adern. Wenn er ihr ein verdammtes Haar krümmt, wird er mit seinem eigenen Schwanz im Maul sterben.

Als wir einen Block vor der Adresse ankommen, ist alles in der Straße ruhig. Keine auffälligen Autos, niemand, der sich vor dem Gebäude positioniert hat.

Ich hole das Funkgerät hervor. »Delta eins auf Position?«

»Delta eins bestätigt. Haben klares Schussfeld. Keine Personen im Erdgeschoss und Obergeschoss gesichtet.«

Sehr gut. Das bedeutet, sie könnten eingreifen, wenn jemand vor dem Haus auf uns lauert, während wir uns drinnen befinden. Wir haben vielleicht einen Vorsprung von Minuten, bevor diese FBI-Wichser hier aufkreuzen.

»Wo sind die Wärmebildkameras?«, fragt Rico.

Ein SWAT-Typ kommt mir zuvor. »Die haben wir nicht.

Die Sniper verwenden ein neues System, wodurch man Bewegungen in den Räumen erkennen kann. Im Haus ist niemand, demnach gehen wir davon aus, dass die Zielperson im Keller versteckt wird.«

Ricos Miene drückt Unglauben aus. »Was ist, wenn sie gar nicht hier ist?«

In Alectas Leben dreht sich vieles um Familie, ich wette, sie zählt auch ihn dazu. Das macht angreifbar. Schon oft habe ich die Erfahrung gemacht, dass Geld eine wichtigere Bedeutung hat als Familienschwüre: Man sollte seine Untergebenen immer im Blick behalten, es könnte eines Tages jemand kommen, der ihnen mehr bezahlt. Moussa ist der lebende Beweis. *Noch* lebend.

Ich wende mich Rico zu. »Wenn sie nicht hier ist, hat Miller sie längst.« Ich drehe mich zum ersten der beiden SWAT-Typen auf dem Rücksitz um. »Du bleibst hier und hältst die Stellung. Nummer zwei kommt mit mir und Rico rein.«

»Verstanden.«

Wir steigen aus und schleichen im Schutz der Dunkelheit zum Zielort. Dadurch, dass ich es einige Male für geheime Treffen benutzt habe, kenne ich den Hintereingang. Ohne es mir anmerken zu lassen, lotse ich meine Begleiter zu der Tür. Sie ist nicht abgeschlossen. Wenn ich mit meiner Vermutung richtig liege, ist Alecta hier. Ich will mir nicht vorstellen, was passiert, wenn sie es nicht ist. An die Mafiabraut ranzukommen, wenn Miller sie schon hat, könnte schwierig werden.

Ich stoße die Tür leicht auf und trete in den Raum. Er ist klein, vielleicht fünf Quadratmeter. Eine Tür führt in den Keller, die andere in den Flur zum Wohnzimmer.

Ich deute dem SWAT-Typen, das Licht auf seinem Helm zu aktivieren. Er nickt und drückt einen Knopf, bevor er in Richtung Kellertür leuchtet. Wir stehen abwartend davor, kein Atemzug ist zu hören. Ich umfasse den Knauf und drehe ihn langsam nach rechts. Die jahrelange Erfahrung hält mich davon ab, dass mir der Schweiß ausbricht, aber irgendetwas ist dieses Mal dennoch anders. Es ist eine Zielperson, die ich nicht umbringen, sondern retten muss.

Schon witzig, wenn man bedenkt, dass mein ursprünglicher Auftrag ersteres vorgesehen hat. Aber das Einmischen des FBI in meinen Auftrag macht mich neugierig. Ich schalte die lästigen Gedanken ab und drücke die Tür nach innen. Jetzt höre ich endlich ein Geräusch. Es klingt beinahe wie ein Fauchen. Rico atmet scharf ein, woraufhin ich in einer herrischen Bewegung die Luft zerschneide. Dieser Wichser wird noch dafür sorgen, dass wir auffliegen.

»Ich reiße dir deine verdammten Eier ab«, höre ich jemanden schreien. Alecta. Rico und ich wechseln einen Blick und schleichen die Treppe runter. Ich mit meiner Glock, er mit einem Maschinengewehr, während der SWAT-Typ uns Rückendeckung gibt. Vor der Tür, die in einen Raum führen muss, gebe ich ihnen ein Zeichen, dass wir den Raum auf drei stürmen.

Ich zähle stumm hinunter und trete dagegen. Blitzschnell mache ich mir ein Bild der Situation. Alecta ist an einen Stuhl gefesselt, Blut rinnt an ihrer Wange hinab. Montenegro hat die Hand mit einem Schlagring erhoben, als wollte er zuschlagen. Eine Bewegung von der gegenüberliegenden Seite. Zwei Typen, die ihre Gewehre zücken. Dann fallen Schüsse.

»Zurück«, brülle ich, reiße die Tür wieder zu mir als die ersten Kugeln die Betonwand daneben treffen. Putz bröckelt ab, wir stellen uns mit dem Rücken dagegen. Der Kugelhagel verstummt.

Wir haben anscheinend für Tumult gesorgt, was mir die schweren Schritte im Kellerraum verraten.

»Bringt diese Scheißkerle um!«, schreit Montenegro.

»Ich habe drei gezählt«, wendet sich der SWAT-Typ an mich, nur die Augenpartie ist unter seiner Sturmhaube zu sehen.

»Wir können nicht wahllos schießen, ohne Gefahr zu laufen,

Alecta zu erwischen«, knurre ich. »Wir müssen sie rauslocken.«

»Müssen wir nicht«, erklärt er und greift nach einer Rauchbombe. Ich halte nichts von diesen Dingern. Sie vernebeln zwar die Sicht, aber eben nicht nur für den Gegner, sondern auch für uns. Aber die Zeit läuft ab und es wird nicht lange dauern, bis das FBI hier ist.

»Jetzt«, schreie ich.

Er zieht den Ring und schleudert sie in den Raum. Jemand schreit, ein anderer flucht, aber niemand schießt mehr. Das ist der Moment, den wir nutzen. Ich drücke mich von der Wand ab, halte die Knarre in den Raum und warte. Das Lästigste an diesen Rauchbomben, aber sie setzen die Feinde außer Gefecht und verschaffen uns Zeit. Ich reiße meinen Arm nach links, als ich eine Bewegung im Augenwinkel ausmache. Ein Feind. Ich drücke ab, sein Körper fliegt nach hinten. Irgendjemand stöhnt auf, dann wird das Feuer wieder eröffnet. Der Rauch hat sich zu gewissen Teilen verzogen, sodass der SWAT-Typ eine bessere Sicht hat. Er prescht an mir vorbei und setzt mit seinem Hightechgewehr einen gezielten Schuss ab. Zwei der Wachen sind tot. Somit brauchen wir nur noch Montenegro.

»Erschießt sie!«, brüllt Montenegro wieder und verrät dadurch seine Position. *Ich grinse. Niemand mehr da, der auf dich aufpassen kann, Wichser.* Ich ziele auf die Richtung, aus der die Stimme kam und drücke ab.

Ein brüllender Laut erklingt.

Getroffen.

Rico nutzt den Moment. Der Nebel löst sich langsam auf, offenbart einen weiteren, noch lebenden Leibwächter, den er mit einem schnellen Schuss erledigt.

Der SWAT-Typ stürmt auf Montenegro zu. Mit verzogener Miene stützt dieser sich am Boden ab, Blut sickert aus der Wunde an seinem Oberschenkel. Er hockt nur wenige Yards von Alecta entfernt.

»Auf den Boden, sofort!«

Immer diese verdammten Regeln, wie man jemanden festnimmt. Ich wäre anders mit ihm verfahren, aber es geht hier um Alecta.

»Schlag ihn k.o. und nimm dieses Arschloch dann mit«, weise ich den SWAT-Typen an, während ich zu Alecta haste.

»Hat ganz schön lange gedauert für einen Mann mit Erfahrung, Hunter«, keucht sie und scheint sich zu einem Lächeln zu zwingen.

Ich greife nach dem Messer an meinem Gürtel und schneide die Fesseln auf. »Es freut uns auch, dich lebend erwischt zu haben.« Rote Flecken sind auf ihrem Gesicht zu sehen, eine feine getrocknete Blutspur haftet an ihrem Kinn. Sie zischt auf, als sie die Hände nach vorne nimmt.

»Hat es dich schlimm erwischt?« Ich versuche, mir nicht anmerken zu lassen, dass es in mir brodelt. Dass ich Montenegro in alle Einzelteile zerlegen will.

Rico stützt sie, als sie versucht, mit wackeligen Beinen aufzustehen.

»Verdammte Scheiße«, flucht sie und kommt nach oben. »Kein Grund zur Sorge, Hunter, ich habe schon Schlimmeres überstanden.«

Ich glaube ihr kein Wort, aber sie wird sich vor mir keine Schwäche eingestehen. »Ich trage dich raus.«

Ihr Blick findet meinen. Entschlossen und mit einer Wut darin, die sie feurig aussehen lässt. »Ich kann allein laufen.«

»Das hier ist nicht dein Spezialgebiet, Süße. Hier tust du, was ich dir sage.« Ohne auf ihre Antwort zu warten, greife ich unter ihre Knie und hebe sie hoch.

Sie verzieht das Gesicht, gibt aber keinen Laut von sich.

»Los, raus hier. Rico, du hältst uns den Rücken frei.«

Wir verlassen das Haus über den Hintereingang. Als wir beim Auto ankommen und der zweite SWAT-Typ die Tür öffnet, höre ich in der Ferne die Sirenen. Scheiße.

Rico stößt den bewusstlosen Montenegro auf die Rückbank, bevor er sich auf den Fahrersitz wirft. Ich schiebe Alecta nach, die sich stöhnend auf dem Leder niederlässt.

»Du sitzt hinten und passt auf, dass das Arschloch nicht wach wird«, weise ich den SWAT-Typen an, der uns begleitet hat.

»Ja, Sir«, entgegnet er knapp und steigt ein. Ich umrunde den Wagen und öffne die Beifahrertür. Im selben Moment rasen drei Fahrzeuge mit quietschenden Reifen um die Ecke und bremsen abrupt ab. Die Beifahrertür des ersten Wagens wird aufgerissen, eine Knarre leuchtet mir entgegen.

»Sofort stehen bleiben!«, brüllt der Typ, er als Erstes ausgestiegen ist.

Miller.

Ich zeige ihm den Mittelfinger, bevor ich mich auf den Sitz werfe. Die Türen der anderen FBI-Wagen werden geöffnet, Typen verschanzen sich dahinter, zielen auf uns. Sie werden nicht abdrücken. Dafür ist ihnen das Ziel zu kostbar. »Delta eins, feuern!«, brülle ich in den Funk und wende mich an Rico. »Los, fahr!«

Zwei schwarze Wagen haben sich auf der schmalen Straße so positioniert, dass sie eine Sperre bilden, während Millers in der Mitte steht. Der Scharfschütze beginnt mit seinem Werk, schießt auf die Wagen und sorgt dafür, dass die kleinen Scheißer hinter ihren Türen in Deckung gehen.

»Du kommst durch, gib einfach Gas!«

Rico umfasst das Lenkrad und drückt das Pedal durch, sodass die Reifen quietschen. Selbst Miller springt hinter das Auto, als die ersten Kugeln die Panzerung treffen.

»Fahr durch den Spalt neben Auto und Laterne«, weise ich Rico an, dem die Schweißperlen auf der Stirn stehen. »Du touchierst den Wagen nur, glaub mir.«

Er hält den Blick geradeaus gerichtet und beschleunigt weiter.

»Verdammte Scheiße, Hunter, du bringst uns alle um!«, ruft Alecta vom Rücksitz.

Die Schnauze unseres Wagens trifft auf das Heck des anderen. Er wird zur Seite geschleudert, der Aufprall drückt mich gegen die Tür, aber Rico hält die Spur.

»Und jetzt Vollgas nach Hause«, donnere ich, »der Sniper hält uns den Rücken frei.«

»Heilige Scheiße«, keucht Rico und wirft einen Blick in den Rückspiegel. Ich tue es ihm gleich. Diese Feiglinge haben sich hinter ihren Wagen verkrochen und werden von unserem Sniper in Schach gehalten. Der SWAT-Typ hat Montenegro gefesselt und hält ihm die Knarre an die Schläfe.

Alecta ist in Sicherheit, wir haben diesen Scheißkerl … und beim Teufel, ich freue mich darauf, ihn zu foltern.

»Hier.« Ich strecke Alecta ein Tuch hin. Ihre Wange ist geschwollen, getrocknetes Blut befindet sich auf ihrer Unterlippe.

»Behalte es.« Sie wirft einen mörderischen Blick auf den bewusstlosen Montenegro. »Und beeil dich, Rico, ich will jede Minute mit diesem Scheißkerl ausnutzen.«

Als wir an der Villa ankommen, taumelt Alecta aus dem Wagen. Ich weise die SWAT-Typen an, Montenegro in den Keller zu bringen, bevor ich ihr folge. Sie humpelt vorwärts, und als sie die Hand auf ihren Bauch hält, weiß ich auch, dass er sie an empfindlichen Stellen geschlagen hat.

Heiße Wut steigt in mir auf. Ich fange sie in der Halle ab und drehe sie zu mir. Ihre Haare sind zerzaust, ihr Blick fahrig, das Kleid an ungünstigen Stellen eingerissen. Obwohl überall an ihr getrocknetes Blut klebt und ihre Wange unschön angeschwollen ist, jammert sie nicht. »Ich muss mich kurz frisch machen, bevor ich mich um ihn kümmere.«

»Du stehst unter Schock«, stelle ich nüchtern fest, was sie mit einem hysterischen Lachen quittiert.

»Unter Schock? Ich kann es kaum abwarten, ihn zum Singen zu bringen. Also steh mir nicht im Weg.« Sie reißt sich los und humpelt zu ihrem Zimmer.

»Du musst ärztlich versorgt werden«, beharre ich. Sie hat wohl keine Ahnung, welche Folgen innere Blutungen haben, und ich brauche sie lebend. Sie schuldet mir Informationen.

»Das hat Zeit.«

Ich folge ihr wortlos, bis wir in ihrem Bad ankommen. Sie dreht den Wasserhahn auf, spritzt sich Wasser ins Gesicht und gibt ein leises Stöhnen von sich.

»Er hat dich gefoltert.«

Alecta bringt ein müdes Lächeln zustande. »Schon Schlimmeres überstanden, Hunter. Ist der Wichser schon im Keller?«

Etwas Eiskaltes legt sich in ihren Blick. Sie ist bereit, zu jagen. Bereit, zu töten. Selbst wenn ich es wollte, könnte ich sie nicht davon abhalten. »Ja. Wir müssen herausfinden, warum er dich entführt hat.«

Sie nickt grimmig. »Das werde ich erledigen.«

»Du gibst mir kein Stück vom Kuchen ab?«

Sie wischt sich mit dem nassen Lappen über das Gesicht und zischt leise auf, als sie beim Wangenknochen ankommt. Ein tiefer Cut teilt die Haut, aber zumindest sind ihre Augen und die Lippen nicht verletzt. Wut gräbt sich durch meine Eingeweide.

»Ich will zehn Minuten mit ihm«, setze ich nach und sie blickt mich über den Spiegel an. Ihre Haltung ist aufrecht, sie zeigt keine Anzeichen von Schwäche. »Das entscheidest nicht du.«

Alecta wirft den Lappen ins Waschbecken, greift nach der Bürste und wickelt sich die Haare zu einem Knoten am Hinterkopf. Ich trete hinter sie, sodass unsere Körper sich berühren. Ihre Arme sinken langsam nach unten, sie behält mich die ganze Zeit im Blick. Ich bringe meine Lippen an ihr

Ohr. »Gib mir ein paar Minuten mit dem Scheißkerl. Was ist dir das wert, Alecta?«

Sie krallt die Finger um den Rand des Waschbeckens, lehnt sich leicht nach hinten. »Sag du es mir, Hunter.«

Meine Hände wandern hinab zu ihrer Hüfte, pressen ihren Arsch fester gegen meinen Schwanz.

»Billiger Versuch«, haucht sie. In einer ungewohnt schwerfälligen Bewegung packt sie meine Hände, löst sie von ihrem Körper und dreht sich in meiner Umarmung herum. Sie sieht forsch zu mir hoch. Ich grinse. »Und jetzt, Alecta?«

Mordlust tritt in ihre Augen. »Jetzt hole ich mir mein Vergnügen.«

Ich beuge mich nach vorn, aber sie drückt ihre flache Hand fest gegen meinen Oberkörper. »Mit Vergnügen meinte ich nicht dich, Hunter.« Als ob sie innerlich einen Schalter umlegt, verschwindet das Laszive aus ihrem Blick und weicht purem Hass. »Ich zeige dir, was eine Di Salvo darunter versteht.«

Wenige Minuten später sind wir in ihrem Folterkeller angekommen. Der Ort, an dem sie ihre Opfer verhört. Ich kann mir nicht vorstellen, dass viele lebend hier rauskamen.

Montenegro ist nackt an den Stuhl in der Mitte gefesselt, Blutspuren zeichnen seine Wange. Frische, rote Flecken sind auf seinen Rippen und dem Oberkörper zu sehen. Wie es scheint, hat Rico ihm schon einen Vorgeschmack verpasst.

»Was ist los mit dir, kleine Hure?«, speit Alessio aus. »Schon so schwach, dass du deinen eigenen Schlägertypen benötigst? Dein Rico war sehr mädchenhaft.«

Mit einem Lächeln auf den Lippen setze ich mich auf einen der Stühle und lehne mich entspannt zurück. Er hätte die Viper in ihr nicht reizen sollen. Diesen besonders blutrünstigen Ausdruck habe ich zuvor noch nie in Alectas Augen gesehen. »Die Lady braucht keine Hilfe, Arschloch. Sie kann ihren Zorn hervorragend ohne mich in Schmerz umwandeln. Ich bin nur hier, um ihr dabei zuzuschauen. Es turnt mich an, dich sterben zu sehen.«

Alecta verdreht die Augen. »Ihr redet beide zu viel. Ich habe nicht den ganzen Tag Zeit, also erkläre ich dir kurz die Spielregeln.« Sie zückt ein Messer, dessen Klinge so schmal ist, dass es den Namen nicht verdient hat und augenscheinlich gerade mal als Zahnstocher nützlich ist. Alessio wirkt, als habe er denselben Gedanken, denn er belächelt sie nur abfällig. Allerdings scheint er, im Gegensatz zu mir, bisher noch nicht die Erfahrung gemacht zu haben, dass jede Klinge tödlich ist, sei sie noch so klein. Ich bezweifle generell, dass diesem Milchbubi jemals ernsthaft Schmerzen zugefügt worden sind, anders kann ich mir das wahnsinnige Selbstbewusstsein nicht erklären.

»Es ist ganz einfach«, spricht Alecta weiter, lässt dabei die Waffe spielerisch durch ihre Finger gleiten. »Ich stelle dir eine Frage und du antwortest. Bist du ehrlich, gebe ich dir vielleicht eine zweite Chance. Sollte mir deine Antwort nicht gefallen oder ich das Gefühl haben, du belügst mich …« Sie beugt sich vor und streicht mit der Klinge über Montenegros Kehle, was seinen Adamsapfel zum Hüpfen bringt, »werde ich dich auseinandernehmen.« Verfluchte Scheiße, sie sieht so scharf aus, wenn sie jemanden foltern will.

Sie zieht das Messer zurück und richtet sich auf.

Alessio seufzt. »Ist schon witzig, wie sich das Blatt gewendet hat, hm?«

Alecta zuckt mit den Schultern. »Ich nenne es Karma. Es ist ein verruchtes kleines Biest, aber man kann sich stets auf es verlassen.« Sie tritt ein paar Schritte zurück und lehnt sich lässig gegen die Wand, als hätte sie alle Zeit der Welt. »Also,

Alessio, hier kommen meine ersten beiden Fragen: In wessen Auftrag handelst du? Wer ist deine Kontaktperson?«

Er überlegt. Nur so lange, bis sie Anstalten macht, wieder zu ihm zu gehen, dann singt er plötzlich wie ein Vögelchen. »Schon gut, schon gut. Irgend so ein Agent. Keine Ahnung, wie sein Name lautet.«

Alecta seufzt. »Weißt du, Alessio, im Internet kursieren unzählige, freizügige Fotos von dir«, wechselt sie plötzlich das Thema.

Ein selbstgefälliges Grinsen legt sich auf sein Gesicht. »Gefallen sie dir?«

»Du bist nicht mein Typ, ich stehe nicht auf Weicheier.« Alecta verzieht die Lippen zu einer Schnute. »Mir ist jedoch aufgefallen, dass du keinerlei Tattoos trägst.«

»So intensiv hast du mich also betrachtet. War ich die Vorlage deiner Wichsfantasien?«

Am liebsten würde ich diesem italienischen Schwanzlutscher die Haut von den Knochen ziehen. Ich halte mich nur zurück, weil ich weiß, dass Alecta das selbst regeln kann. Und verdammt … ich stehe drauf, wenn sie die knallharte Bitch mimt.

»Ich frage mich«, überlegt sie laut, ohne auf seinen Kommentar einzugehen, »wie du wohl mit einem Tattoo aussehen würdest.« Sie beugt sich wieder vor, setzt die Klinge auf seinem linken Unterarm an und ritzt in die Haut.

»Verfluchte Scheiße, was soll das?«, keift der Sunnyboy hysterisch.

»Hast du etwa Angst um dein makelloses Aussehen?«, mische ich mich höhnisch ein. »Ich verrate dir was: Frauen stehen auf Männer mit Narben. Auf echte Kerle.«

Alecta tritt zurück und betrachtet zufrieden ihr Kunstwerk. »Ich glaube, ich habe noch nie so etwas Schönes gesehen.« Ich erhebe mich, stelle mich neben sie und werfe einen Blick auf Montenegros Arm. Rote Linien teilen die Haut, Blut tropft zu Boden. Alecta so abgebrüht zu sehen, zu wissen, dass sie dazu fähig ist, jemanden richtig leiden zu lassen, macht mich verdammt hart.

Alessios Atem rasselt. In seinen Augen liegt ein fahriger Ausdruck. Vorsichtig senkt er den Kopf, blickt auf das, was Alecta ihm beschert hat. »Fuck«, stößt er aus und starrt ungläubig wieder zu ihr. »Du hast mir ernsthaft einen Schwanz …« Seine Stimme bricht ab.

Ich verschränke die Arme vor der Brust. »Würde deinem Vater gut gefallen.«

»Wer ist deine Kontaktperson?«, fragt sie mit strenger Stimme.

Als Alessio nur den Kopf schüttelt, beugt Alecta sich erneut vor und setzt die Klinge dieses Mal an seinem Oberschenkel an. Krampfhaft beißt der Italiener sich auf die Unterlippe, als das Messer durch sein Fleisch schneidet und in die Nähe seines besten Stücks wandert. »Nein, warte!«, bringt er plötzlich keuchend hervor. »Special Agent Frank Miller! Er kam vor drei Wochen auf mich zu!«

In meinem Hirn fängt es an zu rattern. Vor drei Wochen. Kurz nachdem ich den Auftrag von Miller erhalten habe. War das alles von vorneherein geplant? Hat der Wichser mich von Anfang an verarscht? Ich muss herausfinden, welches Spiel Miller spielt und welche Rolle er mir darin zugeteilt hat. Wenigstens weiß er jetzt, für welche Seite ich mich entschieden habe.

»Was wollte er?« Alectas Stimme ist so schneidend wie das Messer in ihrer Hand.

»Er bot mir ein hübsches Sümmchen für deine Auslieferung. Es geht nur ums Geschäft, Miststück, das weißt du wohl am besten.« Zornig spuckt er vor uns auf den Boden.

»Lass mich raten«, meint die Mafiabraut neben mir. »Als Gegenleistung versprach er dir die Vormachtstellung in Atlanta. Kein Einmischen in deine Geschäfte. Oh, armer,

armer Alessio. Wenn das FBI kein Interesse an dir hat, dann bist du nur ein harmloser, kleiner Goldfisch in einem großen Teich voller Haie.«

Er lacht, doch es klingt alles andere als selbstsicher. Sie hat ihn an der Angel.

Alecta reicht mir das Messer. »Bitte, er gehört dir, Hunter. Vielleicht erzählt er dir noch etwas.«

Sie überlässt es mir, Montenegros Leben zu beenden. Es wird ein kleiner Vorgeschmack auf das, was ich mit Miller vorhabe. Ich lasse mich nicht verarschen.

Geduscht und in frischen Klamotten verschwinde ich aus meinem Zimmer und visiere die Halle an. Ich habe es vermisst, jemanden zu töten. In den Augen die Gewissheit zu sehen, dass es bald zu Ende sein wird. Zu meinem Bedauern hat der Wichser nicht mehr Informationen für mich gehabt, aber es gibt nur eine logische Erklärung, warum Miller uns fast zeitgleich engagiert hat: einer von uns beiden würde erfolgreich sein. Das bedeutet, er will überhaupt nicht, dass ich Alecta ausspioniere … sondern, dass er sie schnellstmöglich in seine Finger bekommt. Warum? Warum ist ihm das so wichtig?

Je länger ich darüber nachdenke, desto aggressiver werde ich. Ich lasse mich nicht verarschen. Und ich werde herausfinden, was er wirklich vorhat.

Es ist ruhig im Anwesen. Vor den Ein- und Ausgängen stehen Wachen. Die Villa ist zu einem verdammten Hochsicherheitsgefängnis geworden.

»Hey!«

Ich greife wie automatisch nach der Glock im Halter und richte sie in die Richtung, aus der die Stimme gekommen ist.

»Kein Grund, mich zu erschießen«, knurrt Rico. Ich stecke

die Waffe wieder weg und verschränke die Arme vor der Brust. »Man schleicht sich nicht an, lernt man das nicht im Alecta-Bodyguard-Kurs?«

»Spar dir deine Scherze. Dazu ist heute zu viel Scheiße passiert.«

Er sieht mitgenommen aus, dunkle Ringe liegen unter seinen Augen, er trägt eine beschusshemmende Weste und erinnert mich entfernt an einen SWAT-Typen.

»Und jetzt?«, frage ich dumpf und neige den Kopf zur Seite. »Willst du mir einen Vortrag halten, weil ich das Ruder an mich gerissen habe, um deine Mafiabraut zu retten?«

Ein Mundwinkel zuckt. »Ich hätte verdammt große Lust, dich bluten zu sehen, Hunter. Aber das ist nicht meine Entscheidung. Du bist und bleibst ein arroganter Wichser, aber ohne dich wäre die Sache anders ausgegangen.«

Ich ziehe die Augenbrauen zusammen. »Was wird das?«

»Du hast ihr das Leben gerettet, als ich versagt habe. Dafür stehe ich in deiner Schuld, aber glaub ja nicht, dass du deswegen von meinem Radar verschwindest.«

»Das will ich auch nicht hoffen, sonst wird es verdammt langweilig hier.«

Er nickt, wendet sich kommentarlos ab und verzieht sich dann wieder. Nicht, dass ich Wert darauf lege, aber ausgerechnet er hat sich quasi bei mir bedankt. Ich bin niemand, der auf säuselnde Worte hereinfallt, aber ich kann mir denken, wie viel Überwindung ihn das gekostet haben muss.

Ich gehe zu Alectas Zimmer, wir haben ein wichtiges Gespräch hinter uns zu bringen. Vor der Tür sind zwei Wachen mit Maschinengewehren postiert. Anscheinend hat ihre Chefin ihnen erlaubt, mich durchzulassen, denn sie rühren sich keinen Zoll. Ich betrete das Zimmer und schließe die Tür hinter mir. Es ist dunkel, dennoch erkenne ich Alecta sofort. Sie steht an der geöffneten Terrassentür, einen Drink in der Hand, die leicht zittert.

Die Waffenlady trägt ein überlanges dünnes Shirt, die Haare hängen nass an ihrem Rücken hinab.

»Was willst du?«, fragt sie knapp und nimmt einen Schluck. Ich gehe auf sie zu und stelle mich neben sie, betrachte ihr Profil. Der Cut ist mit Strips versorgt worden.

»Antworten.«

Sie grinst höhnisch, bevor sie das Glas ext. »Wer deine Familie auf dem Gewissen hat, richtig?«

»Richtig.«

»Und dann? Ich erlaube es dir nicht, zu verschwinden. Du wolltest für mich arbeiten, du wirst für mich arbeiten. Glaubst du, ich lasse dich einfach gehen, nach allem, was du gesehen hast?« In ihrer Stimme ist eine Härte, die mich neugierig macht. Als hätte die Entführung etwas in ihr entfesselt, als würde sie nur darauf warten, die Richtigen zwischen ihre Finger zu bekommen.

»Ich will nicht gehen.« Ich stelle mich vor sie hin, sodass sie den Kopf in den Nacken legen muss, um mich anzusehen. Durch den Vollmond ist es so hell, dass ich ihre Züge genau erkennen kann.

»Gut.«

Locker fahre ich mit dem Finger über ihre Unterlippe. »Du bist ein abgefucktes Miststück.«

Wieder dieses Lächeln. »Vielleicht ergänzen wir uns deswegen gut, Liam Hunter. Der Skrupellose und das Miststück. Einen Schluck gefällig?«

Ich reiße ihr das Glas aus der Hand und werfe es auf den Boden. Es kommt mit einem dumpfen *Bong* auf dem Teppich auf, ohne zu zerbrechen.

»Reiz mich nicht, Hunter. Du hast gesehen, was mit Montenegro passiert ist.«

Da ist es wieder, dieses Aufflackern von purer Mordlust in ihren ungleichen Augen. Die so exotisch wie anziehend sind.

Sie will Rache, sie will töten. Und genau das macht sie so verdammt scharf. »Gib mir die Namen.«

Sie drückt sich vom Rahmen der Terrassentür ab und geht zum Sideboard. »Du hast mein Leben gerettet, deswegen hast du dir deine Antwort verdient. Doch sie wird dir nicht gefallen.«

Sie greift nach einem neuen Glas und schüttet sich die Flüssigkeit aus der Karaffe ein, bevor sie wieder zu mir kommt. Meine Nerven sind zum Zerreißen angespannt, aber ich habe gelernt, mich in Geduld zu üben.

»Montenegro arbeitet …«, sie räuspert sich, »*hat* mit dem FBI zusammengearbeitet. Er lieferte Leute an einen Special Agent Miller aus, dieser Scheißkerl war für mich immer nur ein kleiner Fisch. Es hat nie so ausgesehen, als ob er in Dinge verwickelt wäre, die uns betreffen. Das hat sich jetzt geändert. Er muss sterben, Hunter.«

Diese Entscheidung habe ich längst getroffen, wenn auch aus einem anderen Grund. »Was hat das mit dem Mord an meiner Familie zu tun?«

Sie hält mir das Glas hin, nachdem sie einen Schluck genommen hat. Ich greife wortlos danach und starre in die goldfarbene Flüssigkeit.

»Sehr viel.« Sie stellt sich auf die Zehenspitzen und küsst mich auf den Mund. Ganz leicht, bevor sie sich wieder löst. »Wenn du es wagst, mich zu hintergehen, wirst du sterben. Glaube nicht, dass ich dich nicht finden würde.«

Es reizt mich, dass sie mir droht. Dass sie versucht, meine Grenzen auszutesten. »Glaube nicht, dass ich mich überhaupt suchen lasse, Alecta. Ich bleibe, weil ich es will. Weil ich die Wichser fallen sehen will, die im Hoover Building auf ihren breiten Ärschen sitzen.«

Sie fährt mit ihrem Fingernagel an meinem Hals entlang. »Gut. Wir verfolgen dieselben Ziele.«

»Wie meinst du das?«

Zum ersten Mal sehe ich ein trauriges Lächeln an ihr. Es wundert mich, dass sie es durchblitzen lässt.

Sie tritt einen Schritt zurück und sieht mich eindringlich an. »Der Mann, der den Auftragsmord an deiner Familie in die Wege geleitet hat, war Special Agent Miller.«

ALECTA

Es ist das erste Mal, seit ich Liam Hunter begegnet bin, dass ihm die Gesichtszüge entgleiten. Mit einem Satz der Offenbarung fällt seine Maske aus purem Eis in sich zusammen und weicht einem Wechselbad der Gefühle.

In nur wenigen Sekunden, die er regungslos vor mir steht und anscheinend versucht, das Gesagte zu verarbeiten, laufen sämtliche Emotionen über sein Gesicht. Entsetzen. Trauer. Unglaube. Doch vor allem Zorn.

Seine Hände ballen sich zu Fäusten und das Glas in seiner Hand zerspringt in Einzelteile. Die Scherben drücken sich in seine Haut, Blut tropft mit dem Alkohol zu Boden. Er bemerkt es nicht, starrt wie hypnotisiert an mir vorbei. Der gute Hunter ist also doch nicht so abgebrüht, wie er immer vorgibt zu sein. Es schlägt tatsächlich ein fühlendes Herz in seiner Brust.

Seufzend hole ich ein feuchtes Tuch von der Bar, nehme seine verletzte Hand in meine. Die Splitter fallen zu Boden und ich tupfe die Wunden sauber. Es wundert mich, dass ihm Millers Name so hart zusetzt. Als würde er ihn kennen … Was hat ein ehemaliger Navy Seal mit einem Special Agent des FBI zu schaffen?

»Warum sagt mir mein Instinkt, dass Miller bei dir kein unbeschriebenes Blatt ist?« Manchmal hasse ich mich für mein Misstrauen, aber die Vergangenheit hat mich gelehrt, vorsichtig zu sein. Ich werde mein gesamtes Personal noch einmal überprüfen lassen, aber ich weiß, dass es damit nicht getan ist – Geld ist oft ein starkes Motiv, die Seite zu wechseln und das, obwohl ich gut bezahle.

»Ich habe viele Menschen umgebracht, dabei kam ich auch mit Miller in Kontakt. Es ergibt keinen Sinn … was hat er davon, meine Familie zu töten?« Seine Stimme klingt belegt, völlig anders als die Tage zuvor. Als hätte er momentan Mühe, die Mauer um sich herum aufrecht zu halten. Ich weiß verdammt gut, wie schwer das an bestimmten Tagen ist.

»Das musst du selbst herausfinden. Ich kann dir nur die Informationen geben, die ich habe, und was ich dir sagen kann: sie sind zu Hundertprozent richtig.«

Es wundert mich, dass er es zulässt, mich die Scherben aus seiner Hand entfernen zu lassen. Sie zittert.

»Ich schätze mal, dir fallen bereits hundert verschiedene Möglichkeiten ein, Miller umzubringen«, sage ich wie beiläufig.

Verwirrt blinzelt er, fokussiert den Blick auf mein Gesicht und seine Miene wird wieder zu Stein. »Woher soll ich wissen, dass du mich nicht anlügst?«

»Ich mag vieles sein, Hunter«, entgegne ich, lasse das Tuch zu Boden fallen und setze mich auf das Bett, »eine Geschäftsfrau, eine Mafiabraut, eine Killerin. Manche nennen mich auch eine Hure. Aber ich bin keine Lügnerin. Niemals.«

Müde wende ich mich von ihm ab und lehne mich an das Ende des Bettes. Montenegro hat mir meine Kraft entzogen, ich fühle mich ausgelaugt und platt. Mein Knöchel schmerzt, genauso wie mein Magen und ich habe keine Lust mehr, diesen Umstand vor Liam zu verbergen. Ich lege den Kopf zurück und schließe die Augen. Die Genugtuung und der Sieg über einen weiteren Feind werden begleitet von einem bitteren Beigeschmack. Pietro ist tot. Moussa hat mich verraten. Das FBI hätte mich beinahe in seine Fänge bekommen.

»Dieser Hurensohn.« Seine vom Teppich gedämpften Schritte erklingen, wandern von rechts nach links.

»Das kann nicht sein«, murmelt er.

Ich blinzele, als könnte ich so meine Kopfschmerzen vertreiben, und blicke ihn an. »Ich behaupte es nicht. Ich weiß es.«

Liam kommt auf mich zu, setzt sich neben mich und greift nach einer Haarsträhne. Sein Blick ist eiskalt, würde mir eine Gänsehaut über den Rücken jagen, wenn ich Angst vor ihm hätte. Er zieht die Strähne langsam zu sich, sodass ich einen leichten Schmerz spüre.

»Wenn du mir Scheiße erzählst, wirst du es bereuen.«

Ich lege meine Hand auf seine Brust, spüre den kräftigen Herzschlag unter meinen Fingern. Mit der anderen greife ich nach meiner Haarsträhne und bedeute ihm mit einem scharfen Blick, loszulassen. Erst nach mehreren Sekunden lässt er seinen Arm nach unten sinken. »Morgen zeige ich dir alles, was mir über dich vorliegt. Die Akten lügen nicht, Hunter, genauso wenig wie ich. Der Verlust eines Familienmitglieds ist für mich eine wichtige und ernstzunehmende Situation. Darüber mache ich keine Scherze, denn ich weiß genau, wie sich das anfühlt. Mach uns einen Drink, mit Eiswürfeln.«

»Bin ich dein Dienstmädchen, oder was?«, murrt er, kommt aber meiner Aufforderung nach. Er braucht ein alkoholisches Getränk jetzt genauso dringend wie ich. Meine Lider schließen sich erneut, ich höre das Klirren der Eiswürfel im Glas und das Gluckern, als Flüssigkeit drüber gegossen wird. Schritte nähern sich, ich blicke auf und nehme das Getränk an mich. »Wenn du dieses Mal meine Gläser heil lässt und keinen Alkohol verschüttest, darfst du zu mir aufs Bett kommen.«

Mit grimmiger Miene setzt er sich neben mich. Die Matratze gibt unter seinem Gewicht nach und senkt sich, sodass ich durch die Schräge zu ihm rutsche. Zuerst will ich mich wieder von ihm entfernen, doch dann bleibe ich, genieße sogar für einen Moment die Wärme, die von ihm ausgeht, und das damit einhergehende Gefühl von Sicherheit. Er hält mir seinen Drink entgegen und ich stoße mit ihm an. Sofort hebt er sein Glas an die Lippen und trinkt die Hälfte in einem Zug.

»Ich werde dir nie vergessen, was du heute für mich getan hast«, sage ich aufrichtig. »Aber eines musst du mir verraten: Was hast du mit diesem Miller am Hut?«

Er seufzt. »Du weißt von meiner Vergangenheit«, antwortet er nach kurzem Zögern ungewohnt ernst. »Als Navy Seal bin ich das ein oder andere Mal mit ihm in Kontakt gekommen, nichts Wildes, aber es reichte, um zu wissen, was für ein Wichser er ist. Ich wollte June zu ihrem Geburtstag eine Torte besorgen. Als ich zurückkam, fand ich die von Kugeln durchlöcherten Körper meiner Frau und Tochter. Das FBI schloss mich aus den Ermittlungen aus. Die Akte blieb für mich unter Verschluss. Sie sagten, sie konnten den Fall nie aufklären, diese verfickten Hurensöhne.« Er leert das Glas und stellt es auf dem Nachttisch ab, bevor er weiter an die gegenüberliegende Wand starrt. »Also bin ich ausgestiegen. Hab dem Scheißverein den Rücken gekehrt und mein eigenes Ding durchgezogen. Wen ich dabei tötete, war mir egal.«

Ich beobachte, wie er die Lippen zu einer schmalen Linie aufeinander presst. »Erzähl mir von Ella und June«, bitte ich ihn. Ich habe keine Ahnung, woher plötzlich diese einfühlsame Seite an mir kommt. Doch ich habe das Gefühl, dass uns etwas verbindet. Dass wir gar nicht so unterschiedlich sind, wie ich am Anfang dachte, weil wir ähnliche Situationen durchlebt haben. Geliebte Menschen verloren und jetzt nur noch eines im Sinn haben: Rache. Gerechtigkeit für diejenigen, die sich nun nicht mehr wehren können. Vielleicht bin ich aber auch einfach nur zu erschöpft, um den Boss raushängen zu lassen.

Hunter bewegt sich etwas, kommt mir dabei noch näher, und ich erlaube mir sogar, meinen Kopf an seine Schulter zu lehnen. Er lässt es kommentarlos geschehen. Heute habe ich den Wunsch, für wenige Stunden schwach zu sein. Nicht das Zugpferd eines Imperiums. Eine verdammt normale Frau, die sich nicht immer hinter ihrer Mauer verstecken muss.

Eine Weile sitzen wir schweigend da, dann räuspert er sich. Ich merke ihm an, dass er nicht darüber reden will. Dass seine Familie sein Schwachpunkt ist. »Du hast die Akte … du weißt alles.«

»Dort steht, wie sie vorgefunden wurden. Deine Aussage war nicht detailliert.«

Hunters Kiefermuskeln spannen sich an, sein Blick ist noch immer an die Wand gerichtet. »Es war bereits Abend, und wir brauchten eine neue Torte für den morgigen Tag«, fährt er fort. »Ich habe Ella gesagt, dass wir June dann halt von auswärts eine Torte besorgen. Also bin ich nochmal los. Als ich wiederkam, war es zu spät.« Kein Funken Trauer ist in seinen Worten zu hören. Er hat seine Emotionen gut im Griff und dennoch merke ich es an seiner versteiften Haltung, dass er noch lange nicht darüber hinweg ist.

Hätte ich nicht gelernt, mich zu beherrschen, würden mir jetzt die Tränen in Strömen über das Gesicht laufen. Aber ich bin dazu erzogen worden, hart zu bleiben. Immer undurchschaubar und emotionslos. Das letzte, was ich tun will, ist ihm mit Mitleid zu begegnen. Einfach aus dem Grund, weil ich weiß, dass es nicht das Geringste bringt. Stattdessen reiche ich ihm mein noch volles Glas, das er annimmt und ext.

»Mein Vater starb vor drei Jahren. Wurde hinterrücks von einem Agent erschossen. Mitten in seinem eigenen Club, während er in neue Geschäfte verwickelt war.« Und da sind sie wieder, die Bilder meines von Kugeln durchlöcherten

Vaters in den Armen einer Nutte. Die Nutte, die ihn tot aufgefunden hat.

»Beim Kommen gehen«, brummt Liam. »Es gibt schlimmere Tode.«

Ich ignoriere seine Bemerkung, denn ich finde sie alles andere als witzig. »Ich werde den Mörder meines Vaters finden, Hunter, und wenn es so weit ist, werde ich ihm alle Gliedmaßen einzeln ausreißen«, flüstere ich und fixiere ihn. »Doch dieser Miller bedroht meine noch lebende Familie, meine gesamte Existenz. Ihn zu beseitigen hat Priorität. Und du wirst mir dabei helfen.«

Er schnaubt. »Ich kümmere mich also um deine Feinde …«

»… und bekommst die Rache, nach der du dich sehnst«, vollende ich seinen Satz. »Ist das etwa kein fairer Deal?«

Er schweigt für einen Moment, starrt mich einfach nur an. Und dann sehe ich es, das Aufblitzen der Mordlust, die in seine Augen zurückkehrt. Seine Lippen verziehen sich zu einem kleinen Lächeln, doch es ist nichts Herzerwärmendes darin zu finden, nur pure Kälte. »Betrachte die Sache als erledigt.«

»Gut.«

Etwas Gutes hat diese skurrile Situation schon irgendwie an sich: Durch Millers und Montenegros Einmischen ziehe ich Hunter auf meine Seite, auf wessen er auch immer vorher gewesen sein mag. Wahrscheinlich auf seiner eigenen. Diesen Kerl im selben Team zu wissen, bedeutet einen ungeheuren Gewinn für mein Vorhaben, das beweist die erlebte Nacht. Dennoch muss ich ihn mit Vorsicht genießen. Ein Söldner wechselt schnell die Fronten, insbesondere einer mit seinen Fähigkeiten. Auch wenn ich Liam so nicht einschätze. Er weiß, wer er ist, was er kann und würde sich niemals unter Wert verkaufen. Wenn er sich einmal für einen Weg entschieden hat, wird er diesen unnachgiebig verfolgen. Und das endet meistens mit dem Tod. Mit seiner Frau und seiner

Tochter hat es damals nur tragischer Weise die Unschuldigen erwischt. Ein unbedachter Moment, ein falscher Schritt, und dein Leben erfährt eine Kehrtwende. Das gleiche musste ich lernen, nur hat es meinen Vater damals aufgrund seiner eigenen Fehler selbst getroffen.

Ein plötzlicher Stich fährt mir durch den Körper und ich lege die Hand unwillkürlich auf meinen Bauch. Ich sollte mich morgen doch zur Sicherheit durchchecken lassen.

»Ich habe dir gleich gesagt, du sollst zu einem Arzt gehen.«

»Verschwinde, Hunter, bevor ich die Wachen auf dich hetze«, zische ich und fuchtele mit der Hand in der Luft.

Er beugt sich zu mir, das Grinsen verstärkt sich. »Bekomme ich keine Belohnung für die gelungene Rettungsmission? Immerhin habe ich deinen süßen Arsch verteidigt.« Da ist er wieder, der alte Hunter mit einer großen, vorlauten Klappe.

»Du hast deine Belohnung erhalten«, entgegne ich und rolle mit den Augen. »Steck deinen Schwanz sonst wohin, meine Pforten bleiben heute geschlossen.«

Er wuchtet sich aus dem Bett und geht zur Tür. Dort angekommen, bleibt er stehen und sieht zu mir zurück. »Das war das erste und letzte Mal, dass du mich in dieser Verfassung gesehen hast«, brummt er und es klingt fast wie eine Drohung.

Ich nicke. »Das hoffe ich doch. Ich brauche das Arschloch in dir.«

LIAM

Als ich noch ein Seal war, habe ich an Gerechtigkeit geglaubt. Daran, dass jeder eines Tages erhält, was er verdient. Heute weiß ich, dass ich derjenige bin, der einem Arschloch das verpasst, was es verdient. Dass ich es bin, der Gerechtigkeit ausübt. Ohne Rücksicht auf irgendwelche Gesetze, die von Typen ins Leben gerufen wurden, die keine Ahnung von der Realität haben.

Meistens waren es korrupte Wichser, deren Leben ich beendet habe. Manchmal war es schwierig, an sie heranzukommen, aber nie unmöglich. Miller ist ein anderes Kaliber. Jemand, der gerade nach ganz oben auf meiner Prioritätenliste gewandert ist. Und leider auch ein verdammt gut bewachtes Schwein. Das bedeutet allerdings nicht, dass man es nicht aushungern kann. Im Gegenteil … Miller will Alecta, warum auch immer er so ein großes Interesse an ihr hat. Ich glaube mittlerweile, dass mehr dahintersteckt als nur die Angst um seine Arschsitzerposition.

Ich nehme ein Handtuch mit, bevor ich mich zum Pool aufmache. Alecta und ich müssen ein Gespräch hinter uns bringen. Die Sonne ist erst am Aufgehen, aber ich höre schon Schwimmgeräusche. Sie ist eine Frühaufsteherin, das gefällt mir. Sie vergeudet ihre Zeit nicht.

Ich gehe über die aufgewärmten Fliesen zum Einstieg. Alecta kommt in langen Zügen auf mich zu geschwommen, sie ist nackt, wie schon beim ersten Mal, als ich sie hier angetroffen habe. Nur einzelne Blessuren geben einen Hinweis auf die gestrige Entführung.

»Hunter«, begrüßt sie mich knapp und stützt sich am Beckenrand ab. Wasser perlt an ihrer Haut ab, tropft über ihre Nippel auf die Marmorsteine. Sie betrachtet ungeniert meinen härter werdenden Schwanz.

»Alecta.« Ich rutsche zu ihr ins Wasser. Obwohl es kühl ist, strahlt sie Hitze aus.

»Ich kann mich nicht daran erinnern, dir erlaubt zu haben, im Pool zu schwimmen.« Ihr Blick ist wieder in die Ferne gerichtet, sie wirkt abwesend.

»Du solltest wissen, dass ich auf deine Erlaubnis pfeife. Ich bin nicht hier, um Spielchen zu spielen.« Ich schwimme hinter sie, drücke meinen Körper an ihren, während meine Hände über ihren Bauch wandern. Sie gibt ein zischendes Geräusch von sich und versteift sich. Ich bringe meine Lippen an ihr Ohr, fahre mit der Zunge an ihrer Haut entlang. »Was ist dein Plan, Alecta?«

Sie lässt den Kopf in den Nacken sinken, lehnt sich gegen mich. »Miller an die Hunde zu verfüttern.«

»Schade. Ich hätte ihn im Wikingerstil in eine Schlangengrube geworfen.«

»Du schaust anscheinend zu viel *Vikings*.«

Ich muss grinsen. »Ich oder du?«

Alecta dreht sich in meinem Griff um, presst ihre Titten gegen mich. Ihr Blick ist weich, aber ich weiß mittlerweile, dass sie ihn nur einsetzt, um ihr Gegenüber zu täuschen. Wenn ich sie ansehe, kann ich nicht glauben, dass sie fähig ist, Menschen zu foltern. Sie sieht so … unschuldig aus.

»Rico hat mir berichtet, dass du einen guten Job gemacht hast. Fast zu gut.«

Meine Sinne haben sich über die Jahre so geschärft, dass ich Misstrauen sofort aus Worten heraushöre. Ich fahre mit der Hand über ihren Rücken, hinab zu ihrem perfekt gerundeten Arsch. »Du wirkst nicht zufrieden, Boss.«

»Ich frage mich, welches Ziel du verfolgst.«

»Das habe ich dir bereits erklärt. Ich will gewisse Leute fallen sehen. Genau wie du.«

Sie streicht mit dem Daumen über meine Unterlippe. »Dann wird es dir gefallen, dass ich Neuigkeiten habe. Das FBI hat ein äußerst hohes Kopfgeld auf dich ausgesetzt.«

Damit habe ich bereits gerechnet. »Das will ich auch hoffen. Miller wird verdammt angepisst sein.«

»Warum hast du vor Jahren Aufträge für das FBI durchgeführt?«

»Weil ich ein Idiot war. Weil ich dachte, dass ich bei den Seals etwas verändern könnte.«

Sie lächelt leicht. »Und dann begann dein Rachefeldzug?«

»Er hat noch nicht mal ansatzweise begonnen. Ich will Miller lebend, ich will wissen, warum er meine Familie umbringen ließ.«

Kälte breitet sich in mir aus, ich verdränge das Bild meiner Frau und meiner Tochter, als es sich vor mein inneres Auge schleicht.

»Dein Ziel ist mir scheißegal. Ich will Miller aus dem Weg schaffen, weil er gedenkt, meine Geschäfte zu stören. Ich kann Störenfriede nicht leiden.«

»Was hast du vor?«

Wieder dieses Lächeln, als ob sie bereits etwas ausgeheckt hätte. »Die Lieferungen werden teurer, die Waffen schwerer und gefährlicher. Schon mal eine richtig gefährliche Waffe geschmuggelt, Hunter?«

Ich hebe eine Augenbraue. »An wen willst du diese *richtig gefährliche* Waffe verkaufen?«

»An den Höchstbietenden natürlich. Das FBI wird den falschen Übergabeort erfahren. Miller wird dort sein, wenn er seine Karriere nicht gefährden will.«

Ich schnaube. »Miller hat zwar Außendiensterfahrung, aber er wird sich in seinem scheiß Büro verstecken.«

Alecta schnalzt mit der Zunge. »Glaube mir, das kann er nicht. Noch hat er keine Position, in der er sich hinter seinem Tischchen verstecken kann. Wir treffen uns um zehn Uhr im Besprechungszimmer, im Erdgeschoss den Gang entlang, letzter Raum. Sei pünktlich.«

Dass sie mich bei internen Besprechungen dabei haben will, ist ein gutes Zeichen.

»Und was ist meine Rolle in deinem Plan?«

Sie stützt sich mit beiden Händen an meinen Schultern ab und zieht sich an mir hoch. Ihre Lippen streifen über meine. »Den Boss zu befriedigen.«

Einer der wenigen Wünsche, die ich ihr gern erfüllen werde. Es reizt mich, sie zu dominieren. Ihr zu zeigen, dass sie das Zepter nicht immer in der Hand hält. »Halt dich an mir fest. Richtig fest«, raune ich an ihren Lippen.

Sie zögert einen Moment, dann schlingt sie die Beine um mich und verstärkt ihren Griff. Ich ziehe mich mit ihr aus dem Wasser, hieve mich hoch und trage sie nach drinnen in ihr Schlafzimmer. Ihr Atem kommt schneller, als ich sie auf das Sideboard schiebe. Flaschen fallen um, landen mit einem dumpfen Geräusch auf dem Boden.

»Mein bester Alkohol«, zischt sie, packt mich an den Haaren und zieht meinen Kopf zu sich. Sie spreizt die Beine, während sie mich küsst. Forsch und rücksichtslos. Aber dieses Mal ist nicht sie diejenige, die den Ton angibt.

Ich löse mich von ihr, knie mich vor dem Sideboard hin, während ich ihren Arsch zu mir schiebe. Sie soll keine Zeit zum Überlegen haben.

»Hunter«, keucht sie, als ich mit der Zunge über ihre Klit streife. Ihre bebenden Schenkel drücken gegen meinen Kopf, während sie ihre Hände fester in meine Haare krallt. Ich knete ihren Arsch, presse meine Lippen fester gegen ihre Perle.

»Nicht a-aufhören«, stöhnt sie und kommt meinen Bewegungen entgegen, lässt ihre Hüften kreisen. Mein Schwanz ist so hart, dass er schmerzhaft gegen das Sideboard drückt.

Ich versenke zwei Finger in sie, drücke innen gegen ihren rauen G-Punkt, während ich an ihrer Klit lecke.

Ihr spitzer Schrei ist Musik in meinen Ohren. Mit einem letzten Zucken bäumt sie sich auf, ich fühle ihr Pulsieren gegen meine Lippen. Schmecke ihre Lust. Genieße ihre Kapitulation.

Ich lasse von ihrer Nässe ab, reiße wie beim letzten Mal die Schublade auf und greife nach einem Kondom. Ungeduldig zerre ich an der Verpackung, stülpe es mir über und packe Alecta an den Hüften. Ihr Blick ist verklärt, ihre Haare hängen nass an ihr hinab.

»Ich bin noch nicht fertig mit dir«, knurre ich.

In einer fließenden Bewegung hole ich sie vom Sideboard und wirbele sie herum. Ich beuge mich nach vorn, sodass meine Lippen über ihrem Ohr verharren. »Ich werde dich ficken. So hart, dass du keinen einzigen Gedanken mehr an einen anderen verschwendest.«

»Beweis es mir«, flüstert sie heiser, ein provokantes Lächeln liegt auf ihren Zügen.

Ich packe sie grob am Kinn, sodass sie schmerzhaft das Gesicht verzieht. Fordernd lasse ich meinen Schwanz an ihrer Ritze entlanggleiten und ramme mich mit einem einzigen Stoß in sie. Sie fängt sich mit den Unterarmen ab, öffnet ihren Mund zu einem stummen Schrei. Gott, sie ist so verflucht feucht.

Die verbliebenen Flaschen wackeln bedrohlich, als ich mich wieder und wieder in ihr versenke. Ihr Arsch klatscht mit jedem Stoß geräuschvoll gegen meine Hüfte, ihr Stöhnen vermengt sich mit meinem Keuchen.

Es ist das Paradies. So muss es sich einfach anfühlen. Die ganze Scheiße ist fort, nur sie und ich existieren.

»Das ist alles?«, haucht sie provokant.

Ich reiße sie an den Haaren zurück, verharre mit meinem Schwanz zuckend in ihr. Meine Lippen fahren über ihre Ohrmuschel. »Das ist der Anfang, Süße.«

Ich dränge sie wieder nach vorn, fahre mit meiner Hand an ihrer Spalte entlang und dehne ihr verbotenes Loch mit meinem Daumen, während ich ihre Pussy mit kleinen Stößen ficke.

»Gott ja, tiefer«, wimmert sie. Alecta hat die Augen geschlossen, die Lippen geöffnet. Sie vertraut mir. Zumindest so weit, dass ich ihr keine Schmerzen zufügen will. Ich genieße ihren Anblick, als ich einen Finger in ihren Arsch schiebe und zeitgleich mein Tempo erhöhe. Ich kann mich kaum noch beherrschen, zögere meinen Orgasmus nur mit größter Mühe hinaus.

»Komm für mich«, knurre ich, ficke sie noch härter, sodass sie sich mit den Händen an den Seiten des Sideboards festhalten muss. Mein Schwanz schwillt an, dehnt sie, treibt sie an ihre Grenzen. Ihre Muskeln schließen sich um mich, ihr Zittern breitet sich aus und erfasst ihren ganzen Körper.

Sie krallt die Hände so fest in das Sideboard, dass die Knöchel weiß hervortreten. Ein langgezogener Schrei. Blitze vor meinen Augen.

Ich explodiere so heftig in ihr, dass ein schwarzer Vorhang vor meine Augen tritt.

Heute gehört sie mir.

Mir allein.

Zwei Stunden später stehe ich vor dem Spiegel im begehbaren Kleiderschrank. Weiße Hemden, schwarze Hosen und beschusshemmende Westen reihen sich an der Stange aneinander. Soll ich mich wirklich so förmlich für eine schlichte Besprechung anziehen? Die Lieferung kam vor einer Stunde an. Auf den ersten Blick sehen die Sachen aus, als wären sie maßgeschneidert. Ich nehme ein Hemd von der Stange und schlüpfe hinein – passt wie angegossen. Perfekt, sie verwandelt mich in einen beschissenen Anzugträger, aber was macht man nicht alles? Alecta ist zu wichtig für mich, als dass ich mich mit ihr wegen Anzügen streite. Ich löse das Problem so, indem ich ihr nächstes Mal ihren perfekt gerundeten Arsch versohle. Beim Gedanken daran, wie meine Hand auf ihrer weichen Haut landet, wird mein Schwanz hart. Es ist ein gefährliches Spiel, das wir hier treiben. Bei Alecta könnte es über gewöhnliches Ficken hinausgehen und das darf nicht passieren.

Ich bin Liam Hunter.

Ein Arschloch.

Ein Mörder.

Niemand, der auf Dauer in ihrer Nähe bleiben sollte.

Ich ziehe die restliche Kleidung an und überprüfe den Sitz vor dem Spiegel, bevor ich das Zimmer verlasse. Heute ist der Springbrunnen in der Mitte eingeschaltet, als gäbe es etwas zu feiern. Stimmengewirr am Ende des Ganges hallt zu meinen Ohren. Ich schlüpfe in den Raum und plötzlich ist es leise.

Das Zimmer ist etwa vierzig Quadratmeter groß, erinnert mich an eine Kommandozentrale. Mehrere Bildschirme hängen an den Wänden, bequeme Ledersessel umrunden den wuchtigen Tisch in der Mitte. Die Rollos sind hinuntergezogen, der Raum in ein künstliches Licht getaucht.

Die beiden SWAT-Typen, der Barkeeper und Rico haben ihre Plätze schon eingenommen. Rams sitzt etwas abseits wie eine Schildkröte mit eingezogenem Schädel vor einer Tastatur. Alecta steht mit einer Frau am Fenster, die ich für eine Verwandte halte. Dieselben Züge, dasselbe Misstrauen in den Augen. Als sie mein Ankommen bemerkt, lässt sie den Blick abschätzig an mir auf- und abwandern.

»Du bist pünktlich, sehr gut«, kommt es von Alecta, bevor sie die Alte neben sich leicht antippt. »Mutter, das ist Hunter. Ihr hattet persönlich noch nicht das Vergnügen.«

Mutter. Heilige Scheiße. Ich nicke ihr zu, was sie mit einem Schnauben quittiert. Mutti scheint nicht damit einverstanden zu sein, dass ich ihre Tochter ficke.

Alecta wendet sich vom Fenster ab und stellt sich hinter den Sessel, bevor sie sich an der Lehne abstützt. »Wir sind vollzählig, also verschwenden wir keine Zeit. Bevor wir heute meinen Geburtstag feiern, gibt es noch etwas zu besprechen.«

Ich gehe zu einem leeren Sessel und lasse mich nieder. Sie hat Geburtstag? Deswegen der kleine Fick heute Morgen? Ein Geschenk an sie? Ich stütze mich mit den Unterarmen auf der Tischplatte ab und warte.

Ihre Mutter setzt sich neben sie und würdigt mich keines Blickes.

Alectas Absätze klackern auf dem Boden, als sie zum größten Bildschirm am Ende des Raumes geht, der über sechs Yards im Durchmesser misst. »Rams, blende die Karte von der Wüste in Arizona ein.«

Ihr Hacker tippt wild auf der Tastatur herum und wenig später erscheint eine 3D-Ansicht. Alecta dreht sich um und lässt den Blick durch die Runde schweifen. »Dieser Ort hier ist immens wichtig für uns. Er entscheidet, ob der Plan funktioniert und Miller uns ausgeliefert ist.«

»Was haben Sie vor, Miss Di Salvo?« Rico ist der Erste, der sich zu Wort meldet.

Sein Boss deutet auf den wuchtigen Bildschirm. »Rams wird dafür sorgen, dass das FBI in die Falle tappt. Er wird Spuren legen – nicht zu auffällig, nicht zu verdeckt. Der vermeintliche Übergabeort ist mit einem X gekennzeichnet.«

»Um welche Lieferung handelt es sich, dass das FBI sofort zubeißen wird?«, fragt Rico wieder.

Alecta lächelt knapp. »Eine Atomwaffe aus Russland.«

Mit einem Mal ist es so still im Raum, dass es in meinen Ohren surrt. Rico bläst die Luft in einem langen Atemzug aus, Rams sieht seine Chefin mit großen Augen an, seine Finger verharren über der Tastatur. Nur die beiden SWAT-Typen zucken nicht einmal mit der Wimper. Gut ausgebildet.

»Fuck«, entfährt es dagegen dem Barkeeper.

Alecta überrascht mich immer wieder, sie ist verdammt ausgefuchst. Eine Atomwaffe zu schmuggeln wird für Aufsehen sorgen.

»Es müssen noch einige Vorbereitungen getroffen werden, aber je länger wir warten, desto größer wird die Gefahr, dass Miller zu früh Wind davon bekommt. Es muss alles glatt laufen.«

»Kind, das ist Wahnsinn«, murmelt ihre Mutter und hält sich die Hand vor die Stirn.

»Nenn mich nicht so.« Alectas Stimme ist ruhig, aber voller Autorität. Sie lässt sich von niemandem degradieren, anscheinend auch nicht von ihrer Mutter.

»Eine Atomwaffe. Das FBI hinters Licht führen … bist du verrückt geworden? Willst du deinem Vater in die ewigen Jagdgründe folgen?« Hysterie schwingt in ihrer Stimme mit. Zum Teufel, wenn man die beiden vergleicht, könnte man meinen, sie seien nicht mal annähernd miteinander verwandt.

»Nein, Mutter, ich will nicht in den Armen einer Hure sterben. Und jetzt raus. Ich denke, du fühlst dich heute nicht gut genug für so eine Besprechung.«

Rams blickt hinab auf die Tastatur, die anderen vier Typen auf die Tischplatte, während mein Interesse an Alecta immer stärker wird. Sie handelt unvorhersehbar, man weiß bei ihr nie, was sie wirklich denkt. Was sie vorhat. Scheiße, ich will hinter ihre dunkelsten Geheimnisse kommen, aber sie ist schlau genug, mich eine Armeslänge auf Abstand zu halten.

Sie weiß, dass ich ihr zur Gefahr werden kann.

»Darüber reden wir noch«, kapituliert ihre Mutter und springt aus dem Sessel hoch.

Der Ausdruck in Alectas Augen ist hart und unbarmherzig. »Das entscheide ich, nicht du.«

Zumindest ist ihre Mutter nicht so dämlich, sich hier und jetzt auf Diskussionen einzulassen. Ihr Gesicht ist knallrot, als sie wie eine Furie davonstöckelt. Die Tür fällt mit einem Knall hinter ihr ins Schloss.

»Zurück zum Thema. Wenn das FBI am Übergabeort auftaucht, will ich, dass Christian und Colton« – sie deutet zu den SWAT-Typen – »die Zielperson ins Visier nehmen. Im Umkreis von einer halben Meile werden Sprengstoffköpfe angebracht, die einen Teil dieser Wichser ausschalten werden. Der Zugriff muss schnell und sauber erfolgen, wenn wir Miller schnappen wollen.« Sie richtet ihren Blick auf mich. »Hier kommst du ins Spiel, Hunter.«

»Lass mich raten: Ich soll Miller festnehmen.« Meine Stimme ist ruhig, ich wehre mich gegen den Funken Nervosität in mir. Die Art, wie sie mich ansieht, lässt mich misstrauisch werden. Als ob sie etwas über mich wüsste, das sie nicht wissen soll.

»Nein, du sollst den Scharfschützen spielen und so viele Leute wie möglich ausschalten beziehungsweise mir den Rücken freihalten. Ich selbst werde Miller in einen Wagen verfrachten.«

Rams schnappt nach Luft, wodurch er Alectas Aufmerksamkeit auf sich zieht.

»Bist du damit nicht einverstanden?«

Er schluckt, wobei sein Adamsapfel heftig hüpft. »I-ich denke nur, d-dass Sie eine w-wichtige Person sind, M-Miss Di Salvo. Miller in Eigenregie festzunehmen, könnte sch-schief gehen.«

Sie legt ihre Hand auf seine Schulter. Wenn ich sie nicht schon näher kennengelernt hätte, würde ich meinen, es wäre eine liebevolle Geste. Aber bei ihr ist es nur Taktik. Sie will ihn einschüchtern, ihm klar machen, wo seine Grenzen sind.

»Miller steht auf meiner Prioritätenliste ganz oben. Es ist ein Kampf zwischen ihm und mir«, stellt sie klar. Sie hat Mut, das muss ich ihr lassen. Sie lässt nicht die ganze Drecksarbeit von anderen erledigen, sie wirft sich ebenso ins Gefecht, als ob sie Todessehnsucht hätte.

»Das heißt, wir geben nur vor, eine Atomwaffe zu schmuggeln«, mischt sich Rico ein.

Alecta stellt sich an ihren Platz zurück und nickt ihm zu. »Zumindest vorerst. Ich hätte einen Kunden, der großes Interesse an einer atomaren Waffe hätte, aber eines nach dem anderen. Zuerst muss das FBI anbeißen.«

»Verstanden.«

»Und wie ist der Plan?«, melde ich mich zu Wort.

»Unser Mittelsmann wird sich in zwei Tagen um Punkt zwölf Uhr Mittag in der Wüste mit unserem potentiellen, mexikanischen Käufer treffen«, erklärt Alecta. »Rams wird die genauen Koordinaten durchsickern lassen.«

»Und wer wird unser Pseudokäufer sein?«, überlegt Luca laut. »Wir brauchen jemanden, den das FBI bisher noch nicht im Visier hatte. Was die meisten Personen in diesem Raum ausschließt.«

Sofort richten sich sechs Augenpaare auf den Hacker, der erst nach ein paar Sekunden der Stille argwöhnisch den Kopf hebt. »Auf gar keinen Fall!«, stößt er erschrocken aus, dabei fällt ihm die Farbe aus dem Gesicht wie bröckeliger Putz von der Wand.

»Für heute ist die Besprechung beendet«, vertagt Alecta wohlwollend die weitere Rollenverteilung. »Wir warten, bis Rams die Nachricht bekommt, dass das FBI den Köder geschluckt hat, und planen dann morgen die Details. Bis auf Luca und Hunter können alle gehen.« Sie macht eine wegwerfende Handbewegung.

Es entgeht mir im Augenwinkel nicht, dass der Barkeeper den Kopf zu mir dreht. Wahrscheinlich will er mich immer noch umlegen.

Während Alecta wartet, dass jeder verschwunden ist, starrt sie mich an, ein dunkler Ausdruck liegt in ihren Augen. Als hätte die Entführung eine noch skrupellosere Seite in ihr zum Vorschein gebracht. Es ist verdammt heiß, sie so zu sehen.

Ihr Blick wandert von mir zum Barkeeper, der scheinbar eine nachtragende Pussy ist. Er kann nicht aufhören, mich mit seinem Möchtegern-Bösewicht-Ausdruck zu fixieren. Alecta sollte die Leine kürzer halten.

»Ich erwarte dich heute nach der Feier in meinen Räumlichkeiten.« Sie umrundet den Tisch, fährt mit dem Finger über die Platte, bis sie bei Lucas Arm ankommt. Faszinierend, wie sie ihn um den kleinen Finger gewickelt hat. Er schaut zu ihr hoch wie ein persönliches Schoßhündchen. Er liebt sie. *Fataler Fehler, Kumpel.*

Sie beugt sich zu ihm hinunter und küsst ihn leicht auf den Mund. Etwas in mir zieht sich zusammen.

Dann geht sie weiter zu mir und neigt den Kopf zur Seite, als würde sie den Wert der Ware prüfen. Alecta lehnt sich nach vorn, stützt sich mit beiden Händen auf den Lehnen ab und verharrt knapp vor meinen Lippen. Ihre Pupillen sind geweitet. »Und dich auch, Hunter.«

ALECTA

Grinsend lasse ich die beiden Jungs in meinem Besprechungsraum sitzen. Ich würde zu gern ihre entsetzten Gesichter sehen, ihre entglittenen Mienen, wenn ihnen bewusst wird, was ich von ihnen verlange. Aber ich verkneife es mir, gehe, ohne mich umzudrehen und steuere auf unsere Bibliothek mit der Hausbar zu.

Sie werden beide kommen.

Weil ich sie beide will.

Auch wenn es ihnen nicht gefallen wird, weil sie sich absolut nicht ausstehen können. Doch es wird Zeit, dass sich Luca und Hunter mit einander arrangieren. Rivalität in meiner Familie kann ich nicht gebrauchen. Und warum sollte ich mir nicht gleich auch ein saftiges Stück von dem Kuchen abschneiden? Sex öffnet ungeahnte Pforten, eine gemeinsame Nacht wird ihnen nicht schaden. Und vielleicht hilft es Luca, seine Eifersucht unter Kontrolle zu bekommen. Wenn nicht, dann hatte ich wenigstens meinen Spaß. Denn spaßig wird es, dafür werde ich sorgen.

»Gibt es eigentlich auch Momente, in denen du nicht daran denkst, Männern Sahne von ihrem … besten Stück zu lutschen?«

Auch wenn meine Mutter mir mit hochrotem Kopf gegenübersteht, verblasst das Grinsen auf meinen Lippen nicht. Es amüsiert mich, dass sie sich offensichtlich für ihre Tochter in Grund und Boden schämt.

»Deine unzüchtigen Gedanken stehen dir deutlich lesbar ins Gesicht geschrieben«, setzt sie hinterher, als müsse sie sich für ihren verbalen Ausrutscher rechtfertigen.

»Ich finde es süß, dass du glaubst, ich bräuchte Sahne, um Männern an ihrem – wie meintest du noch – *besten Stück* zu lutschen«, entgegne ich und beobachte, wie sie sich hastig einen großzügigen Schluck Rotwein gönnt. Ich schenke mir ebenfalls ein Glas ein und lasse mir den bittersüßen Geschmack auf der Zunge zergehen. »Du wirst nie wieder meine Autorität untergraben«, wechsele ich in einen harschen Tonfall, woraufhin meine Mutter nach Luft schnappt.

»Du bist meine Tochter, rede nicht in diesem Ton mit mir!«

Ich lasse meine Wimpern klimpern und verstelle meine Stimme, als wäre ich ein kleines Mädchen, das darum bettelt, ein Pony reiten zu dürfen. »Bitte, heute ist mein Geburtstag und ich wünsche mir nichts sehnlicher, als dass du nie wieder meine Autorität untergräbst.«

Meine Mutter erkennt den Sarkasmus in meinen Worten sofort. »*Mamma mia*«, ruft sie aus und wirft eine Hand in die Luft, »du bist ein freches Biest! Wenn dein Vater dich so sehen würde …«

»Papà ist aber nicht hier!«, fauche ich und knalle das Glas auf den Tresen. »*Ich* bin jetzt das Familienoberhaupt. *Ich* trage die Verantwortung und entweder unterstützt du mich bei dieser Scheißaufgabe, die er mir hinterlassen hat, oder du gehst mir aus den Augen! Und das bedeutet, dass du nach Sizilien abreist.«

Ich will nicht mit dieser Härte mit ihr sprechen müssen. Sie ist meine Mutter und ich liebe sie, aber manchmal lässt sie mir keine Wahl. Zumindest weiß ich jetzt, von wem ich das feurige Temperament geerbt habe. Ihre vor Schreck geweiteten Augen versetzen mir einen Stich, aber sie soll endlich aufhören, mich als Kind zu sehen. Ich bin nicht mehr ihr kleines Mädchen. Die Zeiten sind vorbei. Und wenn sie nicht aufhört, mich zu bemuttern, muss ich sie auf Distanz bringen. Vielleicht tut ihr ein Monat in unserer Heimat in Italien gut. Sie könnte ihre Familie besuchen und ich hätte die Ruhe, mich um Miller und Moussa zu kümmern. Der Gedanke gefällt mir.

Erst recht, als ich ihre wässrigen Augen sehe. Ich weiß, dass sie mich nur beschützen will und ein Talent von mir ist es, Menschen zu verscheuchen, denen ich etwas bedeute.

»Tut mir leid, *mia luna*«, murmele ich, senke den Blick und umarme sie. Sie klammert sich an mich und nur wenige Sekunden später spüre ich das Beben ihrer Schultern.

»Du bist alles, was ich noch habe, *ragazza*«, flüstert sie so leise, dass ich mich anstrengen muss, sie zu verstehen.

»Ich weiß.« Meine Finger streichen ihr beruhigend durch das ergraute Haar. »Vielleicht solltest du dir eine Auszeit gönnen«, schlage ich vor. »Du könntest deinen Bruder in Sizilien besuchen. Hast du mir nicht letztens erst erzählt, dass du ihn schrecklich vermisst?«

Ruckartig löst sie sich von mir und starrt mich mit geröteten Augen an. Tränenspuren sind keine auf ihren Wangen zu finden. Ich habe gelernt, meine Gefühle zu unterdrücken, um unnahbar zu sein. Sie, um ihr Make-up nicht zu ruinieren.

»Ich werde dich nicht alleinlassen, wenn dieser Miller …«

»Dieser Miller«, unterbreche ich sie lächelnd, »ist kein großes Problem. Wir haben alles unter Kontrolle.«

Sie beißt sich unsicher auf der Unterlippe herum. Ich sehe ihr an, dass sie liebend gern fliegen würde, aber ihre Sorge um mich sie daran hindert.

»Wenn dir etwas zustößt, könnte ich mir das nie verzeihen.«

»Mama, bitte, solange Rico bei mir ist, wird mir nie etwas passieren.«

Ihre Gesichtszüge glätten sich. »Wenn irgendetwas ist, steige ich sofort in den Flieger und komme zurück.«

»Natürlich.« Sie wird nie erfahren, was hier geschieht. »Mach dir keine Gedanken. Genieße deinen Urlaub, du hast ihn dir verdient. Bleib, solange du möchtest. Wenn etwas ist, melde ich mich«, rattere ich das übliche Geschwafel herunter. »Merita wird deine Koffer packen und Adrian sich um den Flieger kümmern.«

»Aber deine Feier …«

»Lucrezia Di Salvo«, betone ich ihren Namen nachdrücklich, »ich weiß doch, wie sehr du Partys und Menschenmengen verabscheust. Denk nur einmal auch an dich. Flieg zu deinem Bruder und lass dir den italienischen Wind um die Nase wehen.« Ich drücke ihr einen Kuss auf die Stirn. Sie wird fliegen und damit habe ich nicht nur Ruhe, sondern bringe meine Mutter aus der Schusslinie von diesem Miller. Ein Druckmittel weniger, das er gegen mich in der Hand hat.

»Herzlichen Glückwunsch, Miss Di Salvo. Sie beweisen erneut Ihr außergewöhnliches Talent für tolle Partys. So amüsiert habe ich mich schon lange nicht mehr.«

Ich beobachte die ältere Dame vor mir, deren vom Solarium gebräunte Haut an den Wangen bereits in sich zusammenfallen würde, wenn da nicht die Tonnen an Schminke wären, die alles aufrecht halten. Wahrscheinlich sehe ich nicht besser aus bei der dicken Schicht, die Merita mir ins Gesicht geschmiert hat, um meine von den Schlägen verfärbte Haut zu überdecken. Die Dame lässt gackernd einen ihrer manikürten Hände auf den Hintern eines vorbeigehenden Kellners knallen, der vor Schreck fast sein Tablett wegwirft. Er fängt sich gerade noch rechtzeitig und mischt sich mit hochrotem Gesicht zwischen die Gäste. Lächelnd hebe ich mein Champagnerglas und neige leicht den Kopf. »Ich danke Ihnen, Mrs. Gray. Bitte seien Sie etwas besonnener mit meinem Personal.« Ich beuge mich zu ihr vor und raune verschwörerisch: »Die jungen Kerle sind Frauen Ihres Kalibers nicht gewohnt.«

Lachend wirft sie den Kopf in den Nacken. »Ich bin zu alt, um mein Leben noch in Scham zu verbringen. Jeder Bursche, der mir gefällt, bekommt einen ordentlichen Klaps auf seinen heißen Hintern. Stellen Sie sich nur vor, ich würde morgen tot umfallen. Glauben Sie nicht, ich würde es selbst in der Hölle noch bereuen, diese heißen Ärsche nicht mehr angefasst zu haben?« Sie hat recht und wird definitiv in der Hölle landen. Ich stimme verhalten in ihr Gelächter mit ein.

»Ich kann mir gut vorstellen, dass sich dort unten auch ein paar ansehnliche Kerle im Schein des Höllenfeuers sonnen, Mrs. Gray.« Alessio Montenegro zum Beispiel.

Sie hebt ihr Glas und prostet mir zu. »Bis ich das herausfinde, genieße ich lieber, was sich mir hier bietet.«

Grinsend verabschiede ich mich von ihr und begrüße meine anderen Gäste. Sie sind alle Teil der Familie oder langjährige Freunde und Geschäftspartner. Manche von ihnen haben einen weiten Weg auf sich genommen, um heute hier zu sein. Ich habe entschieden, als Räumlichkeit für die Feierlichkeiten meinen Fifty's Club zu nehmen.

Ich liebe das Flair, die Kleider und den Rock'n'Roll. Während ich aufpassen muss, nicht an den schrillen bauschigen Röcken der meisten Damen hängen zu bleiben, habe ich selbst ein elegantes Pencil-Kleid in einem sinnlichen Rot gewählt. Es liegt an wie eine zweite Haut und gibt einen verführerischen Blick auf mein Dekolleté frei. Meine Haare trage ich offen und die schwarzen High Heels ermöglichen mir einen langsamen, aber grazilen Gang durch den Club.

Zum Glück hat sich die Verletzung an meinem Fuß als harmlos herausgestellt. Ich fühle mich aufreizend schön und es bringt mich in Stimmung für heute Nacht.

Die Vorstellung, von Luca und Hunter genommen zu werden, lässt mich augenblicklich feucht werden. Wie gut, dass ich gänzlich auf Unterwäsche verzichtet habe. Zum einen würde sich der Slip unter dem engen Stoff des Kleides abmalen und zum anderen ist es so viel aufregender. Mama hat recht. Ich bin ein verdorbenes Miststück.

»Alecta.«

Ich drehe mich zu der Bar um und lächele meinem Lieblings-Barkeeper entgegen. Seine hellen Haare sind verwuschelt und mein Unterleib fängt an zu kribbeln, als ich mir vorstelle, wie mich dieser blonde Schopf zwischen meinen Beinen heute Nacht zum Schreien bringen wird.

»Hör auf damit.«

»Womit?«, erwidere ich und grinse ihn an, während ich mein Champagnerglas gegen einen Cosmopolitan tausche, den er mir mit verkniffener Miene über den Tresen entgegen geschoben hat.

»Dir vorzustellen, wie Hunter und ich …« Er bricht ab und sieht sich verstohlen um. »Die Lust steht dir offensichtlich ins Gesicht geschrieben«, brummt er gerade laut genug, dass ich ihn bei der lauten Musik verstehen kann.

»Darf ich mir etwa keine versauten Gedanken mehr machen?«, frage ich süffisant. »Seit wann wehrst du dich gegen mein Verlangen?«

Er schluckt. »Ich glaube nicht, dass das eine gute Idee ist.«

»Willst du mich etwa allein die Nacht mit dem Navy Seal verbringen lassen?« Nein, das will er nicht. Ich kann in seinen Augen erkennen, wie er mit sich ringt. Luca ist ein anständiger Mann. Dieser Dreier wird ihn einiges an Überwindung kosten.

Ich nippe an meinem Cocktail und schließe genießerisch die Augen. »Komm«, sage ich und blicke ihn wieder an. »Oder lass es bleiben.«

Ohne seine Antwort abzuwarten, wende ich mich mit meinem Getränk in der Hand von ihm ab und mische mich unter die tanzende Menge. Ich liebe es. Die Musik, den Rhythmus, das kurze Fliehen vor der Realität. Manchmal fühle ich mich wie ein Promi – nur dass die Paparazzi in meinem Fall Cops und FBI Agents sind.

Plötzlich packt mich jemand von hinten und drückt meinen Arsch gegen sein Becken. Ich spüre einen durchtrainierten Oberkörper an meinem Rücken, eine Hand, die sich auf meinen Bauch legt und frech nach oben wandert. Heißer Atem schlägt mir gegen den Nacken.

»Du siehst so scharf aus, ich würde dich gleich hier und jetzt ficken.«

Ich entspanne in Hunters Umarmung und bewege mich gemeinsam mit ihm zur Melodie. Der Rhythmus nimmt uns gefangen, wir tanzen, verschmelzen ineinander und werden eins.

Unsere Körper passen perfekt zusammen, als wären sie eigens dazu erschaffen worden, die Gier des jeweils anderen zu befriedigen. Es fühlt sich gut an, heiß und aufregend. »Du bist ganz schön mutig, mich in der Öffentlichkeit so anzufallen.«

Ich fühle das Beben seiner Brust, als er leise lacht. Bevor er etwas erwidern kann, stockt die Musik und Luca tritt neben dem DJ auf das Podest. Er hält ein Mikrofon in der Hand und fixiert Liam und mich. Was auch immer er vorhat, den Zeitpunkt hat er sich bewusst ausgesucht. Mit Erfolg, denn Hunter lässt mich los und weicht zurück.

»Entschuldigen Sie die Unterbrechung«, sagt Luca grinsend. »Vielleicht wissen Sie alle, weshalb Sie heute hier sind. Vielleicht auch nicht, bei manchen bin ich mir nicht ganz sicher.« Gelächter zieht sich durch die Menge. »Jedenfalls hat heute jemand wirklich Besonderes Geburtstag. Eine Frau, so willensstark und wunderschön, wie ich noch nie eine getroffen habe.«

Ein Spot wird auf mich gerichtet und ich hebe lächelnd die Hand. Applaus ertönt.

»Und weil man nur einmal im Leben achtundzwanzig wird«, ergreift Luca erneut das Wort, »haben wir uns eine kleine Überraschung ausgedacht. Happy Birthday, Alecta.«

Hinter mir öffnet sich eine Tür. Ich drehe mich um und erkenne eine riesige Torte, wie ich sie in hundert Jahren nicht schaffen würde, zu essen. Die Menge teilt sich und lässt den Tortenwagen durch, bis er vor mir stehen bleibt. Wunderkerzen brennen, Musik setzt ein und mit einem Mal öffnet sich der Tortendeckel und ein halbnackter Kerl tanzt für mich. Jubelnd stimme ich in den Applaus mit ein. Meine Männer haben mir tatsächlich einen Stripper besorgt. Zum Glück ist meine Mutter nicht hier, um das zu sehen.

LIAM

Die Frau, die seelenruhig Menschen foltern und umbringen kann, mit einem glitzernden Tortenstück zu sehen, ist Ironie pur. Alecta spießt ein Stück mit der Gabel auf und schiebt es sich genüsslich in den Mund, während sie mich nicht aus den Augen lässt.

Das Bild vor meinen Augen verschwimmt, kurz drängt sich meine Tochter in den Vordergrund, mit einem Partyhut und dem Stück Torte, das ihr auf den Boden fiel, weil sie zu schnell gelaufen ist.

Seit mich dieses italienische Biest ständig daran erinnert, was in der Vergangenheit passiert ist, laufe ich Gefahr, meine innere Kälte zu verlieren. Ich glaube, es ist ihre Taktik, mich gefügig zu machen.

Ich schüttele den Kopf und lasse die Erinnerungen verschwinden. Als sich Alecta vor mich stellt und herausfordernd ansieht, bin ich wieder durch und durch das Arschloch, das die letzten Jahre durch seine Scheißegal-Taktik überlebt hat.

»Ich erwarte dich in einer halben Stunde in meinen Räumlichkeiten.« Sie fährt mit den Fingern über meine Krawatte und stöckelt dann aus dem Raum, schwingt ihren Arsch wie eine Sambatänzerin hin und her. Sie ist zwar in diesem Laden der Boss, aber es gibt einen Ort, an dem sie mir gehorchen wird: ihr beschissenes Schlafzimmer und jeder andere Platz, an dem ich sie ficken werde.

Während sie im Flur verschwindet, lasse ich meinen Blick durch den Raum schweifen. Die Stimmung ist ausgelassen, obwohl die Entführung nicht lange her ist. Die Leute feiern, als ob es eine gewöhnliche Party wäre. Vielleicht ist das Alectas Geheimnis. Sie lebt ihr Leben so normal wie möglich, fürchtet sich nicht vor den Wichsern, die sie umbringen wollen. Ich nehme einen Scotch vom Tablett eines Angestellten und lasse die Flüssigkeit in einem Zug meine Kehle hinunterrinnen. Sie will von zwei Typen gefickt werden? Das kann sie haben.

Zwanzig Minuten später stehe ich vor der Tür. Die beiden Bodyguards nicken mir zu und halten dabei die Maschinengewehre im Anschlag. Als ich das Zimmer betrete, steht Alecta mit dem Barkeeper an der Fensterfront. Nackt. Eine einzige Ecklampe taucht den Raum in eine schummrige Atmosphäre. Es reicht aus, um zu erkennen, was hier vor sich geht. Ihre Hände wandern über seinen Bauch hinab zu seinem Schwanz, der sich ihr entgegenreckt. Sie geht auf die Knie, umfasst seinen Hintern und stülpt ihre Lippen über seine Spitze. Nur kurz, wie ein kleiner Vorgeschmack, bevor sie wieder in die Senkrechte kommt und ihn küsst. Es ist merkwürdig, sie mit einem anderen Kerl zu sehen. Aufregend, und doch spüre ich so etwas wie Eifersucht. Sie soll verdammt noch eins nur mir gehören.

»Ich glaube, wir haben Besuch.«

Luca dreht sich mit einem Knurren zu mir. Es ist ihm nicht recht, dass ich hier bin. Interessiert mich einen Scheiß.

»Geh zum Sofa«, befiehlt sie ihm, und kommt dann zu mir.

In raubkatzenartigen Bewegungen überbrückt sie die Distanz zwischen uns. Sie verliert keine Zeit, macht sich an den Knöpfen meines Hemdes zu schaffen. Ihre Hände verlieren sich unter dem Stoff, treffen auf meine heiße Haut, bevor sie das Kleidungsstück nach hinten schiebt und auf den Boden fallen lässt. Sie sieht fasziniert aus, ihre Augen glänzen, sie fährt sich mit der Zunge über die Unterlippe. »Zieh dich aus, Hunter.«

Ich öffne den Gürtel, bevor die Hose und die Boxershorts folgen. Sie packt mich im Nacken und zieht mich zu sich herunter. Scheiße, sie schmeckt so gut. Unsere Zungen treffen aufeinander, ich fasse nach ihrer Arschbacke und knete sie. Alecta beendet den Kuss so abrupt, wie er begonnen hat, dreht sich um und geht zum Sofa, auf dem Luca sich in sitzender Position niedergelassen hat. Sie greift nach einem Kondompäckchen am Beistelltisch, reißt es auf und rollt es über seiner Härte ab. Dann schiebt sie sich über ihn, ohne ihn eindringen zu lassen, küsst ihn währenddessen stöhnend. Sie so zu sehen, verstärkt den Drang in mir, sie hart zu ficken. Ich will, dass sie für mich stöhnt, meinen Namen schreit. Ich gehe auf sie zu, greife nach dem zweiten Päckchen und öffne es.

»Kannst du damit leben, mich zu teilen, Luca?«, fragt sie lasziv und leckt über sein Ohrläppchen. Er meidet meinen Blick, sieht nur sie an, als wäre sie eine Göttin.

»Wenn du damit glücklich bist.«

Sie lächelt zufrieden, hebt ihr Becken an und positioniert seinen Schwanz an ihrem Eingang. »Dann zeig mir, wie sehr du mich glücklich machen willst.«

Er gibt ein leises Stöhnen von sich, als sie seine volle Länge aufnimmt. Sie beugt sich leicht zu mir und wackelt mit dem Zeigefinger. »Komm her, Hunter.«

Ich bin nicht ihr verdammtes Schoßhündchen. Alecta reizt meine Grenzen nicht nur aus, sie hat sie überschritten. Nur weil sie pfeift, heißt es nicht, dass ich ihr folge, dass ich alle Befehle widerstandslos ausführe.

Ich streife das Kondom über, knie mich hinter sie auf das Sofa und ziehe sie an den Haaren zu mir. Ein überraschter Laut dringt aus ihrem Mund. Ich bringe meine Lippen an ihr Ohr, meine Stimme ist hart. »*Hier* gebe ich die Anweisungen, verstanden?«, knurre ich und fahre mit meinem Schwanz an ihrer Arschritze entlang. »Hier ficke ich *dich* und nicht anders herum.«

Sie neigt den Kopf zur Seite, soweit es ihre Schmerzensgrenze zulässt, und funkelt mich wütend an. Ihre Lippen sind fest zusammengepresst, Trotz glimmt in ihren Augen auf. Sie hasst es, die Kontrolle abzugeben, aber ich lasse ihr keine Wahl. Luca penetriert sie nur noch mit kleinen Stößen, er wartet sicher ab, was zwischen uns passiert. »Hast du damit ein Problem?«

Sie scheint den Schwanz in ihr vergessen zu haben, ihre Konzentration ist völlig auf mich gerichtet. Ich umfasse ihr Kinn und drehe den Kopf zu mir. Unsere Blicke verfangen sich ineinander. »Also …«, flüstere ich und verharre über ihren Lippen. »Deine Entscheidung. Gehen oder bleiben?«

»Wenn ich dir befehle, zu bleiben, wirst du bleiben«, zischt sie.

Ich lächele schmal. »Nein. Hier bin ich dein Boss, finde dich damit ab oder lass dich nur von deinem Barkeeper ficken.«

Der Trotz verschwindet, weicht purer Wut. Sie weiß, dass sie mich braucht, doch sie wehrt sich gegen ihr Verlangen. Ich helfe ihr bei ihrer Entscheidung, küsse sie hart, während ich mit meinem Schwanz ihr Loch massiere. Sie stöhnt auf, beißt mir in die Unterlippe, ich schmecke Blut. Der Griff um ihren Nacken wird fester, mein Kuss härter. Ich dringe mit der Zunge in ihren Mund ein, schmecke eine Mischung aus Alkohol und Schokolade. Ihr Körper wird mit jeder drängenden Berührung weicher, sie ist so nass, dass es bei jedem von Lucas Stößen klatscht.

»Sag es«, raune ich in ihren Mund, während ich meinen Schwanz durch die Hand ersetze. Ich drücke mit dem Daumen gegen ihr Loch, dehne es.

»Fick mich«, keucht sie.

Ich nehme ihre Unterlippe zwischen meine Zähne. »Nein, die anderen magischen Worte.«

Sie hat die Augen geschlossen, ihre Wimpern flattern. »Hier gehöre ich dir.«

»Braves Mädchen. Schon mal zwei Schwänze in dir gehabt?«

Sie öffnet die Augen leicht, ihr Blick ist verklärt. »Geht dich einen Scheiß an.«

In einer ruckartigen Bewegung drücke ich ihren Körper wieder nach vorn zu Luca, der sie mit seinen Armen fest umschlingt. Ich greife nach dem Gleitgel, verteile es am Ansatz ihres Arsches, sodass es in ihrer Ritze nach unten rinnt. Gekonnt dehne ich Alecta mit einem zweiten Finger, während Luca sie mit seinem Schwanz massiert. Ihr Stöhnen wird lauter, ihre Bewegungen wilder, als könne sie nicht mehr darauf warten, von uns beiden genommen zu werden. Sie vertraut uns, sie weiß, dass wir sie ins Paradies katapultieren werden.

Ich ziehe die Finger heraus und ersetze sie durch meinen Schwanz. Langsam schiebe ich mich in sie. Sie ist so verdammt eng, das ist unglaublich.

»Mehr, mehr«, bringt sie über die Lippen, ihre Stimme hört sich verzerrt an. Alecta drückt den Oberkörper durch, ich umfasse ihre Taille mit meiner freien Hand, beuge mich über sie und beiße in ihre Schulter, während ich mich zurückziehe und wieder in ihr versenke. Sie ist so eng, dass ich mich beherrschen muss, nicht sofort abzuspritzen.

»Wie ist das?«, stöhne ich an ihrem Ohr.

»Verdammt gut.«

Luca bäumt sich auf, sodass sie auf ihm sitzt, während ich hinter ihr bin. Sie umfasst sein Gesicht, küsst ihn mit einer Gier, die mich weiter antreibt. Meine Hände wandern zu ihren Arschbacken, spreizen sie. Alecta beginnt heftig zu zittern, spannt ihren Körper an und krallt sich an Luca fest.

Sein Schwanz in ihrer Pussy.

Meiner in ihrem Arsch.

Ihr Weg ins Paradies.

Mit einem spitzen Schrei bäumt sie sich auf, ihre Muskeln schließen sich enger um mich, ihr Körper zittert. Ich schließe genussvoll die Augen, presse mich stöhnend an sie und lasse mich fallen. Mit einem letzten Stoß versenke ich mich in ihr, ein heftiger Orgasmus überrollt mich.

Einige Sekunden stehe ich neben mir, kann mich kaum auf den Beinen halten, so verdammt intensiv saugt sie mich aus. Ich halte mich an ihr fest, lege einen Arm um ihre Titten und ziehe sie zu mir. Sie küsst zuerst Luca, dann mich, dann wieder ihn. Als könnte sie sich nicht entscheiden, wem sie mehr Aufmerksamkeit geben soll.

Ich ziehe meinen Schwanz aus ihr, streife das Kondom ab und werfe es in den Mülleimer. Alecta rutscht nach hinten und streckt sich mir katzenhaft entgegen. Ihre Lippen wandern von Lucas Hals hinab über seinen Bauch zu seinem Schwanz, der von ihrer Feuchtigkeit glänzt.

Sie befreit ihn vom Gummi, schiebt ihr Haar zur Seite, leckt über seine Härte und lässt sie dann vollständig in ihrem Mund verschwinden.

Er krallt seine Hand an ihren Kopf, bewegt ihn mit. Es dauert nur wenige Sekunden, bis er nach seinem Schwanz greift, ihn zurückzieht und keuchend sein Sperma über ihren Brüsten verteilt.

Alecta lächelt zufrieden, greift nach den Taschentüchern, wischt es sich von der Haut, ehe sie sich nach vorn beugt und ihn zärtlich küsst. Dann steht sie auf, dreht sich zu mir und fährt mit den Fingern über meine Schulter. »Küss mich.«

Obwohl ich sie gefickt habe, obwohl ich derjenige war, der sie dominiert hat, weiß ich gleichzeitig, dass wir ebenbürtige Gegner sind. Sie mag die Kontrolle kurz abgegeben haben, aber sie holt sie sich eiskalt wieder zurück.

Ich umfasse ihr Kinn und komme ihr entgegen, küsse sie nicht sanft, sondern verlangend und derb.

»Willst du uns jetzt immer gleichzeitig?«, raune ich.

»Das entscheide ich, Hunter«, flüstert sie und legt ihre Hand auf meinen Schwanz. Sie scheint noch nicht genug bekommen zu haben.

»Luca, du kannst gehen. Wir sehen uns morgen.«

Ich sehe nicht zum Sofa, aber die raschelnden Bewegungen der dünnen Decke verraten mir, dass er aufgestanden ist. Alecta wendet sich ihm zu, als er auf uns zukommt. Sie streckt sich ihm entgegen, küsst ihn sanft auf die Lippen. »Gute Nacht, Süßer.«

Scheiße, er liebt sie. Ich sehe es trotz der schummrigen Beleuchtung in seinen Augen. Er würde alles für sie tun. Ohne mich eines Blickes zu würdigen, lässt er uns allein.

»Warum bin ich noch hier?«, will ich wissen, nachdem die Tür ins Schloss gefallen ist.

»Ich habe Geburtstag, schon vergessen?«

»Und ich bin dein Geschenk?«

Sie greift nach meiner Hand und zieht mich zum Sofa. Mit dem Hintern rutscht sie zurück. Ich krieche über sie, sie greift nach meiner Dogtag. »Hast du denn eines für mich?«

»Die Antwort kennst du bestimmt.«

Alecta lächelt schmal. »Richtig. Deswegen wünsche ich mir eines.«

Ich hebe eine Augenbraue, setze mich neben sie und hole sie auf meinen Schoß. Sie ist immer noch feucht, ihre Nippel stehen spitz ab, die Haare fallen weich über ihren Rücken. Wie kann man so unschuldig und tödlich zugleich sein?

»Ich höre«, gebe ich zurück und warte.

Sie reibt mit ihrem nassen Schritt an meinem Schwanz, der längst wieder hart ist. »Da du hin und wieder mit dem FBI in Kontakt warst, könntest du dich als nützlich erweisen. Wenn wir Miller erledigt haben, musst du jemanden für mich finden.« Alecta reißt ein weiteres Päckchen auf, holt das Kondom hervor und schiebt es quälend langsam über meine Härte. Ihre weichen Finger zu fühlen, lässt meinen Schwanz zucken.

»Ich bin nicht mehr mit dem FBI in Kontakt, schon vergessen?« Ich umfasse ihren Arsch und drücke sie fester gegen meine Härte.

»Das ist egal, du hast bestimmt Insiderwissen, das mir weiterhelfen kann.« Ihre Kieferpartie ist angespannt, als würde sie diese *Bitte* alle Selbstbeherrschung kosten.

»Also?«

Etwas Dunkles legt sich in ihren Blick, während sie meinen Schwanz packt und ihn in sich versenkt. Ganz langsam, als wolle sie jeden Zoll auskosten. Sie stöhnt laut, als er bis zum Anschlag in ihr ist, während ich mich mit zusammengebissenen Zähnen versuche zu kontrollieren. Ich will sie, ich begehre sie, aber sie wird mich nicht beherrschen. Niemals.

»Das FBI schützt den Mörder meines Vaters mit allen Mitteln.«

»Und weiter?«, raune ich und drücke ihr Becken noch fester gegen mich.

Sie zieht scharf die Luft ein, beginnt mich zu reiten. »Finde heraus, wer dieser Agent ist.«

ALECTA

Zwei Tage später setze ich mir die Sonnenbrille mit einem erwartungsvollen Lächeln auf die Nase und wickele mir mein weißes Leinentuch um die Stirn. Meine Fingerspitzen kribbeln, ich kann es kaum erwarten, diesen Dreckskerl Miller in die Fänge zu bekommen.

Wir befinden uns im südwestlichen Teil des Bundesstaates Arizona, mitten in der Sonora-Wüste. Der perfekte Ort für eine geheime Übergabe. Abgelegen von jeglichen Off-Road-Strecken für Touristen und gut geschützt durch massive Felsbrocken, harren wir im Schatten aus und warten auf das FBI. Die Jungs sind spät dran. Wäre das hier tatsächlich eine Übergabe von Atomwaffen, hätte das FBI kläglich versagt. Wir wären längst über alle Berge. Warum lassen sie sich so viel Zeit? Die Informationen haben sie erhalten, Rams war sehr gründlich. Oder eher nicht. Dennoch hat es beinahe sechszehn Stunden gedauert, bis das FBI seinen verschlüsselten Code geknackt hat. Sie haben also verstanden, dass sich hier nicht bloß zwei Fachidioten treffen, um über Computer zu sprechen.

Rico tupft sich mit einem Tuch den Schweiß aus dem Gesicht und dem Nacken. Er sitzt am Steuer, ich neben ihm auf dem Beifahrersitz. Die Temperatur steigt mit jeder Minute. Es ist Mittag, die Hitze erreicht ihren Höhepunkt. Die Klimaanlage des gemieteten Geländewagens bringt nur wenig Erfrischung. Die Miene meines Bodyguards wirkt angespannt, seine Hände umschließen krampfhaft das Lenkrad.

»Was ist los, Rico?«, frage ich.

»Die Agents sind zu spät«, brummt er.

»Sie werden kommen.«

Er neigt den Kopf in meine Richtung und sieht mich eindringlich an. »Mir gefällt das nicht, Miss. Sie sollten da gleich nicht rausgehen. Irgendetwas stimmt hier nicht.«

Ich lege meine Hand auf seinen tätowierten Unterarm. »Mir wird nichts passieren. Ich lasse mich nicht noch einmal verarschen. Wir haben Sprengstoffköpfe und einen Hunter.«

Zischend stößt er die Luft aus. »Der Kerl ist Segen und Fluch zugleich.«

Das ist er. Und ich hasse es, dass ich ihn immer noch nicht durchschauen kann. In einem Moment denke ich, dass ich ihn endlich an den Eiern habe. Im nächsten stehe ich wieder mit leeren Händen da.

Ich ziehe meine Finger zurück und versuche, eine bequemere Position in dem Sitz zu finden.

Mein Arsch brennt immer noch von meinem Spiel mit Luca und Liam, und auch wenn mein Plan, beide miteinander zu versöhnen, nicht aufgegangen ist, war es das jede Sekunde wert. Ich weiß, dass mich Luca dafür verabscheut, auch wenn er es für mich immer wieder tun würde. Doch ich werde ihm nicht mehr so viel abverlangen. Der Sex mit ihm ist tiefgründig, innig und liebevoll, während Hunter mich bis an den Rand meiner Grenzen treibt.

Beide zusammen sind eine wahre Explosion, die mich mehr geschlaucht hat, als ich zugeben möchte. Und deren Auswirkungen ich immer noch spüre.

Mein Blick gleitet nach draußen. Durch die Frontscheibe habe ich eine gute Sicht auf die Umgebung. Kakteen reihen sich aneinander, kahle Baumstümpfe sind neben grün sprießenden Büschen auszumachen. Rötliche Felsen glühen im Licht der Sonne. Es wirkt so friedlich und ruhig. Das blühende Leben neben dem vertrockneten Tod.

Das Funkgerät in meinem Ohr knackt, bevor ich Coltons Stimme höre: »Delta eins an Viper. Habe Sichtkontakt zu drei SUV. Schwarz, getönte Scheiben. Sie nähern sich aus Nord-Ost. Zehn Minuten bis zum Zielort.«

»Viper an Delta eins und zwei«, antworte ich. »Wir gehen vor wie geplant. Wartet auf das Zeichen.«

»Hier Delta zwei«, meldet sich Christian ebenfalls. »Ziele anvisiert, bereit zu schießen.«

»Nach dem Zeichen habt ihr freie Schussgewalt. Nur Miller gehört mir!«

»Ja, Miss«, entgegnen beide wie aus einem Mund.

»Bist du in Position, Jäger?« Von Liam ist nichts zu hören. Er weigert sich wieder, Befehlen zu gehorchen. Doch er wird mir den Rücken frei halten. Weil er das FBI mehr hasst als mich.

»Noch fünf Minuten«, erklingt Coltons Stimme.

»Rams«, sage ich und entsichere meine Beretta. Sie liegt wie angegossen in der Hand, ist erst vor einer Woche mit einer neuen Lieferung bei uns eingetroffen. Jetzt bietet sich eine gute Gelegenheit, die Waffen, die ich schmuggle, auch in der Praxis zu testen. »Rams, lebst du noch oder hyperventilierst du bereits?«

»Sehr witzig, Miss«, höre ich ihn missmutig brummen. »Mir geht der Arsch auf Grundeis. Ich gehöre eindeutig hinter den Schreibtisch und nicht in den Außeneinsatz. Wie wäre es mit einer angemessenen Gehaltserhöhung plus Gefahrenzulage?«

Sieh mal einer an, der Nerd wird mutig, wenn er als Köder dient. Sonst traut er sich nie, mir zu widersprechen oder einen bissigen Kommentar zu drücken.

»Keine Sorge, Rams, dein Arsch ist in den besten Händen.« Ich hätte ihn Zuhause gelassen. Er ist viel zu wertvoll, um sein Leben zu riskieren. Aber die Runde der Männer, denen ich vertraue, ist in den letzten Tagen drastisch geschrumpft. Rams ist der Einzige, den das FBI nicht im Visier hat und der trotz seines nerdigen Auftretens fähig ist, mit einer Knarre umzugehen, der perfekte Lockvogel also. Zudem vermitteln seine dunklen Haare und die gebräunte Haut einen trügerischen Eindruck. Der Amerikaner sieht aus wie ein fremder, mexikanischer Dealer, der eine hochgradig gefährliche Waffe kaufen möchte.

»Zwei Minuten.«

»Verdammt, Luca«, flucht Rams. »Wo bleibst du? Soll das FBI vor dir bei mir ankommen?«

»Alles cool«, antwortet mein Barkeeper durch das Funkgerät. »Ich bin da.«

Ich halte mir ein Fernglas vor die Augen und beobachte, wie Lucas Wagen mit rasender Geschwindigkeit auf Rams, der scheinbar gelassen an der Motorhaube seines Pick-ups lehnt, zusteuert und mit einer Vollbremsung zum Stehen kommt. Rams gibt sich ziemlich Mühe, vor Panik keinen Sprung zur Seite zu machen. Luca steigt aus und die beiden Männer begrüßen sich mit einem knappen Kopfnicken.

Staub wirbelt auf und ich lenke mein Augenmerk in Richtung der schwarzen Ungetüme, die sich von rechts wie riesige Käfer durch den Wüstensand schieben.

»Viper an Delta eins und Delta zwei«, spreche ich ins Funkgerät. »Wartet auf das Zeichen. Jäger, Rams und Luca zu schützen hat für dich oberste Priorität.«

Ich weiß, dass Hunter mich für diesen Auftrag verabscheut. Dass er auf Luca Acht geben muss, wird ihm nicht schmecken. Aber ich bete, dass er sich fügt. Ansonsten wächst meine schwarze Liste an Männern, die ich tot sehen will, um seinen Namen.

»Bleib locker, Schätzchen«, höre ich schließlich seine tiefe Stimme. »Ich pass auf deinen Sunny Boy auf.«

Erleichtert atme ich auf. Auch wenn ich es nicht zeigen will, ich bin froh, dass er hier ist. Auf unserer Seite.

Die SUV haben unsere Lockvögel erreicht, umkreisen sie wie hungrige Tiere und entfachen eine Staubwolke, die mir die Sicht versperrt.

»Ich kann nicht sehen, was vor sich geht«, brumme ich. »Rams? Luca?«

»Buenos dias, amigos«, höre ich den Nerd rufen. »Gibt es ein Problem?« Er schafft es sogar, mit einem erstaunlich guten, spanischen Akzent zu sprechen. Ich kann die Antwort der Agents nicht verstehen. Am liebsten würde ich sofort losstürmen, doch ich harre aus und warte auf das Zeichen.

»Wir vertreiben uns hier nur die Zeit«, sagt Luca. »Mein Kumpel brauchte neues Spielzeug. Er ist IT-Spezialist, doch in Mexiko ist die Hardware nicht so schick wie unsere hier.«

Komm schon, Luca. Wo ist Miller?

»Waffen? Nein, um Gottes Willen, halten Sie uns für lebensmüde? Naja, bei der Hitze sind wir das vielleicht«, plappert er unaufhaltsam. Wenn er nicht aufpasst, erschießen sie ihn, weil er ihnen auf den Sack geht. »Die Sonne steht aber auch seltsam heute. Ist das Norden? Ich könnte schwören …«

Ich höre nicht weiter zu, blicke zu meinem Leibwächter. Lucas Worte verraten uns, dass sich Miller im Wagen in nördlicher Richtung befindet.

Rico tritt auf das Gaspedal. Mit durchdrehenden Reifen schießt der Geländewagen nach vorn. Ich werde unsanft gegen die Tür gedrückt und greife automatisch nach oben, um mich am Haltegriff festzuklammern. Ein lauter Knall ertönt, ein weiterer und kurz danach erreicht uns die Erschütterung.

»Wagen Ost ist außer Gefecht«, meldet Christian, während Rico das Steuer herumreißt, um dem Beben entgegen zu wirken. Staub wirbelt auf. Schüsse ertönen. Hoffentlich haben Rams und Luca sich in Sicherheit gebracht.

Mein Bodyguard steuert den Wagen mitten in die Wolke. Für einen kurzen Moment sehen wir nicht, was um uns passiert, dann sind wir durch die dichte Staubmauer hindurch und haben klare Sicht. Ich reiße meine Beretta zur Seite und feuere auf die schwarz gekleideten Agents.

Eine Kugel prallt an der Dachreling über mir ab, verfehlt mich nur um Haaresbreite.

Coltons Stimme erklingt in meinem Ohr: »Wagen Süd ist außer Gefecht.«

Ruckartig bringt Rico unser Auto zum Stehen. Ich lade die Munition nach und entsichere die Beretta. Bereit zum Schießen steige ich aus. Meine Stiefel versinken bis zum Knöchel im Sand, ich stapfe weiter, habe nur ein Ziel: Der verdammte Wagen, in dem sich das Arschloch Miller versteckt. Rico ist direkt hinter mir, hält mir den Rücken frei.

»Viper an Nerd: Alles in Ordnung bei euch?«, frage ich und versuche, das Rauschen in meinen Ohren zu verdrängen. Ich muss mich konzentrieren, darf mich jetzt nicht ablenken lassen. Einen Fehler kann ich mir nicht erlauben.

»Alles bestens«, antwortet Luca. Erleichterung durchströmt mich. Wenigstens muss ich mir um sie keine Sorgen mehr machen. Aus dem Augenwinkel erkenne ich auch Christian und Colton, die ihre Sturmgewehre im Anschlag haben und mit großen Schritten zu uns aufschließen.

Ich reiße die hintere Tür auf und starre ins Innere. »Moussa«, flüstere ich.

Mit schiefem Grinsen sieht er mir entgegen. »Hast mich hier nicht erwartet, oder, Bitch?«

Bevor er seinen Triumph über meine Überraschung voll auskosten kann, öffnet sich die andere Tür. Rico packt ihn am Kragen und zerrt ihn aus dem Wagen, hinein in den heißen Wüstensand.

»Scheiße«, stoße ich aus, taumele ein paar Schritte rückwärts und begreife, dass Miller mich verarscht hat. Das FBI hat mich, Alecta Di Salvo, die *Viper*, zum Narren gehalten. Das wäre meinem Vater nie passiert. Zorn steigt in mir auf. Voller Wut trete ich gegen den Autoreifen.

»Scheiße!« Miller ist mir entwischt. Doch dafür hat er mir Moussa ausgeliefert. Einen Maulwurf kann niemand gebrauchen. Macht er mir damit ein Geschenk? Oder verhöhnt er mich? Nein, wahrscheinlich ist Miller einfach nur zu feige, um selbst aufzukreuzen.

Ruckartig wende ich mich meinem ehemaligen Fahrer zu. Mit geballten Fäusten stapfe ich in seine Richtung und je näher ich ihm komme, desto mehr weicht die Überlegenheit aus seinem Blick. Wahrscheinlich begreift er erst jetzt, dass man ihn der Schlange zum Fraß vorgeworfen hat.

»Du!«, fauche ich und schlage ihm mit der geballten Faust ins Gesicht. In mir tobt eine Wut, die ich nicht mehr kontrollieren kann. »Verräter!« Erneut trifft ihn mein Schlag, er spuckt Blut, das ihm anschließend übers Kinn läuft. Wieder und wieder lasse ich ihn meinen Zorn spüren, während Rico ihn festhält und dafür sorgt, dass er mir nicht entkommen kann.

»Alecta!« Ich ignoriere den Ruf, prügele weiter.

Plötzlich legen sich starke Arme um mich und zerren mich von meinem Opfer weg.

»Nein!«, schreie ich. »Lass mich!«

»Reiß dich zusammen!«, zischt Hunter und rüttelt mich. »Frag ihn nach Infos zu Miller.«

»Ich will ihn tot sehen! Er hat die Familie hintergangen!« Ich will keine Infos. Moussas Blut muss fließen. Doch mein Treten und Schlagen bringt nichts, Liam ist unnachgiebig.

»Beherrsch dich, Alecta!«

Langsam gebe ich nach. Mein Herz hämmert mir so hart gegen die Brust, dass es wehtut. Das Rauschen in meinen Ohren wird leiser, der blutrote Nebel in meinen Gedanken zieht sich zurück und lässt sie klarer werden. Ich hole tief

Luft, versuche, meine Atmung zu kontrollieren. Gott, was ist nur in mich gefahren? Ausgerechnet ich verliere die Beherrschung.

»Ist gut«, flüstere ich. Mit hochgezogener Augenbraue mustert Hunter mich, lässt mich los und macht einen Schritt zurück.

Ich straffe die Schultern und gehe vor meinem Gefangenen in die Hocke.

»Was hast du mir zu erzählen, Moussa?«, frage ich und lege all meinen Hass in ein Lächeln.

»Ich hätte niemals gedacht, dass du hier bist. Eher, dass du deine Handlanger schickst. Wenn Miller das wüsste. Es wird ihn wurmen, dass du ihm durch die Lappen gegangen bist. Kluger Schachzug, aber er wird dich nicht retten.« Er spuckt mir sein Blut entgegen. Reflexartig schließe ich die Augen. Das geht zu weit. Die Krönung der Respektlosigkeit. Mit der Hand wische ich mir über das Gesicht, verteile das rote Zeug und hoffe, dass es jetzt wenigstens wie eine Kriegsbemalung aussieht. Ich öffne die Lider und sehe nur eine Armeslänge von mir entfernt einige spitze Steine liegen. Gut getarnt im sandigen Boden warten sie regungslos darauf, dass wir wieder verschwinden. Als wären sie stille Beobachter. Klein und unscheinbar. »Ich verkrieche mich nicht wie ein Feigling. Also?«, frage ich, blicke ihn wieder an.

»Miller lässt dich und Hunter grüßen.« Seine Lippen entblößen die rot verschmierten Zähne. »Er hat eine Botschaft für dich, Bitch. 211. Mit liebem Gruß von deinem Daddy.« Trotz der Hitze durchfährt mich ein eisiger Schauer. Der Agent, der meinen Vater erschoss. Wieso verrät er mir das?

»Was weißt du über diesen Kerl? Antworte!«

»Gar nichts«, entfährt es ihm kleinlaut. »Das war alles, was das FBI mir …«

Meine Hand schießt zur Seite, umfasst einen der Steine. Ich spüre deutlich die scharfkantige Struktur. Mit einem

Brüllen reiße ich meine Hand nach vorn und drücke die Spitze des Gerölls in Moussas Gesicht. Genau in sein linkes Auge. Sein Schmerzensschrei verursacht mir eine Gänsehaut. Und schafft gleichzeitig Genugtuung. Ich ziehe den Stein zurück und werfe ihn fort.

Moussas Blut läuft meinen Arm hinunter, während er brüllt und brüllt, als würde er die Bedeutung von Schmerz erst heute richtig realisieren.

»Du wirst meiner Familie nie wieder Schaden zufügen«, rufe ich, reiße die Beretta aus dem Holster und ziele auf Moussas Stirn. »Grüß Alessio von mir.« Ich drücke ab und beobachte, wie der Kerl wie ein Sack Kartoffeln zur Seite fällt und im Staub der Wüste liegen bleibt.

»Hunter.« Nur Sekunden später spüre ich seine einnehmende Präsenz hinter mir. »Du bekommst neben Miller noch einen anderen Auftrag dazu.«

»Und der wäre?«, fragt er gelangweilt.

Ich drehe mich ihm zu. »Finde Agent 211.«

LIAM

Finde Agent 211.

Es ist bereits Nacht, als wir in Alectas Villa ankommen. Ich steige aus dem Auto, schlage die Tür zu und verschwinde ins Innere.

Es ist unmöglich … Moussa hat die Information von Miller. Wie kommt dieser Scheißkerl auf Agent 211? Nichts davon ergibt einen Sinn. Er hat Moussa nur als Informationsüberbringer missbraucht, mehr nicht. Warum?

»Hunter!«, ruft Alecta mir mit autoritärer Stimme nach. Ich bleibe nicht stehen, gehe weiter. Mein Blut kocht. Ich bin nicht ihr verdammter Schoßhund.

Ich betrete die Eingangshalle und beschleunige meine Schritte.

»Hunter! Bleib stehen!« Ein Klicken sorgt dafür, dass ich mich ruckartig umdrehe. Sie hat den Hahn gespannt, den Lauf der Waffe auf mich gerichtet.

Drück ab, meine Süße, dann haben wir es ganz schnell hinter uns. Dann muss ich dir nicht erklären, dass sich dein Ziel genau vor deiner Nase befindet.

»Was ist? Deine neue Art, mich um einen Fick zu bitten? Indem du mich mit einer Waffe bedrohst? Lass dir was Besseres einfallen.«

Ihr Blick ist fahrig, ihre Hand … zittert. Das tut sie nie. Alecta ist das beherrschteste Biest, das ich jemals gesehen habe. Nur wenn es um ihren Vater geht, wird sie irrational.

»Ich will, dass du in spätestens einer Stunde in mein Zimmer kommst. Geduscht.«

Wir liefern uns ein stummes Blickduell, keiner ist gewillt, nachzugeben. Nach einer Weile, die mir erscheint wie eine Ewigkeit, lässt sie die Waffe sinken und verstaut sie in dem Halfter. Ich werde duschen, aber nicht für sie. Heute ist der perfekte Tag, um sich mehrere Shots hinter die Binde zu kippen. Ich hätte nie gedacht, dass ich das eines Tages von mir behaupten kann, aber ich habe heute keine Lust, sie zu ficken. Weder allein noch zu zweit. Ich muss herausfinden, was es mit Agent 211 auf sich hat. Aber vorher …

»Wir müssen reden. *Sofort*«, knurre ich und deute in den Konferenzraum am Ende des Ganges. Ich warte nicht auf eine Antwort, sondern gehe voraus. Wüstensand und Schweiß kleben auf meiner Haut, aber das ist mir scheißegal. Je länger ich bei Alecta bin, desto undurchsichtiger wird die ganze Scheiße. Warum hat Miller mich wirklich auf sie angesetzt? Was verheimlicht die italienische Bitch vor mir?

Auf Höhe der Tür drehe ich mich um, Alecta hat sich keinen Schritt weiterbewegt. Ich verliere langsam die Geduld mit ihr. Es ist ein ständiges Austesten von Grenzen, ein ständiges Gerangel um die Oberhand. Wir sind beide Alphatiere, keiner gewillt, dem anderen das Zepter zu überlassen. Aber ab jetzt geht es um mehr als nur simple Machtkämpfe. Miller hat sich entschieden, zu spielen.

»Ist dir dein verdammtes Leben wichtig oder nicht?«

Sie hasst es, wenn ich in diesem Ton mit ihr rede, das erkenne ich an ihrer Miene, aber dieses Mal setzt sie sich endlich in Bewegung. Ich gehe in den Raum, schlage mit der Faust auf den Lichtschalter, gefolgt vom Schalter, der die Rollläden nach unten fahren lässt.

»Was willst du bereden?«, faucht sie und wirft die Tür in die

Angeln. Sie ist wirklich verdammt sauer darüber, dass sie aufs Kreuz gelegt wurde. Oder auch nicht … warum hat Miller sie nicht hochgenommen, wenn er wusste, dass sie bereitwillig in die Falle tappen wird?

Ich bleibe vor dem Tisch stehen und stütze mich darauf ab. »Hast du einen Verdacht, wer der Maulwurf sein könnte, der die Information weitergegeben hat?«

Sie lacht abgehackt. »Bis auf Moussa? Nein. Es wurde jeder überprüft. Miller muss die Lunte gerochen haben, warum auch immer.«

»Scheinbar ist bei Moussa und deinem Türsteher im Club etwas schief gegangen«, kann ich mir nicht verkneifen.

»Das weiß ich selbst, Hunter«, brüllt sie und schlägt mit der Faust auf die Tischplatte. Ihre Arme zittern, ihre Lippen sind zu einer dünnen Linie zusammengepresst. »Es ergibt keinen Sinn. Wenn Miller wusste, dass wir heute auf ihn warten, warum hat er diesen Umstand dann nicht ausgenutzt? Warum nicht das ganze verfickte FBI in die Wüste geschickt, um mich zu fassen? Es war eine einmalige Chance.«

Als sie die Gedanken ausspricht, die mir vorher durch den Kopf gegangen sind, fällt es mir wie Schuppen von den Augen. Es ist die Aussage von Moussa, die ich verdrängt habe, weil es nur noch Agent 211 war, der mein Hirn beherrscht hat. *Ich hätte niemals gedacht, dass du hier bist.*

»Das kann ich dir sagen«, murmele ich und fixiere sie. Ihre Haare sind zerwühlt, Dreck klebt in ihrem Gesicht. »Er wusste nicht, dass du dabei bist. Und es war Wahnsinn, Alecta, das hätte richtig beschissen ausgehen können. Das nächste Mal bleibst du im Anwesen, ohne Wenn und Aber. Dieses Mal hattest du einfach Glück.«

Sie trommelt mit den Fingern auf dem Holz herum. »Ich bin niemand, der sich verkriecht, wenn es ungemütlich wird, Hunter. Ich bin nicht umsonst zur Viper geworden.«

Sie macht mich verdammt wütend. Warum ist mein Beschützerinstinkt in ihrer Nähe nur so ausgeprägt? Warum löst sie überhaupt etwas in mir aus? »Du hattest vorher aber nicht so einen mächtigen Feind. Unterschätze ihn nicht. Wenn es noch einen Maulwurf gibt, bist du in Gefahr.«

Sie schüttelt den Kopf. »Wenn es einen gäbe, hätte er Miller verraten, dass ich heute dabei sein werde. Es ist einfach schiefgegangen, mehr nicht, die Waffenlieferung war zu offensichtlich.«

Alecta zieht den Sessel zurück und lässt sich darauf nieder. Das Zittern hat nachgelassen, ihre Stimme die gewohnte Schärfe verloren. »Ich habe zwei Feinde, Hunter. Miller und diesen Agent 211. Wer weiß, ob er nicht auch hinter mir her ist.«

Ich bin zu sehr Profi, um zusammenzuzucken. Nur deshalb kann ich ihr nicht sagen, dass von diesem Agent keine Gefahr ausgeht. Zumindest noch nicht.

»Du hättest dich mit den kleinen Geschäften begnügen sollen, zumindest wäre dir Miller erspart geblieben.«

Sie lächelt schmal. »Du hast keine Ahnung, welchen Zweck ich mit meinen Geschäften verfolge, also halt die Fresse. Du kennst deine Aufgaben und wage es niemals, die Grenzen zu überschreiten. Vergiss nicht, wer ich bin.«

Es ist vermutlich der Unterton in ihrer Stimme, weshalb ihren Feinden der Arsch auf Grundeis geht. Die unverkennbare Drohung darin, vor nichts Halt zu machen, wenn es darum geht, ihre Ziele zu verfolgen.

»Ich habe dir versprochen, an deiner Seite zu kämpfen, schon vergessen? Du wirst lernen müssen, dass ich dabei Grenzen überschreite. Und du stehst drauf.«

Ihre Miene bleibt hart. »Ich glaube, ich stehe drauf, wenn du eines Tages tot vor meinen Füßen liegst.«

Ich greife nach den Lehnen ihres Sessels und ziehe ihn zu mir, sodass sich unsere Knie berühren. »Du würdest mich vermissen.«

Ihre verschiedenfarbigen Augen mustern mich ungeniert. »Du könntest recht haben. Bilde dir trotzdem nicht zu viel darauf ein.«

Wenn ich sie anschaue, habe ich kurz das Bild meiner Familie im Kopf und denke an das, was ich verloren habe. Alecta ist mein Trigger, die andauernde Erinnerung an die Vergangenheit. Vielleicht ist mein Drang, sie vor Miller zu beschützen, deswegen immer größer geworden. Es war das erste Mal, dass ich mich nicht wehren konnte. Das macht Alecta so gefährlich.

Ich fahre mit dem Finger über ihre volle Unterlippe, vergesse kurz, weshalb ich die Anwesenheit der Mafiabraut meiden sollte. »Ich werde dich vor ihm beschützen. Er ist zu weit gegangen, aber selbst ein bestens bewachter Mann wie Miller hat seine Schwachstelle.«

»Und du kennst sie?«, fragt sie leise.

»Nein«, lüge ich, »noch nicht.«

Ich kenne sie genau, aber davon muss Alecta nichts wissen. Miller hat dafür gesorgt, dass ich den kleinen Funken Zurückhaltung verdränge und die letzte und wirkungsvollste Karte ausspiele. Es ist mein oberstes Gebot, wichtige Informationen über meine Auftraggeber zu sammeln, vor allem, wenn sie dem FBI angehören.

Somit kenne ich von jedem Typen die Schwachstelle. In Situationen wie dieser ungemein nützlich. Wenn Miller mit dem Gedanken spielt, mich an Alecta zu verraten, brauche ich etwas gegen ihn in der Hand. Und es gibt nur eines, mit dem ich ihn zu meiner Marionette machen kann.

»Dann beeil dich. Mit Miller und Agent 211. Die Sache wird nicht aus dem Ruder laufen, verstanden?«

Sie fährt vom Sessel hoch und verlässt den Raum. Ich merke erst, dass ich den Atem angehalten habe, als die Tür ins Schloss fällt.

»Keine Sorge, ich muss nicht lange suchen«, flüstere ich.

Ich lasse einige Minuten verstreichen, bevor ich in mein Zimmer haste und das Tablet aus dem Versteck im Schrank hervorhole. Die gesicherte Verbindung erlaubt es mir, ungestört Informationen aus dem Internet herauszufiltern. Ich gebe *Di Salvo* und *Mord* in die Suchmaschine ein und warte, bis das Fenster aufpoppt. Meine Nerven sind zum Zerreißen angespannt.

Ich gehe zum Bett, gieße Whisky in ein Glas und lasse mich auf die Matratze sinken.

»Guiseppe Di Salvo wurde erschossen«, flüstere ich, während mein Blick über die Zeilen gleitet. »In den Armen seiner Nutte gestorben?« Ich suche das Datum des Artikels. Mein Blut gefriert zu Eis. Es war der Abend, als *ich* im Club war.

Drei Jahre zuvor …

Ich stecke der Nutte zwei hundert Dollar Scheine zwischen die Titten. Sie wirft mir ein zufriedenes Grinsen zu. »Du gefällst mir, Süßer. Bis zum nächsten Mal.«

Sie zwinkert mir unter falschen Wimpern zu und verlässt den Raum. Es riecht nach Sex und Alkohol, die perfekte Mischung, um sich einen Mord zu versüßen. Es ist selten, dass sich ein mächtiger Gangsterboss wie Ricciardo in den Vereinigten Staaten von Amerika blicken lässt. Mich interessiert es einen Scheiß, ob er hier neue Geschäfte abwickeln oder neue Verbindungen knüpfen will, meine Aufgabe ist simpel: ihn töten. Den Informationen des FBI nach, hat Ricciardo gemeinsam mit seinem Handlanger vor, in diesem Club schmierige Geschäfte abzuwickeln. Praktisch, wenn sich der eigentliche Clubbesitzer Di Salvo gerade in seinen wohlverdienten Italienurlaub abgesetzt hat.

Es wird für eine Weile der letzte Mord für das FBI sein. Neue, interessantere Ziele warten auf mich. Ich beschleunige meine

Schritte zum Arbeitszimmer und werde erst langsamer, als ich italienische Flüche durch die wuchtige Holztür höre. Im Gang ist es still, der rote Perserteppich dämpft meine Schritte. Das ideale Zeitfenster, um zuzuschlagen. Mir bleiben wenige Sekunden, die über Leben und Tod entscheiden. Ich greife in die Innenseite meines Jacketts, hole die Glock hervor und schraube den Schalldämpfer hinauf, den ich in meiner Hosentasche versteckt hatte.

Ein letzter Atemzug, ehe ich die Türklinke mit einer wuchtigen Bewegung nach unten drücke, und mit dem Fuß gegen das Holz trete. Ich denke nicht mehr, ich handele. Als ich bereits abdrücken will, bemerke ich zwei Leichen am Boden. Jemand ist mir zuvorgekommen. Auf leisen Sohlen gehe ich zu den beiden. Einer von ihnen ist vom Sessel nach unten gekippt, der zweite liegt auf dem Teppich, der sich blutrot gefärbt hat. Den einen erkenne ich als mein Ziel, den anderen habe ich noch nie zuvor gesehen, selbst auf einem Fahndungsfoto nicht.

Ich halte mein Handgelenk an den Mund. »Hier Agent 211. Zielperson bereits tot.«

Es knistert in meinen Kopfhörern. »Wiederholen Sie.«

Ich runzele die Stirn. Haben die ihre Hirnzellen ausgestreut? »Zielperson ist tot und es gibt ein weiteres Problem.«

Stille. Es dauert eine gefühlte Ewigkeit, bevor die mechanische Stimme wieder ertönt. Miller. »Was meinen Sie damit?«

»Vor mir liegen zwei Leichen. Maßgeschneiderte Anzüge, beide um die fünfzig, italienischer Abstammung. Ricciardo liegt vor dem Schreibtisch, die unbekannte Person dahinter neben dem Chefsessel.«

»In Ordnung. Verlassen Sie sofort das Gebäude. Wir können nicht riskieren, dass Sie auffliegen.«

Ich hasse es, wenn man mir die Jobs wegnimmt. Und irgendein Arschloch hat es getan.

Ich verstaue die Glock in der Innentasche meines Sakkos. Ricciardo und sein Handlanger sind von der Bildfläche verschwunden. Zeit, wieder abzutauchen, das FBI wird ein paar Jahre auf mich verzichten müssen, es juckt mich nach mehr Nervenkitzel. Nach Zielen, die schwer umzubringen sind.

Ich verlasse den Club über den Hintereingang und verschmelze mit der Nacht.

Mein Name ist Agent 211. Vergiss mich nicht …

Während die Szene wie ein Film vor meinem inneren Auge abspielt, krallen sich meine Finger fest um das Tablet. Selbst der Whisky holt mich nicht von meinem Trip. Das Bild neben dem Zeitungsartikel zeigt Guiseppe Di Salvo. Eines der sehr seltenen Bilder, die es von ihm gibt, so viel ist klar.

Ich hatte die Erlaubnis, den Gangsterboss Ricciardo und seinen Handlanger auszuschalten. Man hat mir versichert, dass die beiden in dieser Nacht im Club sein würden, um neue Lieferungen zu besprechen, während der Big Boss im Urlaub ist. Es gab nur ein verdammtes Problem dabei: Der Typ damals war kein Handlanger Ricciardos, es war der eigentliche Clubbesitzer Guiseppe Di Salvo. Hat Miller es gewusst? Wurde ich wirklich verarscht? Wenn ja, warum hat mir niemand gesagt, wer die beiden ins Nirvana befördert hat?

Ich bin damals zu spät gekommen.

Jemand hat den Job vor mir erledigt. Jemand, den ich vielleicht kenne. Der zeitgleich mit mir im Club war.

Dennoch hat Miller die Nummer 211 an Moussa durchgegeben, das bedeutet, er kennt denjenigen, der Di Salvo erschossen hat.

Das Glas fällt mir aus der Hand auf den Marmorboden und zersplittert in tausend Teile.

Ich bin niemand, der lange überlegt. Ich handele. Das war in den letzten Jahren mein Mantra. In den Jahren, nachdem ich meine Familie verloren habe. Es hat mich überleben lassen, meine Blutgier weiter angetrieben, meine Mordlust verstärkt. Das einzige Ziel, das ich verfolgte, war Rache.

Es gibt eine Person, die ich immer wieder im Auge hatte. Über die verschlüsselte Software gebe ich ihren Namen in die Kartei ein und drücke auf *Suchen*. Die Wohnadresse ist immer noch dieselbe. Heute ist Dienstag, das bedeutet, sie müsste den Yogakurs besuchen, es sei denn, er ist ausgefallen oder sie verhindert. So oder so werde ich sie finden und schnappen. Ob nach dem Kurs oder in ihrer Wohnung, sie kann mir nicht entkommen.

Ich fahre das Tablet herunter und greife nach dem Versteck unter der Matratze. Zwei Prepaidhandys für den Notfall, die selbst während eines Gespräches unmöglich zu orten sind. Ich nehme eines heraus, platziere die Matratze wieder richtig, bevor ich aufstehe und den begehbaren Kleiderschrank betrete. Glock, Lederjacke, schwarze Stiefel. Miller ist zu weit gegangen, er hätte nicht mit mir spielen sollen.

Ich werfe einen letzten Blick in den Spiegel, bevor ich aus dem Zimmer verschwinde. Alecta soll heute ihren verdammten Barkeeper ficken. Mit schnellen Schritten durchquere ich die Halle.

»Wohin willst du, Hunter?«

War klar, dass sie mir folgt. Ich drehe mich um und werfe Alecta einen herausfordernden Blick zu. »Habe ich die Erlaubnis, mir einen hinter die Binde zu kippen, Majestät?«

Ihre Haare sind nass, sie hat nur ein Handtuch um ihren Körper gewickelt. Da ist etwas in ihren Augen, das mich irritiert, eine andere Emotion als der übliche Hass. Verletzlichkeit?

Gott, sie wird doch nicht durchdrehen?

»Ich sagte, du sollst auf mein Zimmer kommen.«

»Und du wusstest von Anfang an, dass ich dir nicht gehorchen werde. Vielleicht komme ich später zu dir.«

Sie leckt sich über die Unterlippe. »Du lebst nur noch, weil ich dich brauche, das ist dir bewusst, oder?«

Sie reizt mich. Schon wieder. Und ich habe keine Zeit für ihre Spielchen, ein wichtiger Anruf wartet auf mich. Langsam gehe ich auf sie zu, fasse sie am Kinn und ziehe ihren Kopf leicht zu mir. Ihr heißer Atem trifft auf meinen Mund. Scheiße, warum will ich sie so sehr?

»Willst du mir drohen?«, raune ich und streife mit dem Daumen über ihre Lippen. So weich, ein irrer Kontrast zu ihrer äußerlichen Härte.

Als Antwort greift sie in meinen Nacken und küsst mich verlangend. Ihre Hände wandern unter meine Jacke, fahren über meine Muskeln.

Ich bin ihr Koks.

Sie meine Glock.

Wir können weder miteinander noch ohneeinander.

Abrupt löst sie sich von mir, Feuer lodert in ihren Augen. »Trink nicht zu viel, Hunter, ich brauche dich mit klarem Verstand.«

Ich grinse. »Warte auf mich, Alecta.«

Ich lasse sie in der Halle stehen und nehme die Treppe nach unten in die Garage. Der Schlüssel im Jeep steckt noch. Ich starte den Motor und verlasse das Anwesen. Miller hätte mich nicht reizen sollen.

Es dauert zwanzig Minuten, bis ich einen kleinen Vorort von Atlanta erreiche. Die Glasfront des Zielgebäudes ermöglicht es mir, einen guten Blick auf das beleuchtete Innere zu haben. Ich greife nach dem Fernglas und spähe in die Richtung. Weiber, die Yogaverrenkungen durchführen.

Ich lege das Teil wieder zur Seite und steige aus.

Bevor ich die Hunde loslasse, muss ich mich versichern, dass *sie* wirklich hier ist.

Ich sehe mich nach links und rechts um, bevor ich die Straße überquere und neben den Büschen entlanggehe. Die Autos vor dem Gebäude sind die Falschen, weshalb ich in eine Seitenstraße einbiege und das Zielobjekt schnell finde. Ein alter Toyota, überhaupt nicht passend zu der Person, die ihn fährt. Aber sie hält nichts von protzigen Gefährten, zählte immer zu den bescheidenen Typen, ganz im Gegenteil zu Miller, der seine Rolex als Statussymbol tragen muss, weil er keine Eier hat.

Ich gehe zurück zu meinem Wagen und lasse mich auf den Fahrersitz sinken. Wenn ich sie nicht hier erwischt hätte, wäre es spätestens in ihrer Wohnung zum Showdown gekommen. Irgendwie hätte ich sie immer in die Finger bekommen.

Ich lehne mich zurück und werfe einen Blick auf die Uhr. Wenn der Kurs wie üblich endet, wird meine Zielperson in weniger als zehn Minuten aus der Tür hinausstaksen. Meine Hände kribbeln in vorfreudiger Erwartung, als ich das Prepaidhandy in die Hand nehme und Millers Nummer wähle.

»Es wundert mich, dass du nicht früher angerufen hast, Hunter.«

Ich fixiere die Straßenlaterne in der Ferne, erinnere mich daran, was mich so weit gebracht hat: mein Hass. Ruhe strömt durch meine Adern. »Du hast einen großen Fehler begangen, Miller. Ich gebe zu, es war verwirrend, dass du uns Moussa einfach ausgeliefert hast, aber es hat seinen Grund, richtig?«

Er lacht. »Schlaues Kerlchen.«

»Du willst mit ihr spielen, das ist ein Fehler. Man spielt nicht mit einer Viper.«

Er seufzt mitleidsvoll. »Moussa hat seine Aufgabe nicht zu meiner Zufriedenheit erledigt, wenn du noch am Leben bist. Wie wird es Alecta wohl auffassen, dass du ihren heißgeliebten Vater auf dem Gewissen hast?«

Meine Finger krallen sich um das Lenkrad. »Du hast mich von Anfang an für den Job vorgesehen gehabt, weil du damit zwei Fliegen mit einer Klappe schlägst. Wenn ich dir Alectas Kopf bringe, bist du sie los, danach lässt du mich beseitigen. Wenn sie dagegen herausfindet, was mir, fälschlicherweise, vorgeworfen wird, bringt sie mich um. Du hast dabei aber eines nicht bedacht: sie hatte eine wichtige Information für mich.«

Stille. Ich höre nicht einmal mehr seinen Atem. Es fällt mir schwer, ihn nicht anzubrüllen. »Du hast meine Frau und mein Kind auf dem Gewissen. Deswegen hast du mir den Zugang zu der Akte verweigert. Das war ein schwerer Fehler, Miller.«

Jetzt atmet er lauter. »Ich denke, es wird Zeit, Alecta darüber zu informieren, wer du wirklich bist. Damit geht sie mir zwar durch die Lappen, aber dich bin ich los.«

Jetzt bin ich es, der lacht. »Eine reizvolle Drohung«, sage ich, steige aus und schlendere wieder zu dem Toyota, »aber ich bin nicht mehr in ihrer Nähe. Ich kann schnell abtauchen, bevor ich dich jage. Wie willst du sterben?«

»Verdammtes Arschloch!«, keift er und schlägt gegen etwas, das sich anhört wie eine Tischplatte. »Du kannst mir nicht entkommen und sobald sie erfährt, wer du bist, wird sie dich ebenso jagen. Es ist aus, Hunter!«

Hochgefühl durchflutet mich, der alte Killerinstinkt hat wieder Besitz von mir ergriffen. »Nein, Miller, du irrst dich, es hat gerade erst begonnen.«

Mein Blick fällt auf das Gebäude, aus dem meine Zielperson jeden Moment kommen müsste. Die Dunkelheit sorgt dafür, dass ich mich problemlos positionieren kann, ohne von ihr bemerkt zu werden. Wie überaus praktisch, dass meine Zielperson das Auto in einer Seitengasse geparkt hat.

In dem Moment schwingt die Tür auf und die Weiber verlassen das Gebäude. Unter ihnen ist eine, die meine volle Aufmerksamkeit hat.

»Es wird genau zweiundzwanzig Sekunden dauern, sie zu schnappen. Zweiundzwanzig Sekunden, die dein ganzes

Leben verändern werden, Miller. Es war ein Fehler, meine Familie umbringen zu lassen. Bezahl dafür.«

Ich brauche ihren Namen nicht zu erwähnen, ich wette, es wird ihm in diesem Moment bewusst, dass ich die Karten wieder in der Hand habe. Er hat zu wenig Zeit, um noch etwas zu bewirken. Zu wenig Zeit, um den Menschen zu beschützen, der ihm wichtig ist.

»Hunter, du Arschloch! Wenn du es wagst ...«

Ich lege auf und setze mein charismatisches Lächeln auf. Die Gute hätte auf Personenschutz bestehen sollen. Als Verwandte eines FBI-Wichsers wie Miller läuft sie immer wieder Gefahr, in das Visier von Arschlöchern zu geraten. Das Problem an ihrer Volljährigkeit ist einfach, dass sie von sich aus darauf verzichten kann. Das hätte sie nicht tun sollen.

Auch wenn Miller versucht hat, den Umstand geheim zu halten, dass es in seinem Leben ein Familienmitglied gibt, ist es ihm bei mir nicht gelungen. Ich grabe tief. So lange, bis ich etwas finde, womit ich mein Gegenüber zerstören kann. *Du hättest nie so weit gehen dürfen.*

Ich werde die einzige Person entführen, die in Millers Leben eine Bedeutung hat.

Seine Tochter.

ALECTA

Ich sehe ihm nach, bis er durch die Tür verschwunden ist, die zur Garage führt. Kaum ist er nicht mehr in Sichtweite, eile ich in mein Zimmer, werfe das Handtuch achtlos zu Boden und schlüpfe in mein dunkelblaues Sommerkleid. Meine noch feuchten Haare fallen mir offen über den Rücken.

Rico wartet bereits mit laufendem Motor auf mich.

»Hast du das Signal?«, frage ich, während ich auf dem Beifahrersitz Platz nehme.

»Einwandfrei«, bestätigt Rico und fährt los. »Er verlässt die Stadt.«

»Ich wusste es. Dieser Bastard.« Ich habe keine Ahnung, was mich erwartet. Was ich sehen werde, sobald wir ihn eingeholt haben. Doch ich befürchte das Schlimmste. Jemand, der sich aus Frust dem Alkohol hingeben will, verlässt nicht die Stadt, sondern sucht die nächstbeste Kneipe auf.

Hunter ist gefrustet, aber er ist kein Säufer. Er genehmigt sich gern einen Drink oder zwei, aber er behält immer einen klaren Kopf. Genau wie ich. Wir sind Jäger, keine Beute. Wenn er also den Abend nicht damit verbringt, sich volllaufen zu lassen, dann hat er etwas anderes vor. Und ich will wissen, was.

In einem Vorort von Atlanta hört das Signal auf sich zu bewegen. Wir befinden uns in einer spießigen Gegend, in der reiche Eltern ihren verwöhnten Nachwuchs ranzüchten.

Mütter, die den Tag mit Yoga verbringen und untereinander wetteifern, wer die eifrigste Haushälterin hat. Väter, die morgens früh das Haus gestriegelt verlassen und erst spät abends wieder heimkehren. Von denen niemand weiß, womit sie ihr Geld wirklich verdienen und wo sie sich den ganzen Tag rumtreiben. Einige von hier waren Stammgäste in Vaters Club. Nicht jede Familie, die vorgibt, glücklich zu sein, ist es auch. Das weiß ich wohl am besten. Der Schein trügt oft.

Eine Straße vom Zielort entfernt schaltet Rico das Licht der Scheinwerfer aus und lässt den Wagen rollen. Als wir Liam entdecken, hält er an. Ein junges Ding schlendert in die nur schwach durch eine Laterne beleuchtete Nebengasse. Ihre blonden Locken wippen beim Gehen auf und ab. Sie trägt nur eine Leggins und ein Top, unter den Arm hat sie eine Matte geklemmt, während sie mit der freien Hand in ihrer Tasche wohl nach dem Autoschlüssel sucht.

Ich beobachte Hunter, wie er lässig an einer ranzigen Karre lehnt, wahrscheinlich ihrer, die Beine überkreuzt und die Hände in den Hosentaschen. Erst jetzt bemerkt sie ihn. Doch sie weicht nicht zurück. Vielleicht kennt sie ihn sogar. Möglicherweise besucht er sie öfter. Der Anblick, wie er sie schmunzelnd abcheckt, tut weh. Mein Herz zieht sich zusammen, als würde es wie ein nasser Schwamm zusammen gedrückt.

»Soll ich ihn ausschalten?« Wie aus weiter Ferne dringt Ricos Stimme zu mir. Ich reagiere nicht, starre einfach nur auf die junge Frau, die sich von diesem Mistkerl um den Finger wickeln lässt. Meinem Mistkerl. Sie ist deutlich jünger als ich. Wenn sie überhaupt schon volljährig ist.

»Miss?«

»Hm?« Blinzelnd finde ich zurück in die Realität und wende mich an meinen Bodyguard.

»Ich mache Hunter kalt, wenn Sie es wünschen«, sagt er, ohne mit der Wimper zu zucken.

»Nein.« Ich schüttele den Kopf. »Lass ihm seinen Spaß. Wenn er zurückkommt, knöpfe ich ihn mir vor. Wenn nicht, erkläre ich die Jagd für eröffnet.«

Ein bitteres Lächeln stiehlt sich auf sein Gesicht. »Wie Sie wünschen, Miss.«

Ich hole mein Smartphone hervor und mache ein Foto von dem ungleichen Pärchen. Wobei, eigentlich passt sie gut zu ihm. Jeder harte Kerl braucht eine sanfte Blume an seiner Seite. Ich bin keine Blume. Wohl eher ein Kaktus. Jede Berührung tut weh.

Das Bild schicke ich Rams. *Finde raus, wer diese Bitch ist.*

Es dauert nur Sekunden, bis mein Hacker mir mit einem gehobenen Daumen antwortet.

Ich starre weiter auf das Schauspiel, das sich mir bietet. Irgendetwas stimmt hier nicht. Hunter ist nicht so gefühlvoll. Wie er sie anlächelt und fast beiläufig am Arm berührt. Wie sie verlegen anfängt zu kichern. Mir gegenüber war er noch nie liebevoll.

»Bring mich zurück. Wenn ich mir das noch länger anschauen muss, fange ich an zu kotzen.«

Bereitwillig kommt Rico meiner Bitte nach.

Auf halber Strecke vibriert mein Handy.

Name: Evelia Fields

Alter: 22

Mutter: Katherine Fields, Krankenschwester, verstorben

Vater: Frank Miller, Special Agent, FBI

Meine Finger beginnen unkontrolliert zu zittern. Sie ist *seine* Tochter. Hunter trifft sich mit Millers Tochter.

»Fuck«, gibt Rico von sich, der einen kurzen Blick auf das Display meines Handys geworfen hat. Normalerweise würde ich ihn dafür zurecht weisen, aber ich habe das Gefühl, dass mir jegliche Kontrolle entgleitet. Hat er sie aufgesucht, weil ich es ihm aufgetragen habe? Weil sie Millers Schwachstelle ist? Es sah nicht so aus, als hätte er sie kidnappen wollen.

Oder versorgt er sie mit Informationen? Er ist der Maulwurf. Jetzt wird mir wirklich schlecht.

»Soll ich umdrehen, Miss?«, fragt Rico hoffnungsvoll. Er will ihn tot sehen. Und eigentlich sollte ich das auch. Ich habe Hunter so oft gesagt, ich würde ihn abknallen, wenn er mich hintergeht. Jetzt ist es soweit.

Und was werde ich machen? Nichts.

»Bring mich nach Hause«, flüstere ich.

»Geht es Ihnen gut, Miss?« Die Sorge schwimmt deutlich in seiner Stimme mit.

»Fahr einfach«, murre ich. »Wir müssen nachdenken. Uns einen Plan überlegen. Hunter ist niemand, den man hinterrücks angreifen und kalt machen kann. Er wird meine Rache zu spüren bekommen. Und sie wird fürchterlich sein. Aber nicht heute. Soll er doch seinen Spaß mit dieser Bitch haben.«

Ich war so blind. Er hat mir sein Wort gegeben und ich war so naiv, ihm zu glauben. Zu denken, er würde für mich arbeiten. Dabei waren die Zeichen eindeutig. Überheblich und eiskalt ist er in mein Leben getreten, hat auf Luca geschossen, um mir gleich von Anfang an zu zeigen, wer die Hosen anhat. Ich habe sie ihn anbehalten lassen, habe gedacht, ihn mit einem Gürtel zügeln zu können, doch einen Skorpion bändigt man nicht. Genauso wenig wie eine Viper. Es hätte mir klar sein müssen. Rico hat mich immer wieder vor ihm gewarnt. Doch ich wollte nicht auf ihn hören, wollte es einfach nicht sehen. Ich habe ihm mein Vertrauen geschenkt. Nur Gott weiß, weshalb mein Verstand in seiner Gegenwart nicht richtig funktioniert. Warum ich die Wahrheit nicht wissen will.

Weil ich ihn liebe …

Mein Herzschlag setzt aus, ich ringe nach Luft, habe das Gefühl, zu ersticken. Eine bittere Kälte breitet sich in mir aus. Wie konnte ich so blind sein? Wie konnte ich nicht merken, dass ich dabei bin, mich in den Feind zu verlieben?

Mein Vater würde sich für mich schämen.

Ihm wäre so etwas nie passiert.

Noch bevor der Wagen vor meinem Haus ganz zum Stehen kommt, reiße ich die Tür auf und springe hinaus. Ich stürme durch den Flur und die geschwungene Treppe hinauf, bis ich vor Lucas Zimmer ankomme. Ohne anzuklopfen trete ich ein, will mich in seine Arme werfen und für eine Nacht alles vergessen. Doch bevor es soweit kommt, halte ich abrupt an. Lucas Kleiderschrank ist geöffnet, er hat mehrere Shirts in der Hand, die er sorgfältig in eine Sporttasche legt. Ertappt blickt er mich an. »Ich wollte weg sein, bevor du es merkst«, sagt er, ohne mit dem Packen aufzuhören. Er war schon immer ehrlich zu mir. Der Einzige neben Rico, dem ich wirklich vertrauen kann. Und er will mich verlassen … Das irritiert mich.

»Hunter hat mich verraten«, platzt es aus mir heraus.

Seufzend zieht er den Reißverschluss zu und wendet sich in meine Richtung. »Warum kommst du zu mir? Willst du deinen Frust wieder in Sex ertränken?«

»Luca, ich …«

»Hör mir zu, Alecta.« Er verschränkt die Arme vor der Brust und vergrößert den Abstand zwischen uns. »Du kannst nicht immer zu mir kommen und mich wie deinen Fußabtreter benutzen. Du weißt, ich bin immer für dich da. Immer. Doch ich brauche dringend eine Pause. Hunter ist ein Arsch. Er spielt also ein doppeltes Spiel? Wahrscheinlich ist er nur sein eigener Auftraggeber. Du glaubst doch nicht, dass Hunter noch einen Finger für das FBI krümmt, nachdem du ihm gesagt hast, wer seine Familie ermordet hat.«

»Du verteidigst ihn?«

»Ich kann Hunter nicht ausstehen, vielleicht verabscheue ich ihn sogar. Weil du ihm gehörst und nicht mir.«

Schnaubend mache ich einen Schritt auf ihn zu. »Ich gehöre niemandem.«

»Ich bin nicht blind, Alecta«, sagt er und schüttelt den Kopf, als müsse er Bilder aus seinem Gedächtnis vertreiben. »Es ist die Art, wie ihr euch anseht. Ich bin mir nicht sicher, ob ihr euch gegenseitig die Kehle aufschlitzen oder miteinander vögeln wollt. Wahrscheinlich trifft beides zu. Aber das ist eine Sache, die ihr klären müsst. Ich habe zwischen den Fronten nichts zu suchen und ehrlich gesagt, will ich das auch gar nicht. Die Nacht mit euch beiden hat mir die Augen geöffnet.«

»Luca …«

»Nein, Alecta. Ich habe für dich mein Leben riskiert, war dein öffentlicher Schutzwall und ich bereue es nicht. Ich habe mir nur gewünscht, dass du mich eines Tages so ansiehst, wie du jetzt …« Seine Stimme bricht. Er fährt sich mit der Hand durch die blonden Haare und blinzelt heftig. Es versetzt mir einen Stich, ihn so am Boden zerstört zu sehen. »Ihr zwei seid wie Bonnie und Clyde. Für alle anderen ist kein Platz. Du magst mich für schwach halten, das bin ich auch, aber wenigstens stehe ich zu meinen Gefühlen.«

Luca ist einfühlsam, aber nicht schwach. Das war er noch nie, sondern stets mein Fels in der Brandung. Er hat nach dem Tod meines Vaters dafür gesorgt, dass ich nicht aufgebe. Ich dachte, er würde für immer an meiner Seite bleiben. Meine rechte Hand. Mir wird klar, dass seine Anwesenheit für mich zu selbstverständlich geworden ist. »Was hast du jetzt vor?«

Er zuckt mit den Schultern. »Ich will einfach nur raus. Vielleicht gehe ich nach Deutschland und besuche meine Verwandten.«

Ich versuche erfolglos, den Kloß in meinem Hals hinunterzuschlucken. »Wirst du wiederkommen?«

Seine traurigen, blauen Augen fangen meinen Blick ein. »Ich brauche Abstand, Süße.«

Das heißt dann wohl Nein. »Verstehe.«

Er nickt, bückt sich und schultert seine Tasche. »Ich habe ein paar meiner Kontakte beauftragt, mehr über Agent 211 herauszufinden. Sobald ich etwas höre, gebe ich dir Bescheid.« Einen Moment blickt er mich an, dann macht er einen Schritt nach vorn und zieht mich in seine Arme. »Wenn Hunter dir wehtut, verpasse ich ihm einen Tritt in seinen Allerwertesten«, murmelt er in meine Haare, löst die Umarmung und verlässt das Zimmer, ohne sich noch einmal zu mir umzudrehen.

»Das hat er bereits«, flüstere ich und sinke kraftlos auf das Bett.

Ich lasse Luca nur ziehen, weil ich nachvollziehen kann, wie er sich fühlt und ich genauso handeln würde. Wenn ich könnte, würde ich das Land verlassen. Mir einen Ort suchen, an dem mich niemand findet und ich wieder heilen kann. Zum ersten Mal in meinem Leben verstehe ich, was ein gebrochenes Herz anrichten kann.

Und es ist verdammt scheiße.

Wütend fahre ich hoch, verlasse das Zimmer und suche die Bibliothek auf. Der Geruch nach gedrucktem Papier und dem Leder der Couchgarnituren hat etwas ungemein Tröstendes an sich. Genauso wie eine Flasche Wein.

Mit zitternden Fingern wische ich mir die Tränen von den Wangen. Das letzte Mal weinte ich mit sieben Jahren, als ich beim Fahrradfahren gestürzt bin und mir die Knie aufgeschlagen habe. Ich wurde dazu erzogen, meine Gefühle zu kontrollieren, nichts an mich heran zu lassen und noch wichtiger: niemandem einen Einblick in mein Innerstes zu gewähren. Daran habe ich mich gehalten. Bis heute. Nicht einmal auf der Beerdigung meines Vaters habe ich meine Trauer gezeigt. Ich wurde entführt, gefoltert und von vorn bis hinten verarscht. Nichts davon hat mir eine Träne entlockt. Doch bei einem gebrochenen Herzen bin ich machtlos.

Diese angestaute Traurigkeit, der Frust, all das kommt nun mit einem Schlag zum Vorschein. Und ich kann es nicht zurückhalten. Es bricht aus mir heraus und ich erlaube mir, schwach zu sein. Nur für diese Nacht.

Umständlich drehe ich den Korkenzieher in den Verschluss und die zweite Flasche Rotwein wird mit einem lauten *Plopp* freigegeben. So viel dazu, dass Jäger sich nicht betrinken. Heute werfe ich alle meine Vorsätze über Bord und bin einfach nur eine ganz normale Frau.

Ich taumele von der Bar zu dem kleinen Tisch, auf dem mein Glas steht. Die Sicht verschwimmt immer wieder vor meinen Augen, doch ich blinzele den Nebel einfach weg.

Mit meinem nackten Fuß bleibe ich an der Ecke des Teppichs hängen und stolpere ein paar Schritte vorwärts. Mit der freien Hand fange ich mich auf der Tischplatte ab und fege dabei das Glas hinunter. Der Teppich dämpft den Aufprall und es zerspringt nicht. Dennoch habe ich wenig Lust, mich danach zu bücken.

»Was soll's«, murmele ich und nehme einen großen Schluck direkt aus der Flasche, bevor ich mich in den Sessel fallen lasse.

Eine Zeit lang starre ich einfach nur vor mich hin. Vielleicht bin ich sogar eingeschlafen. Das Öffnen einer Tür lässt mich erschrocken zusammenzucken. Ohne ihn zu sehen, weiß ich, wer da im Türrahmen steht und mich beobachtet. Mein Herz schlägt augenblicklich höher.

»Dassu es wagst, schu mir schurückschukomm.« Gut, meine Zunge entgleitet meiner Kontrolle ebenfalls. Nicht mehr lange und der Rest meines Körpers wird ihr in die Rebellion folgen.

»Eine betrunkene Frau ist wohl keine allzu große Bedrohung«, höre ich seine Stimme. Sie verursacht ein Ziehen in meinem Unterleib und gleichzeitig jagt sie mir einen eisigen Schauer über den Rücken.

»Ich weisch nich, was mich mehr verletzt: Für ein Flittchen sitzen gelassen zu werden«, ich nehme einen weiteren Schluck Wein, »oder dassu mit dem Feind koperierst.«

»Ich kooperiere mit dem Feind?« Er kommt um den Sessel herum und setzt sich mir gegenüber auf die Couch. Wie immer wirkt er ruhig, viel zu besonnen, während ich meine Emotionen heute kaum im Griff habe. Ich will ihn umbringen, trotzdem hält mich ein Funken Rationalität davon ab.

Ich lächele kalt. »Millers fucking Tochter.«

Sein Blick wird finster. »Du hast mich verfolgt.« Selbst seine Stimme hat einen raueren Klang angenommen.

»War'n Leichtes, dir den Peilsender unterschujubeln.«

Sein Blick bohrt sich in meinen, bevor er ihn über den Tisch und den Boden schweifen lässt. »Du hast dich ordentlich abgefüllt«, stellt er ohne Regung fest. »Was ist passiert?«

Ich blinzele erneut und bemerke erst jetzt die Rötung unter seinem linken Auge. »Das Flittchen scheint'n gutn rechten Haken schu habn. Hassu sie hart rangenomm?«

»Ich habe niemanden rangenommen, sondern das kleine Biest in deinen Keller gesperrt. Sie gehört jetzt dir, mach mit ihr, was du willst. Sie ist ein aufmüpfiges Miststück, hat sich gegen ihren Vater gestellt und auf Bodyguards verzichtet. Ein Fehler, der dir gut in die Hände spielt.«

Unglaube befällt mich. Er hat wirklich … Er entführt Millers Tochter und liefert sie mir aus? Sicher nicht, ohne eine Gegenleistung zu verlangen …

»Also, Viper, wer hat dich so zugerichtet?«, unterbricht er meine Gedanken und greift seinerseits zu der Weinflasche, um sich einen Schluck zu gönnen. »Oder sollte ich besser fragen: Warum hast du dich selbst so zugerichtet? Du siehst erbärmlich aus.«

»Fick dich, Hunter!«, fauche ich, bevor ich doch mit der Sprache herausrücke. »Luca hat mich verlassen.«

»Also heulst du wegen *Liebeskummer*?« Jetzt endlich kommt das Lachen, auf das ich schon die ganze Zeit warte. Wütend fahre ich hoch, greife nach der Waffe, die immer in der Seite des Sessels steckt, und halte sie ihm entsichert vor die Stirn. »Ich würd dich selbscht mit verbundnen Augen erschießn könn.«

Sein Lachen weicht einem schelmischen Grinsen. »Ich weiß.«

Seine Gelassenheit stachelt meine Wut nur noch mehr an. Und ich bin wütend, so richtig scheiß wütend auf diesen verkackten Mistkerl! Weil er mich immer wieder zur Weißglut treibt und mir mehr bedeutet, als ich zugeben will. Wenn er glaubt, ich hätte wegen Luca geweint, dann meinetwegen. Ich hasse ihn. Hasse ihn, hasse ihn, hasse ihn!

Wie ein Mantra versuche ich mir, dieses Gefühl einzuprügeln. Doch es funktioniert nicht. Ich kann mich nicht selbst belügen. Auch nicht in diesem Zustand. Die Waffe fällt aus meinen bebenden Händen. Hunter fängt sie auf und sichert sie, bevor er sie aus meiner Reichweite entfernt. Kraftlos sinke ich zu Boden.

»Ich habe versagt, Hunter.«

»Wenn du diesen Abend hier meinst, ja, das hast du tatsächlich.«

»Du has keine Ahnung davon, wie es is, wennan ganz allein aufser beschissenen Welt is. Wennan von alln verlassn wird.«

Erst, als ich die Worte gesprochen habe und Hunters bedeutungsschwangeren Blick erkenne, wird mir klar, dass es wohl niemanden gibt, der mich besser verstehen könnte als er.

LIAM

Sie erinnert mich an meine Frau. Wenn sie einen scheiß Tag hatte, verkroch sie sich mit einer Flasche Rotwein im Wohnzimmer und hatte diesen besonderen Blick. Es kam nicht oft vor, aber wenn, dann wusste ich, dass der Tag wirklich für den Mülleimer war.

Damals habe ich sie in den Arm genommen. Heute bin ich nicht mehr dazu fähig. Ich kann nicht trösten. Wenn es eines ist, was ich verlernt habe, dann das.

Alles in mir sträubt sich dagegen, auf Alecta zuzugehen. Abgesehen davon ist sie der Typ Frau, der nicht getröstet werden will … oder?

»Ich kann dich denkn hörn«, nuschelt sie und sieht zu mir hoch. Es ist ungewohnt, sie in einer defensiven Position zu sehen. Zu wissen, dass sie sich mir ausliefert.

»Kannst du nicht«, gebe ich monoton zurück. Sie legt den Kopf schief und grinst.

»Doch. Du weisch nich, wassu tun sollst. Schwache Fraun überfordern dich, sie wecken auf derein Seite dein Beschützerinstinkt, aufer andern lotsen se dich in unbekannte Gewässer. Gewässer, die du nie wieder befahren wolltst, richtig?«

Ich hasse sie dafür. Niemand kann mich lesen, niemand kann wissen, was in meinem Kopf vor sich geht, aber sie ist so knapp davor. Zu knapp. Widerstrebend hole ich ihr ein Glas Wasser von der Bar, reiche es ihr und sorge dafür, dass sie jeden Tropfen schluckt. Ich setze mich zu ihr, sodass wir uns ansehen, bevor ich ihr Kinn mit meinen Fingern umschließe und leicht zudrücke.

Aus ihren Augen sprühen Funken, wie so oft, aber heute ist noch etwas anderes dabei: Schwäche. Ich bin jemand, der schwache Menschen verabscheut, warum widert sie mich dann nicht an? Warum habe ich das Bedürfnis, dafür zu sorgen, dass ihr Vater gerächt wird, nur damit sie wieder die Alte wird?

»Du musst kein Interesse heucheln, Hunter. Geh einfach. Ich komm klar.« Das Wasser scheint zu wirken, ihre Aussprache nähert sich wieder der Normalität an.

»Kommst du nicht«, brumme ich, beuge mich nach vorn und küsse sie. Es ist falsch, sowas von verdammt falsch, weil ich damit gegen meine eigenen Regeln verstoße. Weit weg von Gefühlen, zu denen ich sowieso nicht mehr fähig bin. Weit weg von Dingen, die mich an eine andere Zeit erinnern. Verdammter Idiot.

Stöhnend presst sich Alecta gegen mich, rutscht auf meinen Schoß und umschlingt mich mit ihren Beinen. Ihr Kuss ist fordernd, wild und ungezähmt, wie sie. Aber heute ist etwas anders – sie ist nicht so abgeklärt wie sonst, nicht so distanziert, sondern gibt sich mir völlig hin. Das ist falsch, sowas von falsch. Die Grenzen verschwimmen.

Ich trage sie aus der Bibliothek zu ihrem Zimmer auf ihr Bett zu, aber anstatt gemeinsam mit ihr hineinzufallen, lege ich sie hin und schiebe mich von ihr weg.

»Hey, was soll das?«, zischt sie und versucht, nach meinem Shirt zu fassen. Ich packe sie an den Schultern und drücke sie in die Matratze. »Nein«, knurre ich und meine Stimme hört sich an, als käme sie aus den tiefsten Tiefen der Hölle.

Sie verharrt kurz, kneift die Augenbrauen zusammen.

»Nein?«

»Du weißt, dass es keine gute Idee ist. Nicht nach zwei Flaschen Rotwein, die dich verweichlichen. Du würdest es spätestens morgen bereuen.«

»*Du* bist der Vernünftigere von uns beiden? Hast du Fieber?«

Scheiße, sie hat mich an den Eiern und merkt es nicht einmal. Danke an den Alkohol. »Schlaf deinen Rausch aus.«

»Sag, dass du mich nicht willst«, hält sie dagegen und fixiert mich wie der Adler seine Beute. Mein Instinkt rät mir, zu verschwinden, solange ich noch kann. Dass ich nicht bleiben sollte, weil es etwas zwischen uns verändern würde.

»Ich nutze deinen Vollsuff nicht aus, Süße. Ich will dich nüchtern.«

»Lügner«, sagt sie leise und packt mich am Kragen des Shirts. Ich hätte nie gedacht, dass sie bei ihrem Pegel zu so einer blitzschnellen Bewegung fähig ist, aber ich verliere den Halt und falle aufs Bett. »Alecta, verdammte Scheiße«, fluche ich, während sie sich über mich rollt und ihre Haare wie ein Vorhang zur Seite fallen. Mein Schwanz hat sich längst verselbständigt, als sie ihr Becken gegen mich drückt.

»Lass mich nicht allein schwach sein, Hunter. Nur heute Nacht.« Sie beugt sich nach vorn, verharrt mit ihren Lippen über meinen. Ihr heißer Atem streift mich, während sie ihre Hüften zu bewegen beginnt. Langsam, kaum merkbar, aber sie weiß genau, was sie damit anrichtet. »Wir reden niemals darüber. Aber lass uns heute Nacht nicht der eiskalte Navy Seal und die mörderische Waffenhändlerin sein, sondern Alecta und Liam.«

Liam. Sie nennt mich das erste Mal so. »Mein Name ist Hunter«, erwidere ich mit belegter Stimme.

Ihre Lippen streifen über meine, ihre Zunge folgt. »Mir gefällt Liam.« Sie fährt mit der Hand unter mein Shirt, tastet sich über meine Bauchmuskeln nach oben. »Gib auf. Ein einziges Mal.«

»Wir reden niemals darüber?«, frage ich rau und packe sie am Schopf.

»Niemals.«

Das ist der Moment, in dem ich weiß, dass ich verloren habe. Dass sie es geschafft hat, meinen Instinkt in die letzte Ecke meines Körpers zu drängen. Ich vergesse, wer ich bin, was ich getan habe, wozu man mich ausgebildet hat.

Ich ziehe ihren Kopf zurück, richte mich auf und presse sie eng gegen mich. Sie sitzt auf mir, krallt ihre Hände in meine Haare, während sie mich küsst. Hart und dennoch anders als sonst. Ich greife unter ihr Kleid, zerre am Slip, sodass er reißt. Sie drängt sich mir mit ihrer Nässe entgegen, stöhnt auf, als ich zwei Finger in sie schiebe. Ihre Berührungen werden ruppiger, sie reißt an meiner Hose, schiebt sie ungelenk nach unten. Währenddessen taste ich blind nach dem Nachtschrank, öffne die Schublade und fische ein Kondom heraus. Ungeduldig wartet sie, bis ich das Gummi übergestreift habe. Ihr Atem kommt in hektischen Stößen, als sie nach meinem Schwanz greift und ihn tief in sich aufnimmt.

»Liam«, keucht sie, beginnt sich auf mir zu bewegen. Meinen Namen aus ihrem Mund zu hören, weckt ein primitives Verlangen in mir, das ich eigentlich vor Jahren endgültig begraben hatte: Zugehörigkeit. Zu einer bestimmten Person, die damit leben kann, wer ich bin und was ich getan habe. Die das Verdorbene und Mörderische in mir erkennt, aber dennoch auf mich zukommt, anstatt die Flucht zu ergreifen. Ich packe sie am Arsch, drücke sie fester zu mir. Wieder und wieder taucht ihre Zunge in meinen Mund, Alecta gibt die Führung vor und ich lasse sie.

Sie schreit auf, lässt sich nach vorn kippen, sodass ich sie mit meinem Oberkörper auffangen muss. Ihr Brustkorb hebt und senkt sich in schweren Stößen, ihre Beine zittern. Ich schließe die Augen, konzentriere mich auf mein kaltes

Inneres, aber so sehr ich mich anstrenge, es gelingt mir nicht, das Arschloch zu sein, zu dem ich geworden bin. Stattdessen überflutet mich ein intensiver Beschützerinstinkt. Ich will sie von Miller fernhalten. Nicht nur das … ich würde ihn in alle Einzelteile zerhacken, wenn es ihr das Leben rettet.

Das pure Verlangen überkommt mich, ich lasse es zu, nach unten zu fallen. In einer ruckartigen Bewegung wirbele ich sie herum, sodass ich über ihr bin. Sie stöhnt auf, als ich mich tief in ihr versenke, mich wieder zurückziehe und erneut in sie stoße.

»Sag es«, verlange ich keuchend, packe sie am Kinn und zwinge sie so, mich anzusehen. »Sag meinen Namen.«

Es ist nicht Triumph, der in ihren Augen aufleuchtet, sondern pure Befriedigung. »Liam.« So leise, dass ich es kaum hören kann, aber es reicht aus, dass ich meinen letzten Rest an Vernunft fallen lasse.

Ich greife nach ihren Armen, drücke sie auf die Matratze, während ich sie fordernd nehme. Sie schlingt die Beine um mich, kommt mir entgegen. Ich verliere das Gefühl für Zeit und Raum, nehme jedes noch so kleine Zucken von ihr in mich auf, versteife mich, als sie sich versteift.

Ihr Innerstes verkrampft sich, als sie mit einem langgezogenen Schrei kommt. Funken flackern vor meinem inneren Auge auf, ich ramme mich ein letztes Mal in sie, bevor ich ihr folge.

Ehe ich sie mit meinem Gewicht erdrücken kann, rolle ich mich zur Seite und ziehe sie mit mir.

Minuten vergehen und je länger ich bleibe, umso mehr laufe ich Gefahr, einen verdammten Fehler zu begehen. Und Liam Hunter begeht keine Fehler.

Es ist genug.

Wenn ich nicht so schnell wie möglich wegkomme, passiert das, wovor ich mich seit Jahren selbst schütze: so zu werden wie ich als Ehemann und Vater gewesen bin.

Ich schiebe Alecta von mir, drücke sie in die Kissen und gebe ihr einen letzten Kuss. »Wir sprechen niemals darüber«, raune ich, und ziehe ihr die Decke über den Körper, bevor ich aufstehe. Ich entsorge das Gummi im Mülleimer, schließe die Hose und streife mein Shirt glatt.

»Hunter?«, haucht sie. Ihr fallen fast die Augen zu, aber sie denkt dennoch nicht daran, mit dem Reden aufzuhören.

»Schlaf deinen Rausch aus.«

»Nein, bleib stehen.«

Ich gehe weiter, der Instinkt leitet mich, bringt mich weg aus der Gefahrenzone. Als ich den Türgriff bereits in der Hand halte, treffen mich ihre Worte wie eine Salve aus einem Maschinengewehr. »Ich will, dass du bleibst. Nicht als mein Elitesoldat … sondern als der Mann, der in mir mehr sieht als nur eine Waffenhändlerin. Ein Mann, der bereit ist, dieses Leben mit mir zu teilen.«

Sprich nicht weiter.

Sag es nicht.

Hör auf.

Ich sollte sofort aus dem Raum verschwinden, aber ich kann nicht, ich fühle mich wie festgewurzelt. Mein Herz pocht dumpf in meinem Brustkorb, erinnert mich daran, dass genügend Blut in meinem Kreislauf vorhanden ist.

»Ein Mann, der mich vielleicht irgendwann lieben kann.«

Meine Stimme hört sich fremd an, als ich sie wiedergefunden habe. »Dieser Mann bin nicht ich. Du bist betrunken, schlaf, morgen denkst du anders darüber. Millers Tochter wartet auf dich.«

Sie hat keine Zeit zu antworten, ich verlasse das Zimmer und verschwinde auf dem schnellsten Weg in mein eigenes. Scheiße, was ist nur mit mir los? Das bin nicht ich. Je schneller ich wieder zu meinem wahren Ich zurückfinde, umso besser. Auch wenn in diesem Moment meine Frau und meine Tochter vor meinem inneren Auge erscheinen und genau das Gegenteil bewirken wollen.

Der einzige Grund, weshalb Miller mich den Wölfen ... oder besser gesagt, der Wölfin ... zum Fraß vorgeworfen hat, sitzt unten im Keller.

Evelia Fields, seine einzige Tochter, die in Zusammenhang mit seiner Akte nirgends namentlich erwähnt wird. Natürlich, um sie zu schützen. Sein Problem ist seine Arroganz. Er dachte wohl, ich finde es nie heraus.

Ich stehe vor dem Kleiderschrank, hole eine olivgrüne Hose und ein schwarzes Shirt heraus. Es ist zehn Uhr und von Alecta ist noch nichts zu hören. Ich will nicht wissen, wie sich ihr Kopf heute anfühlt. Dennoch verlasse ich mein Zimmer und gehe zu ihr. Ich trete ein, ohne zu klopfen, aber anstatt sie in ihrem Bett vorzufinden, steht sie vor der Fensterfront und starrt über die Skyline der Stadt. Sie trägt einen langen Morgenmantel, die Haare liegen glatt über ihren Rücken.

»Hunter«, sagt sie ruhig, ohne sich umzudrehen.

Ich komme näher, stelle mich neben sie und lasse meinen Blick über ihre Erscheinung schweifen. Man sieht ihr den Alkoholpegel der letzten Nacht kaum an, nur der glasige Blick zeugt davon.

»Alecta«, gebe ich zurück.

»Was tust du hier?« Ihre Stimme klingt kühl und abgeklärt, kein Vergleich zur letzten Nacht. Sehr gut, sie hat sich wieder gefangen.

»Es wird Zeit, Millers Tochter zu verhören.«

Sie atmet tief durch. »Hunter ... gestern ...«

»... ist nie passiert.«

Sie hebt den Kopf und sieht mich an. Es ist zwar die gewohnte Härte in ihren Augen zu erkennen, aber irgendetwas irritiert mich. Ihr Grün wirkt nicht so stechend wie sonst, das Braun wärmer. »Gut. Dann sind wir uns einig. Knöpfen wir uns seine Tochter vor.«

Sie wirft sich eine Tablette ein und trinkt irgendein widerlich aussehendes Gebräu aus, bevor sie in ihrem begehbaren Kleiderschrank verschwindet. Ich rechne damit, dass es viel zu lange dauern wird, stattdessen steht sie nach wenigen Minuten wieder vor mir – in einem weißen Top unter einer schwarzen Lederjacke und einer engen Jeanshose, die einige Blutspritzer davongetragen hat. Die Haare hat sie zu einem Pferdeschwanz gebunden, an ihrem Gürtel trägt sie eine Beretta. Ich ziehe eine Augenbraue in die Höhe. »Wir brauchen sie lebend.«

Keine Reaktion in ihrem Gesicht. »Man kann auch mit einem Steckschuss leben, Hunter.«

Ich folge ihr nach unten in den Keller. Als Alecta den Raum öffnet, höre ich einen Schrei, kurz darauf einen wüsten Fluch. »Lass deine scheiß Finger von mir, du Wichser!«

Alecta wirft mir einen vielsagenden Blick zu. »Ganz der Vater, hm? Niveaulos eben.«

Auf den ersten Blick erinnert sie mich an die klassische Beauty – lange, blonde Haare, ebenmäßige Gesichtszüge und Modelmaße – da sie aber auf ihren Personenschutz verzichtet hat, steckt wohl eine kleine Rebellin in ihr.

»Warum hast du keine Angst, Süße?«, will Alecta wissen, als sie auf die junge Frau zugeht und den Leibwächter mit einer entnervten Handbewegung zur Seite bugsiert.

Evelia bläst sich die Haarsträhnen aus dem Gesicht und blickt sie wütend an. Ihre Unterlippe zittert, während sie an den Fesseln zerrt. Ich halte mich im Hintergrund, warte ab, wie es sich entwickelt.

Als Blondie ihr keine Antwort gibt, holt Alecta mit der Waffe aus und trifft sie an der Wange. Ihr Kopf wird zurückgeschleudert, ein Stöhnen dringt aus ihrem Mund. »Bitch«, keift sie, reißt den Kopf wieder zur Seite und spuckt ihr ins Gesicht.

Das könnte interessant werden. Ich hätte damit gerechnet, ein verheultes Bündel vorzufinden, stattdessen scheint in ihr mehr Kampfgeist zu stecken, als ich angenommen habe.

Alecta wischt sich mit dem Ärmel seelenruhig über das Gesicht, bevor sie die Waffe entsichert und sie gegen Evelias Stirn hält. »Vergiss nie, mit wem du hier Spielchen spielst, meine Süße. Es ist mir scheißegal, ob ich dich in einem Sarg oder vielleicht sogar in Einzelteilen an Daddy ausliefere, verstanden?«

Es ist der Unterton in der Stimme, der mir eine Gänsehaut über den Rücken gejagt hätte, wenn ich Alecta fürchten würde. Und scheinbar wirkt es auch bei der Kleinen. Sie presst die Lippen zu einer schmalen Linie zusammen und sagt kein Wort mehr.

»Du wirst mir alles über deinen Vater erzählen. Jedes noch so kleine Detail. Wenn ich merke, dass du lügst, schneide ich dir einen Finger ab. Bei zehn Lügen mache ich mit deinen Zehen weiter.«

»Frank wird dich eiskalt umlegen lassen. Du hast keine Ahnung, mit wem du dich da anlegst«, zischt sie.

Alecta lächelt. »*Er* hat keine Ahnung, mit wem er sich anlegt, Süße. Misch dich nicht in die Angelegenheiten der Erwachsenen ein. Also … dein Vater. Warum jagt er mich wirklich? Und wieso nennst du ihn Frank?«

Obwohl es unwahrscheinlich ist, dass dieses Arschloch seine Tochter eingeweiht hat, ist sie derzeit mein einziger Anhaltspunkt. Irgendetwas muss sie wissen. Sie *muss* einfach.

Sie schnaubt. »Er redet nicht mit mir über seinen Job und warum ich ihn so nenne, ist wohl meine Sache.«

Ich ahne Böses, aber ich würde erst dazwischen gehen, wenn es feststeht, dass sie sterben könnte. Ich brauche sie noch.

Alecta winkt den breiten Typen zu sich und nimmt den Zigarrenschneider entgegen – als hätte er Gedanken lesen können. Als Evelia bewusst wird, was ihr droht, fängt sie an, zu brüllen. Der Leibwächter hält sie fest, damit sie nicht zucken kann, während Alecta ihr mit einer blitzschnellen Bewegung den kleinen Finger abzwickt. Ein spitzer Schrei jagt durch den Raum, Blut fließt. Alecta deutet dem Typen, dass er sie wieder loslassen kann, und er zieht sich zurück.

Eine Mischung aus Schluchzen und Stöhnen dringt aus Evelias Mund. Alecta packt sie am Schopf und zieht ihren Kopf nach hinten, bevor sie ihr Gesicht nahe an ihres bringt. »Lüge Nummer eins. Zweite Chance: warum jagt er mich? Inwiefern ist er an der Ermordung meines Vaters beteiligt gewesen?«

Ihr Atem kommt in schweren Stößen, es wird nicht mehr lange dauern, bis sie hyperventiliert. Langsam gehe ich auf die beiden zu und sehe Alecta herausfordernd an. »Ich bin dran.« Ich weiß, dass sie die Kontrolle nicht abgeben will. Dass sie nur darauf wartet, noch mehr Blut fließen zu lassen, aber das ist in diesem Fall der falsche Weg.

Alecta zuckt mit den Schultern. »Wenn du meinst.«

Sie tritt einen Schritt zurück und überlässt mir die Show. Ich fasse Evelia am Kinn und zwinge sie, mich anzusehen. Ihre Augen sind blutunterlaufen, ihre Lippen leicht aufgerissen. »Du Arschloch«, flüstert sie, »hast mich gestern entführt.«

Ich fahre mit dem Daumen über ihre Unterlippe. »Ich werde noch viel Schlimmeres mit dir anstellen, wenn du nicht mit uns kooperierst. Also, warum jagt er die Mafiabraut?«

Sie presst die Lippen zusammen und schüttelt den Kopf. Das erste Mal sehe ich so etwas wie Angst in ihren Augen aufblitzen. »Ich kann nicht.«

Jetzt wird es interessant. »Du kannst nicht, weil dir sonst schlimmere Konsequenzen als diese Folter hier drohen, richtig?«

Sie sagt nichts mehr, sieht zur Seite und scheint einen Punkt an der Wand zu fixieren.

»Okay, wir können es recht schmerzlos, aber auch sehr schmerzvoll erledigen. Nach dir finde ich deinen Vater und massakriere ihn über Wochen. Danach folgt irgendjemand, der dir wichtig ist. Ich finde alle, die dir etwas bedeuten.«

Sie kann die Panik in ihren Augen nicht mehr verbergen. Es geht um so viel mehr als nur die Bestrafung durch ihren Vater, wenn sie redet. Irgendetwas stimmt hier nicht. »Wurde sie auf Peilsender untersucht?«, frage ich Alecta, ohne sie anzusehen.

»Natürlich, was glaubst du denn? Dass wir Leute einfach ohne Untersuchung hier behalten?«

»Dann ist es etwas anderes«, flüstere ich und greife nach dem Saum ihres weiten Shirts.

»Nein!«, schreit Evelia auf, beginnt sich zu winden wie ein Fisch auf dem Trockenen.

»Halt sie fest«, knurre ich und Alecta tritt hinter sie, legt den Arm um ihren Hals und drückt zu. Nach Luft ringend lassen die zappeligen Bewegungen nach, sodass ich das Shirt aufreißen kann. »Wir müssen sie am ganzen Körper untersuchen. Wenn es kein Peilsender ist, dann etwas anderes.«

»N-Nein«, keucht sie und ich deute Alecta mit einer Kopfbewegung, dass sie sie loslassen soll. Evelia saugt die Luft tief in ihre Lungen und hustet ein paar Mal gequält auf. »Nicht ausziehen.«

Die nackte Panik in ihren Augen lässt mich glauben, dass sie misshandelt wurde. Auf irgendeine Art und Weise.

»Dann sag mir, was du vor uns verheimlichst.«

Als sie die Augen schließt, weiß ich, dass sie sich ergibt. »Die Rippen auf der rechten Seite.«

Ich ziehe den Stoff des zerrissenen Shirts zur Seite.

Ein heftiger Schlag durchzuckt mich und ich lasse von ihr ab.

Eine winzige Tätowierung an ihren Rippen. Zwei Punkte und ein S.

»Scheiße«, fluche ich und werfe Alecta einen Blick zu. Sie stellt sich neben mich, kneift die Augen zusammen und starrt auf die Stelle. Ich rechne mit einem Wutausbruch, einem

Schrei, aber nichts. Alecta ist völlig ruhig, als könne ihr diese Enthüllung nichts anhaben.

Es dauert eine gefühlte Ewigkeit, bevor sie mich ansieht. »Langsam ergibt alles einen Sinn«, flüstert sie. »Miller will mich nicht aus dem Weg geräumt haben, weil ich dem FBI und damit den USA schade.«

Ich schnaufe tief durch. Jetzt wird mir auch klar, warum der Auftrag so dringend war. Warum ich alles über Alectas Machenschaften herausfinden soll, bevor ich sie töte. »Sondern weil du die Guerilla belieferst, die sich gegen das Sinaloa-Kartell zur Wehr setzen. Gegen das Kartell, zu dem Miller und seine Tochter gehören.«

ALECTA

Ich war blind. Wieder einmal. Doch so langsam kommt Licht ins Dunkel. Mir hätte gleich klar sein müssen, dass Millers Versessenheit, meine Familie und mich zu zerstören, nicht nur seinem Job verschuldet ist. Sicher haben wir unsere Differenzen mit dem Staat, aber hier geht es um weitaus mehr. Es ist persönlich.

Das Sinaloa-Kartell hat Mexiko in der Hand, doch die Widerständler werden immer mehr und dank des Einsatzes meines Vaters und auch meiner Hilfe haben sie mittlerweile eine reelle Chance, sich zur Wehr zu setzen.

»Wie kommt es, dass so ein hübsches, kleines Ding wie du und ihr bestialisches Schwein von Vater Teil eines Kartells in Mexiko seid?«, überlege ich laut und mustere Evelia scharf. »Was haben treue Amerikaner davon, in den Machtkämpfen Mexikos mitzumischen?«

Sie schluckt. »Ich darf dazu nichts sagen. Ich kann es nicht. Und egal, wie oft ich beteuere, nichts damit zu tun zu haben, ihr werdet mir ohnehin nicht glauben«, flüstert sie und weicht meinem Blick aus.

»Komm schon, dein Daddy ist nicht hier«, ziehe ich sie auf. »Du hast bereits zu viel gesagt. Ein bisschen mehr, macht den Braten nicht mehr fett. Es könnte dir nur weiteres Leid ersparen.«

Ich nicke Alexander zu, dem Kerl, der mit den Schatten der Wände verschmolzen zu sein scheint und aufpasst, dass niemand ohne mein Einverständnis diesen Raum verlässt. Er macht einen Schritt in Evelias Richtung und sofort reißt sie ihre Augen auf und fängt an zu wimmern. »Mein Vater hat in seiner Tätigkeit beim FBI vor fünf Jahren mit der Drug Enforcement Administration zusammengearbeitet. Bei einer Razzia konnte er Kontakte zum Kartell knüpfen und sich seither dort ein Netzwerk aufbauen.«

»Und gleichzeitig die Einmischung des FBI steuern«, murmele ich. »Was für Schwachköpfe arbeiten bei der DEA, dass sie die Lunte nicht riechen?«

Evelia senkt den Blick, eine Träne läuft über ihre Wange. Es muss schlimm sein, seine Liebsten zu verraten. Doch sie ist schwach. Aus mir konnte bisher noch niemand Informationen über meine Familie herauskitzeln. Und es haben schon einige versucht.

»Also ist Miller dem Kartell beigetreten, weil er *was* hat? Ein Faible für Drogen? Oder ist er nur auf das Geld aus?«

Hunter schüttelt den Kopf. »Ja, das passt zu ihm. Das Gehalt eines Special Agents scheint ihm wohl nicht ausreichend zu sein.«

Ich verstehe, dass Miller alles daran setzt, mich von der Bildfläche verschwinden zu lassen. Es erklärt auch, wieso mein Vater sterben musste. Eine Frage bleibt dennoch unbeantwortet.

»Wer ist Agent 211?«

Die junge Frau vor mir zuckt zusammen, als hätte ich sie mit einer Peitsche geschlagen. »Ich sagte bereits, mein Vater spricht nicht mit mir über Einzelheiten seines Jobs.«

Ich setze den Zigarrenschneider an ihrem Ringfinger an.

»*Nein*!«, kreischt sie und eine weitere Träne läuft über ihr vor Panik verzerrtes Gesicht. »Nein, bitte! Ich habe keine Ahnung! Ich kenne die Agents nicht, die unter dem Kommando meines Vaters stehen. Bitte!«

»Alecta.« Eine große Hand legt sich auf meinen Arm, übt

einen sanften, aber bestimmten Druck auf meine Haut aus. »Sie weiß es nicht.«

Wütend starre ich Millers Balg an.

Sie sagt nicht die Wahrheit. Ich erkenne es in ihren Augen. Mein Verlangen ist groß, ihr weitere Körperteile abzuschneiden und jedes einzelne als Geschenk verpackt an ihren Vater zu senden. Wie gern würde ich sehen, wie ihm sämtliche Gesichtszüge entgleiten. Wie er aussieht, wenn er realisiert, dass er gerade das Wichtigste in seinem Leben verliert. So wie ich meinen Vater verloren habe. Aber ich ahne, dass ein Verhör mit ihr allein weitaus gewinnbringender ist, als sie jetzt zu foltern.

»Alecta!« Hunters Stimme ist schneidend.

»Scheiße!« Ich schleudere den Zigarrenschneider gegen die Wand. Er knallt gegen harten Stein und fällt klirrend zu Boden.

»Oh Gott«, flüstert Evelia, sackt kreidebleich und kraftlos auf dem Stuhl in sich zusammen.

»Sorg dafür, dass sie nicht verblutet«, weise ich Alexander an. Er nickt knapp und ich stürme auf die Tür zu, stoße sie auf und renne die Treppe nach oben.

Hunter folgt mir. »Alecta, wir müssen reden.«

»Wenn du mir nicht sagen kannst, wer sich hinter den Ziffern 211 versteckt, gibt es nichts, worüber wir reden müssten«, antworte ich, ohne stehenzubleiben.

»Das ist genau das, worüber ich –«

Mein Smartphone vibriert. Ich hebe die Hand und schneide Hunter mitten im Satz das Wort ab, während ich auf den grünen Hörer drücke und dran gehe. »Luca. Dein Anruf ist mehr als ungünstig.«

»Ich habe Neuigkeiten, die dich interessieren«, vernehme ich seine warme Stimme am anderen Ende der Leitung und ein Stich durchfährt meine Brust. Er wirkt aufgeregt. So, als hätte er eine Entdeckung gemacht, die mir überhaupt nicht gefallen wird.

»Bist du nicht längst in Deutschland?«, frage ich schneidend, erinnere mich nur zu gut an den Moment, in dem er mich allein gelassen hat. Warum ich ihm das durchgehen ließ, weiß ich bis heute nicht.

»Ich sagte, ich brauche Abstand und nicht, dass ich meine Pflichten dir gegenüber vergesse.«

»Was hast du für mich?« Es gelingt mir nur bedingt, mir nicht anmerken zu lassen, dass er mir fehlt.

»Ist Hunter bei dir?«

Mein Blick gleitet zu dem Mann hinter mir, der mich abwartend beobachtet.

»Ja, wieso?«

Luca zieht hörbar die Luft ein. »Verschwinde sofort aus seiner Nähe.«

»Warum sollte ich das tun?«

»Verdammt, Alecta, willst du es nicht sehen? Liam Hunter ist Agent 211. Der Mann, der deinen Vater getötet hat!«

»Woher weißt du das?«, flüstere ich. Hunters Gesichtsausdruck verändert sich. Mit hochgezogener Augenbraue lässt er die Arme sinken. Er muss spüren, dass ich unruhig bin. Ich schließe kurz die Augen und sperre meine Emotionen hinter eine Maske aus Kälte. Genau so, wie ich es gelernt habe.

»Du hast deine Kontakte und ich habe meine. Ich weiß, ich habe ihn gestern noch verteidigt. Er hat uns alle getäuscht. Das ist die Wahrheit, Alecta, sonst würde ich dich nicht damit belästigen.«

Es passt alles zusammen. Er hat es mir sogar gesagt. Hunter war für das FBI tätig. Ist es vielleicht immer noch.

Wie naiv bist du eigentlich? Seit Hunter hier aufgetaucht ist, läuft einfach alles schief. Das Erbe meines Vaters schlittert gerade zielsicher den Bach runter. Und ich setze mein Vertrauen immer wieder in die falschen Männer. Erst Moussa und jetzt auch noch Hunter …

»Wo bist du?«

»In zwei Stunden geht mein Flug zurück nach Amerika.«

»Danke, Luca.« Wenigstens auf ihn kann ich mich verlassen. Ich trenne die Verbindung und lasse meine Hand, die das Smartphone krampfhaft umklammert, langsam sinken.

»Was ist passiert?«, fragt Hunter und grinst. »Hat der kleine Barkeeper Probleme, den Weg nach Hause zu finden?«

Ich ignoriere seine Stichelei. Mir ist nicht nach Scherzen zumute. »Gibt es etwas, das du mir sagen möchtest, Hunter? Oder soll ich dich lieber Agent 211 nennen?«

Seine Augen verengen sich zu Schlitzen und er presst seine Lippen zu einer harten Linie zusammen. Sein Schweigen sagt mehr als tausend Worte. Übelkeit steigt in mir auf. Doch ich brauche Gewissheit. Ich muss endlich die Wahrheit hören. Aus seinem Mund.

»Hast du meinen Vater getötet?«, flüstere ich. Ich weiß nicht, ob er den Unterton, der meiner zittrigen Stimme mitschwingt, hören kann. Die Hoffnung, dass es nicht wahr ist und Lucas Informant gelogen hat.

»Nein.«

Mein Herz schlägt wild in meiner Brust, doch ich wage es nicht, vor Erleichterung laut aufzuatmen.

»Wo warst du am fünfundzwanzigsten Juni vor drei Jahren?«

»Im *La Bellezza*.« Der Club meines Vaters. Er war dort. Ich erwarte, dass er aus der Rolle läuft, mir irgendetwas bietet, an dem ich festmachen kann, dass er schuldig ist. Aber da ist nichts in seinen Augen. Einfach nichts.

»Bist du Agent 211?«

Er zögert.

»Verdammt, Liam!«, schreie ich fast. Mein Blick verschleiert sich, doch ich schlucke die Tränen tapfer herunter. »Glaubst du nicht, ich habe die Wahrheit verdient? Bist du Agent 211?«

Sein Blick hält meinem stand, Widerwille blitzt darin auf.

»Ja, aber ich habe deinen Vater nicht getötet.«

»Lügner!« Ich greife nach der Vase, die auf einer Kommode im Flur steht, und werfe sie nach dem Mistkerl. Er weicht geschickt aus und das Porzellan zerschellt an der Wand, zerspringt in tausend Einzelteile. Hunter hebt die Hände, dabei zeigen die Innenflächen zu mir. Er will mich beschwichtigen. Doch das ist mir scheißegal. Mein Fuß trifft ihn bereits mit einem gewaltigen Tritt in der Magengegend.

»Ich habe damals noch fürs FBI gearbeitet«, gibt er keuchend zu und krümmt sich, bevor er eine abwehrende Haltung einnimmt. Er blockt meine Schläge ab, bekommt meine Handgelenke zu fassen und zieht mich mit einem Ruck zu sich heran. »Scheiße, Alecta, hör mir zu!«

Doch ich denke nicht daran. Wütend stoße ich meine Hüfte nach hinten und gleichzeitig meine Arme nach unten, entkomme so seinem Griff. Wir stolpern ein paar Schritte auseinander, fixieren uns erneut, wie Raubtiere, die um ihr Revier kämpfen.

»Antonio Ricciardo«, ruft er plötzlich aus, als ich schon zum nächsten Angriff übergehe und meine rechte Faust nur haarscharf an seiner Wange vorbei zischt. Einen Augenblick später packt er meinen Arm und verdreht ihn auf dem Rücken. Ein schmerzhaftes Ziehen in der Schulter lässt mich aufschreien.

»Antonio Ricciardo«, wiederholt er. Seine Lippen sind dabei so nah an meinem Ohr, dass ich seinen heißen Atem spüren kann. »Er war mein Ziel. Doch ich war zu spät, sie waren beide schon tot, als ich ankam.«

Ich erinnere mich an Antonio. Er war ein einflussreicher Geschäftspartner meiner Familie, zog die Fäden seiner Spielfiguren von Italien aus. Einmal im Jahr kam er nach Atlanta, um mit meinem Vater einen Jahresplan aufzustellen. Sie starben in derselben Nacht. Unwahrscheinlich, dass das FBI die Gunst der Stunde nicht nutzt, um beide Mafiabosse auf einen Streich zu töten. Wer hätte sonst die Eier in der Hose, sich den Hass von zwei Familien auf sich zu ziehen?

»Ich glaube dir nicht!«

Blitzschnell greife ich mit der freien Hand an meinen Gürtel, ziehe die Beretta, doch ich bin nicht schnell genug. Hunter befördert die Waffe mit einem gezielten Tritt aus meinen Fingern und ich kann nur zusehen, wie sie über die Fliesen schlittert und außerhalb meiner Reichweite liegen bleibt.

Ich hebe die Hand, will ihn schlagen, aber er wehrt ab und meine Faust landet in meinem eigenen Gesicht. Ich spüre, wie meine Lippe aufplatzt und etwas Warmes mein Kinn hinunter läuft. Ein metallischer Geschmack breitet sich in meinem Mund aus und ich spucke etwas benommen eine Ladung Blut auf den Boden. Hunter zieht seine eigene Waffe und drückt sie mir von unten gegen den Kiefer.

»Bleib, wo du bist, Rico, oder deine Prinzessin wird sterben«, brüllt er, und erst jetzt registriere ich meinen Leibwächter, der mit gezogener Waffe im Flur aufgetaucht ist.

»Na los, Hunter«, zische ich. »Töte mich, so wie du auch meinen Vater getötet hast.«

Ricos Gesicht verliert jegliche Farbe. Er zögert und Hunter nutzt die Chance, um mit einem Fußtritt die nächstliegende Tür zu öffnen und mich in den Raum zu bugsieren. Es ist die Küche. Er stößt mich von sich, sodass ich hart gegen den Küchenblock pralle und zu Boden sacke, während er hastig die Tür mit einem der Mahagonistühle verbarrikadiert.

Mühsam rappele ich mich auf, stolpere ein paar Schritte von dem Verräter zurück.

Mein Blick fällt auf den Messerblock. Hunter scheint meine Gedanken zu lesen, denn er springt gleichzeitig mit mir nach vorn. Ich, um mir eines der Messer zu schnappen, er, um mich genau daran zu hindern. Ich bin schneller. Meine zitternden Finger legen sich um den Griff, ziehen die

Klinge aus dem Block und in der gleichen Bewegung wirbele ich herum und verpasse Hunter einen blutigen Schnitt auf der Wange. Zischend stößt er die Luft aus, packt mich und schlägt meinen Arm so lange gegen einen Küchenschrank, bis ich vor lauter Schmerzen gezwungen bin, das Messer fallen zu lassen.

Er dreht mir die Arme auf den Rücken, hält meine Gelenke mit einer Hand umklammert, während sich die andere in meinen Haaren verfängt und in meinen Hinterkopf krallt.

»Ich verabscheue dich, Hunter«, fluche ich, während er mich zu einem der anderen Stühle, die um den Esstisch herum stehen, schleift, niederdrückt und meine Hände mit Kabelbinder an den Stuhl fesselt, die irgendjemand auf dem Tisch liegen gelassen hat. Vermutlich Rams, der sich immer welche besorgt, um dem Kabelsalat unter seinen Schreibtischen Herr zu werden.

»Ach ja?« Er tritt keuchend ein paar Schritte zurück. »Gestern hast du noch gesagt, dass du mich liebst.«

Ich beiße mir auf die Lippe und bereue es augenblicklich. Der Schmerz der offenen Wunde lässt mich stöhnen.

»Anscheinend habe ich Hass mit Liebe verwechselt«, keife ich und zerre an meinen Fesseln, doch je mehr ich mich bewege, desto tiefer schneidet sich das Plastik in meine Haut. »Beide Gefühle liegen nah beieinander.« Ich verfluche mich selbst. Dass ich mich vergangene Nacht so gehen ließ und Dinge sagte, die ich nicht mehr zurück nehmen kann. Gefühle offenbarte, die mir nun die ganze Operation versauen. Mein ganzes Leben.

Hunter seufzt und lehnt sich gegen die Küchenarbeitsplatte. »Ich habe deinen Vater nicht getötet, Alecta.«

Ein abfälliges Schnauben entweicht mir. Sein Leben ist in meinen Augen keinen Pfifferling mehr wert. »Warum bist du wirklich hier?«

»Das weißt du.«

Ich schüttele den Kopf. Vor der Küchentür ist es erstaunlich ruhig. Rico wird einen anderen Weg suchen, um mich aus Hunters Gewalt zu befreien. Ich muss den Scheißkerl nur weiter beschäftigen. »Miller hat dir aufgetragen, mich umzubringen. Warum?«

Hunter fährt sich mit der Hand über die Augen und wirft einen misstrauischen Blick zur Tür. Er scheint der Stille auch nicht zu trauen. »Das sagte er nicht. Und ich habe nicht gefragt. Dass das FBI illegalen Waffenhandel stoppen will, reichte mir als Erklärung.«

»Aber du bist ausgestiegen. Oder war das auch nur ein Trick?«

Er schüttelt den Kopf. »Nein. Miller versprach mir für einen letzten Einsatz den Einblick in eine Akte. Die Akte über den Tod meiner Familie.«

»Aber du hast deinen Auftrag nicht ausgeführt.«

»Und auch keine Akte erhalten. Zumindest nicht von Miller. Sondern von dir.«

»Also hast du die Seite gewechselt.« Ich merke selbst, wie meine Stimme vor Ironie trieft.

Ein kleines Lächeln umspielt seine Lippen. Es wirkt unecht und lässt ihn müde aussehen. »Wie heißt es so schön: Der Feind meines Feindes ist mein Freund. Miller hat meine Familie umbringen lassen. Ich schulde ihm gar nichts.«

Ich weiß nicht mehr, was ich noch denken soll. Auf der einen Seite will ich ihm glauben. Sehr sogar. Doch auf der anderen habe ich in den letzten Tagen so viel Verrat erlebt, dass ich nicht bereit bin, mich erneut verarschen zu lassen.

»Das reicht mir nicht, Hunter. Beweise es!«

Geräusche vor der Tür werden laut. Hunters Blick gleitet zum Fenster. *Nein, er darf mir jetzt nicht entwischen!*

»Hunter«, sage ich eindringlich. »Wer hat meinen Vater getötet, wenn nicht du?«

»Ich weiß es nicht.« Sein Ausdruck bleibt starr. Ein Typ wie er wird vermutlich niemals Mitleid empfinden.

»Liam«, versuche ich es noch einmal, flüstere seinen Namen. »Wenn du jetzt gehst, kann ich dir nicht länger vertrauen. Dann wird der Jäger zum Gejagten.«

Etwas schlägt gegen die Tür und lässt sie in ihren Angeln erzittern.

»Das entscheidet der Jäger selbst«, knurrt Hunter, greift nach seiner Waffe und bevor ich realisiere, was er vorhat, spüre ich den harten Lauf an meinem Kopf und versinke in völliger Dunkelheit.

»Miss Di Salvo?«

Wie aus weiter Ferne dringt die tiefe Stimme meines Bodyguards zu mir durch. Ich wabere durch einen Nebel, der sich nur mühselig lichtet. Nach und nach kommen die Erinnerungen zurück und mit ihnen höllische Kopfschmerzen. Die bequeme Unterlage verrät mir, dass ich mich nicht länger auf einem Stuhl in der Küche befinde, sondern auf einem Sofa. Und Hunter ist fort.

»Miss Di Salvo, können Sie mich hören?«

Ich stöhne zustimmend und zwinge mich dazu, die Augen zu öffnen. Es gelingt mir, blinzelnd zwar, da mich das Deckenlicht blendet, doch mein Blick klärt sich relativ schnell.

»Hunter«, murmele ich. Meine Stimme klingt wie ein krächzender Vogel. »Habt ihr ihn erwischt?«

Rico nickt und verzieht das Gesicht zu einer mürrischen Fratze. »Ja, Miss. Hier.« Er hält mir ein Glas mit Wasser hin und ich spüre nur allzu deutlich, wie trocken meine Kehle ist. Dankbar nehme ich es entgegen und trinke vorsichtig einen Schluck.

»Wo ist der Mistkerl?«

»Wir haben ihn in den Kellerraum neben Miss Fields gesperrt. Ich konnte ihn mit meiner Schusswaffe am Bein verletzen, als er aus dem Fenster geklettert ist. Alexander operiert ihm soeben die Kugel heraus.«

Oh, ich weiß genau, was es heißt, wenn Alexander etwas *operiert*.

»Ist es wahr?«, fragt Rico. »Hat er Mr. Di Salvo getötet?«

Ich seufze. »Er behauptet, dass er es nicht war.«

»Und glauben Sie ihm?«

»Nein.« Ich schüttele den Kopf. »Ein Unschuldiger hätte nicht versucht, zu fliehen. Alles spricht gegen ihn.«

Ricos Blick spiegelt nur allzu deutlich seine Abscheu wider. Ich weiß, was er von mir hören will. Auf welchen Befehl er wartet.

Durch seine Anwesenheit und die Erwartung, die er an mich stellt, bekomme ich wieder einen klaren Kopf und auch meine Sicherheit zurück. Ich bin Alecta Di Salvo, Tochter von Guiseppe Di Salvo, und ich unterstütze durch illegalen Waffenhandel die Rebellen in Mexiko. Meine Familie kämpft seit Jahren für Gerechtigkeit. Und wer sich uns in den Weg stellt, wird unsere Macht zu spüren bekommen. Hunter hat die Familie bedroht. Mehr als einmal. Damit kann er nicht ungestraft davonkommen.

»Sag Alexander, er soll Hunter einen Denkzettel verpassen«, bestimme ich mit fester Stimme. »Aber ich brauche ihn lebend. Er könnte mir gegen Miller noch nützlich sein. Und dann will ich ihm in die Augen sehen, wenn ich ihm persönlich den Schwanz abschneide.« Den Schwanz, der mich schon so oft weit über die Befriedigung hinaus getrieben hat. Während ich die Worte ausspreche, spüre ich, wie ich mein Selbstbewusstsein zurückerlange.

Rico grinst. »Sehr wohl, Miss.«

Ich habe mir einen Tag der Schwäche erlaubt und es hat uns allen nur geschadet. Das wird nicht noch einmal vorkommen. Meine Gefühle werden keine Chance mehr erhalten, die Oberhand zu gewinnen, sondern zurückgesperrt hinter eine eiskalte Fassade, die nie wieder einstürzen wird. Nie wieder.

»Ach, Rico? Sorge dafür, dass Miller den Finger seiner Tochter als Geschenk erhält. Er soll wissen, was passiert, wenn man sich mit der falschen Familie anlegt.«

LIAM

Es ist dunkel. Mein Körper fühlt sich an, als würde er nicht zu mir gehören. Ich versuche, die Augen zu öffnen, aber sie sind so schwer, dass es mir nicht einmal gelingt, sie einen Spalt aufzubekommen. Ich fühle etwas Weiches unter meinen Fingern. Eine Decke?

»Daddy! Aufstehen! Du hast versprochen, mir Pancakes zu machen«, trällert eine Stimme, die ich seit Jahren nicht gehört habe. Ich zucke zusammen, schaffe es, zu blinzeln. Meine Sicht ist verschleiert, aber ich kann den roten Lockenschopf deutlich erkennen.

Der Stoff sinkt ein, als das Mädchen auf das Bett hüpft und an meinem Bein rüttelt. »Heute mit Blaubeeren und viiiiiiel Soße«, quietscht sie.

Ich will etwas sagen, aber ich kann nicht. Sobald ich meinen Mund öffne und meine Stimmbänder nutzen will, ist da nur Stille. Wo bin ich? Was passiert hier?

»Daddy ist noch müde, Schatz. Lass ihn ein wenig schlafen, ich mache dir Pancakes.«

Gänsehaut kriecht über meine Arme, mein Herz schlägt so schnell, dass ich glaube, es sprengt gleich meinen Brustkorb. Die Konturen werden schärfer, als ich zur Seite sehe … und meine Frau neben mir liegt. Ella.

Das ist unmöglich. Bin ich tot? Wieder will ich etwas sagen, reiße den Mund auf, forme ein Wort, aber nichts. Ella beugt sich zu mir, die langen braunen Haare fallen mir teilweise ins Gesicht, als sie mich küsst. Sanft. »Bleib ruhig liegen, ich kümmere mich darum.«

Ich will meine Arme heben, meine Beine bewegen, aber ich bin gefangen in meinem eigenen Körper. Als wäre ich nur ein Zuschauer. Ella streicht mir mit dem Daumen über die Wange, drückt sich mit ihrem Körper an mich. Warm und weich, ihr typischer Duft nach Flieder steigt mir in die Nase. Früher habe ich ihn gehasst, irgendwann wurde er zu meinem Zuhause.

»Nach dem Frühstück komme ich wieder zu dir«, flüstert sie mir ins Ohr und streift mit den Fingern über meinen Oberkörper. Ein Kribbeln breitet sich von dort aus. »Dann kannst du mir zeigen, wie sehr du mich in den letzten Monaten vermisst hast.«

Der Klang ihrer Stimme trifft mich bis ins Mark. Sie küsst mich noch einmal, bevor sie aufsteht. Ich sehe ihr nach, als sie in ein übergroßes Hemd schlüpft und barfuß aus dem Schlafzimmer tapst. Was geschieht hier? Egal, welches Körperteil ich heben will, es gelingt mir nicht. Ich bin wie einbetoniert.

»Schatz, hol doch die Blaubeeren aus dem Gefrierschrank«, höre ich ihre Stimme, während sie eine Pfanne aus dem Schrank zu nehmen scheint. Junes Schritte verraten mir, dass sie auf ihre Mom hört – obwohl sie momentan eine der schlimmsten Trotzphasen hat.

Ein schweres Gewicht legt sich auf meine Brust, als ich an die letzten Minuten denke, die wir miteinander verbracht haben. Wäre ich nicht in diesen scheiß Supermarkt gegangen. Wäre ich nur Zuhause geblieben. Aber der rationale Teil in mir weist mich höhnisch darauf hin, dass der Killer gewartet hätte, bis ich wieder in den Einsatz verschwunden wäre.

Ein Poltern lässt mich aufhorchen. Noch immer kann ich mich nicht bewegen. Es fühlt sich an wie der schlimmste Albtraum meines Lebens.

»Ja, bitte?«, höre ich Ella.

Keine Ahnung, warum, aber mein Instinkt sagt mir, dass etwas nicht stimmt. Mir wird eiskalt.

Schreie.

Ein Schuss. Leise, weil derjenige nicht auf einen Schalldämpfer verzichtet hat.

Schritte.

Ein Weinen. *June,* will ich brüllen, aber noch immer kommt kein Laut über meine Lippen.

Das Klirren von Geschirr, als würde es auf dem Boden zerbersten.

Der nächste Schuss.

Dann wird alles schwarz.

Ich versuche, mich zu orientieren, als ich die Augen öffne. Mein Kopf ist schwer, meine Glieder scheinen mir nicht zu gehorchen. Als ich ein Bein bewegen will, fühlt es sich an, als würde es nicht zu mir gehören.

Sedativa.

Sie müssen mir etwas gespritzt haben.

Wahrheitsserum?

Ich konzentriere mich auf meine Atmung, blende den Fluchtinstinkt aus, der eine natürliche Reaktion auf eingesperrt sein ist. Atmen, atmen.

Ich habe June gesehen. Ich habe Ella gesehen. Sie waren nur ein Hirngespinst, aber dennoch so real, dass ich Probleme habe, meine Atmung zu normalisieren.

Die Umrisse werden klarer. Ich befinde mich in einem Kellerraum, der mich stark an meinen ersten Tag hier erinnert, aber die Wände sind dunkler, der Sessel, auf dem ich sitze, unbequemer. An den Wänden hängen keine Folterwerkzeuge, doch ich vermute, dass ich mich immer noch in der Villa befinde. Alecta hat mehr als ein Spielzimmer.

Ich bin nicht allein. Es ist kein Geräusch, das meine Aufmerksamkeit weckt, sondern ein schwacher Geruch nach Wein und etwas Fruchtigem.

»Du kannst aus deinem Versteck kommen. Wie du siehst, kann ich dir gefesselt nichts anhaben«, kommt es mir rau über die Lippen.

Meine Stimme hört sich fremd an, mein Mund ist ausgedörrt, aber ich würde hier niemandem die Genugtuung geben, nach Wasser zu betteln.

Ein Schaben ertönt, dann klackernde Geräusche, ehe Alecta in meinem Sichtfeld erscheint.

Sie trägt eine enganliegende schwarze Hose, die Füße stecken in Stiefeln. Das weiße Top passt nicht zu ihrer sonstigen dunklen Erscheinung. Etwas auf ihren Zügen hat sich verändert, ist härter geworden, als hätte sie Mühe, mir nicht augenblicklich das Messer ins Herz zu rammen.

»Du hast einen schweren Fehler begangen, Hunter, und ich verzeihe keine Fehler. Niemals.«

Sogar ihre Stimme hat einen schärferen Klang angenommen, aber sie bleibt äußerlich völlig ruhig, als könnte sie kein Wässerchen trüben.

Ich kneife die Augenbrauen zusammen. »Wenn du mich für schuldig hältst, warum beendest du es dann nicht gleich und ersparst mir das Geleier?«

Sie lächelt. So sanft, dass ein Laie ihr die Show abgekauft hätte. Ich hingegen erkenne am Schwung der Lippen den puren Wahnsinn. Sie ist bereit, zu töten, Rache zu nehmen. »Eine Viper spielt mit ihrer Beute, bevor sie ihr den Todesbiss verpasst. Sie sieht dabei zu, wie sie vor ihr erzittert. Die Viper lässt die Maus im Glauben, sie könnte noch fliehen.

Sie lässt die Maus sogar ein paar Yards nach vorne sprinten.« Ihr Gesicht ist so nahe an meinem, dass ich ihren Atem auf meiner Nase spüren kann. »Und wenn sich die Maus in Sicherheit wiegt, schnappt sie zu. Du hast die Viper gereizt, Hunter. Du hast sie nicht nur zum Narren gehalten, sondern auch geglaubt, du könntest sie verarschen.«

Nicht der Klang ihrer Stimme beginnt mich zu irritieren, sondern die Ruhe, mit der sie die Worte ausspricht. Als wäre sie voller Zufriedenheit. Als würde mein Verrat nur ein kleiner Fleck auf ihrem weißen Hemd sein.

Ich runzle die Stirn. »Du willst mich also foltern, bevor du mich beißt? Und du denkst, das überrascht mich?«

Wieder dieses Lächeln. »Es gibt so viel mehr Arten, jemanden zu foltern, als zu Messern und Peitschen zu greifen. Hat schon mal jemand in deinem Kopf herumgespielt, Hunter?«

Ich spanne die Kiefermuskeln an. »Komm auf den Punkt«, presse ich hervor und weiche ihrem Blick nicht aus.

Alecta seufzt auf. »Rache hat viele Facetten«, flüstert sie und streift mir ihrem Zeigefinger über meine Unterlippe, »und es hat ein wenig gedauert, bis ich die Wut hinten anstellen konnte, um die Sache klarer zu sehen. Es wäre viel zu gnädig, Miller eigenhändig umzubringen, selbst, wenn ich ihn wochenlang foltern würde. Es gibt nämlich eine Sache, vor der er sich mehr fürchtet als vor mir. Es gibt auch eine Sache, die dich viel härter treffen wird, als es körperliche Folter je könnte.«

Mein Herz setzt einen Schlag aus, ehe es in einem schnelleren Tempo weiterschlägt. »Das tust du nicht«, sage ich mit drohendem Unterton, »das wagst du nicht.«

Sie stützt sich auf den Lehnen ab und bringt ihr Gesicht ganz nahe an meines, sodass ihre Haare meinen nackten Oberkörper kitzeln. »Ich möchte eines von dir wissen, Hunter. Wie fühlt es sich für dich an, auf der falschen Seite zu stehen? Den falschen Kerlen in den Arsch zu kriechen, um *was* zu bekommen? Wirklich nur diese eine Akte oder geht es auch um viel Geld?«

»Bind mich los und ich zeige dir, wie es sich angefühlt hat, auf der falschen Seite zu stehen!«, brülle ich, sodass sie aufgrund der Lautstärke einen Schritt zurückweicht und in die Senkrechte kommt. Mein Körper zittert vor lauter Wut. Das ist es, wovor ich mich immer gefürchtet habe: dass die Emotionen mich eines Tages überrollen werden. Dass sie dafür sorgen, dass ich mich vergesse. »Ah, du traust dich nicht. Die mächtige Waffenlady scheißt sich in die Hosen. Du bist keine Viper, du bist die Maus, die vor ihr zittert.«

»Du hast verloren, sieh es ein und behalte wenigstens deine aufrechte Haltung bei.«

»Ich will meine Rache, Alecta«, knurre ich, »und du wirst sie mir nicht nehmen.«

Sie lächelt. So kalt, dass es mich kurz irritiert. »Du hättest mit offenen Karten spielen sollen, als dir bewusst geworden ist, dass du für die falsche Seite kämpfst. Stattdessen hast du mich belogen, mich ausspioniert, zum Narren gehalten.« Sie presst jedes einzelne Wort aus ihrem Mund. »Dafür verdienst du keine Belohnung. Dass ich dir den Namen des Mörders gegeben habe, war schon viel zu gütig.«

»Alecta … wage es nicht. Stell dich nicht zwischen mich und meine Rache!«, brülle ich, als sie in die gegenüberliegende Ecke geht und einen Fernseher auf einem fahrbaren Untersatz zu mir schiebt. Nein, das kann sie nicht tun. Das darf sie nicht tun.

»Ich wünsche dir viel Vergnügen mit dem Abendprogramm, Hunter … es wird die Schlagzeile werden, dass Special Agent Miller in Wahrheit Mitglied eines mexikanischen Drogenkartells ist. Wie es sich für ihn wohl anfühlen wird, in Untersuchungshaft zu wandern? Du weißt ja, wie verstreut die Mitglieder sind. Ich denke, auch in seinem Gefängnis findet sich der ein oder andere Sinaloa, der seine Freude mit Miller hat.« Sie leckt sich über die Unterlippe. »Ich habe mich in einem Punkt geirrt, Hunter. Nicht ich bin es, die Miller am meisten Angst einjagt. Es sind seine eigenen Leute, die ihn dafür meucheln werden, dass er aufgeflogen ist. Das ist meine Rache. Und bei Gott, es fühlt sich besser an, als das Wissen, ihn vielleicht irgendwann foltern zu können. Ich nehme ihm alles. Seine Freiheit, seinen Ruf, sein Leben … seine Tochter.«

Meine Kehle ist wie zugeschnürt. Das kann nicht ihr beschissener Ernst sein. Sie kann Millers wahre Identität nicht auffliegen lassen. Das kann sie nicht.

»Alecta«, fluche ich, als sie davonstöckelt, »du wirst es bereuen! Es ist keine rationale Entscheidung, die du triffst.«

»Glaub mir, Hunter, nichts war jemals rationaler als das.«

Und als sie geht, bricht meine Welt mit einem Schlag zusammen. Ich will ihn leiden sehen, ihm jedes einzelne Körperteil abhacken. Und das nimmt sie mir. Das Einzige, wofür es sich zu kämpfen gelohnt hat.

Ich sehe nur noch eine Möglichkeit, sie davon abzuhalten.

Eine Möglichkeit, die ich zuvor niemals in Erwägung gezogen hätte.

»Alecta!«, brülle ich, als sie im Inbegriff ist, durch die Tür zu spazieren. Sie bleibt stehen, dreht sich aber nicht um. Ich will diesen Schritt nicht gehen.

Das Arschloch, zu dem ich geworden bin, könnte es.

Der Mann, der ich irgendwann war, kann es nicht.

Dennoch bleibt mir keine Wahl. Ein Killer wie ich hat nicht nur ein Ass im Ärmel, sondern mehrere, wenn es zu Situationen wie solchen kommt. Ich atme die Luft in einem langen Zug ein, ehe ich sie langsam wieder aus meiner Lunge strömen lasse. »Hast du deine Mutter schon angerufen?«

ALECTA

Mir entgleiten sämtliche Gesichtszüge und ich bin froh, dass Hunter nicht sehen kann, wie seine Worte mir den Boden unter den Füßen wegziehen. Ich war mir so sicher. So sicher, dass jetzt endlich alles geregelt werden kann.

Ich war überzeugt, endlich zu wissen, was ich als nächstes zu tun habe. Doch kaum spreche ich meine Gedanken laut aus, kommt jemand und macht alles zunichte. Ich verberge meine zitternde Faust vor seinen Blicken. Ohne mich noch einmal umzudrehen, verlasse ich Hunters Gefängnis und verschließe die Tür.

»Sollte Hunter sich rühren oder einen Mucks von sich geben«, weise ich Alexander an, der sich wie ein Schrank vor der Tür aufgebaut hat, »wirst du mich informieren. Selbst wenn Hunter nur furzt, will ich es wissen, kapiert?«

Er nickt. »Ja, Miss.«

»Gut.« Ich lasse ihn stehen, eile die Treppe nach oben. Der Weg bis zur Bibliothek kommt mir unnatürlich lang vor. Aber ich wage es erst, aufzuatmen, als ich allein bin.

Mit bebenden Fingern greife ich nach dem Smartphone, das auf der Bar liegt und mich mit seinem dunklen Display verhöhnt. Meine Hände zittern so stark, dass ich nur mit Mühe verhindern kann, dass mir das Gerät zu Boden fällt. Ich wische meine Kontakte durch, finde die richtige Nummer und zögere.

Wie eingefroren schwebt mein Daumen über dem Hörer. Ich habe Angst. Ja, verdammt, ich gebe zu, dass ich mich fürchte. Und zwar vor dem, was mich am anderen Ende der Leitung erwarten wird. Mit klopfendem Herzen gebe ich mir einen Ruck und lausche mit angehaltenem Atem dem Freizeichen. Mit jedem Ton, der sich in meinen Gehörgang brennt, werde ich ungeduldiger. Meine Hände fangen an zu schwitzen. Ich weiß nicht, was ich machen werde, sollte er meine Mutter wirklich …

»Alecta?«

Der Klang ihrer Stimme setzt mein Herz wieder zusammen. Sie lebt.

»Mom«, hauche ich und spüre, wie mir eine Träne der Erleichterung die Wange hinunterläuft.

»Oh Gott sei Dank, du bist es.«

»Mom, geht es dir gut? Bist du verletzt?«

»Es geht mir gut, *amore mio*«, flüstert sie. »Und ich bin unverletzt.« Ich will es nicht wahrhaben. Will den verkrampften Unterton in ihrer Stimme nicht hören.

»Wie geht es Onkel Francesco und den Kindern? Rosalie müsste doch bereits eine junge Frau sein. Wie hat sie –«

»Alecta«, unterbricht Lucrezia meinen Redeschwall. »Ich habe meinen Bruder nie erreicht. Sie haben mich im Flughafen von Palermo abgefangen.«

»Sie?«

»Amerikanische Männer. Sie sagten –«

»Genug!«, fährt eine männliche Stimme knurrend dazwischen. Ein Rauschen ertönt, ein Kratzen.

»Nein, bitte!«, schreit meine Mom. »Gebt mir noch ein paar Minuten mit meiner Tochter!« Es klingt, als hätten die Kerle ihr das Handy weggenommen. Unbändige Wut steigt in mir auf und gleichzeitig eine Hilflosigkeit, die ich mir geschworen habe, nie wieder zu empfinden.

»Wenn ihr meiner Mutter auch nur ein Haar krümmt, werde ich euch finden. Ich verspreche, ich werde euch die Eier herausreißen und sie euch ins Maul stopfen, bis ihr daran erstickt«, fauche ich, ohne zu wissen, ob mir gerade jemand zuhört.

Die Geräusche verstummen, ich vernehme ein schweres Atmen und eine Stimme, die mir einen kalten Schauer den Rücken runterjagt. »Lassen Sie Hunter am Leben und Ihre Mutter bleibt unverletzt. Es ist Ihre Entscheidung.«

Die Verbindung wird gekappt.

Fassungslos starre ich auf das Display. Der Kerl hat weder gelacht noch an der Wahrheit meiner Worte gezweifelt. Er will meiner Mutter nichts tun, sondern befolgt nur seine Befehle. Und wenn diese lauten, Lucrezia Di Salvo zu eliminieren, wird er sie, ohne mit der Wimper zu zucken, erschießen. Gute Soldaten hinterfragen nicht.

»Fuck!« Ich donnere mein Handy auf die Holzplatte der Bar und fahre mir mit der linken Hand aufgebracht durch die Haare. »Scheiße, scheiße, scheiße!«

Ich hätte sie nicht gehen lassen dürfen. Hätte sie nicht fortschicken sollen, sondern hier behalten, bei mir, wo ich sie immer im Auge habe und beschützen kann. Jetzt ist genau das eingetroffen, was ich eigentlich verhindern wollte. Meine Feinde haben etwas gegen mich in der Hand. Nur ist es nicht Miller, dem dieser Schachzug gelungen ist, sondern Hunter.

Ich bin so eine Idiotin! Zornig wische ich mir mit der Hand über das Gesicht, beseitige die Spuren, die salziges Wasser unter meinen Augen hinterlassen hat.

Wieso passieren mir diese Fehler bei ihm immer wieder? In seiner Nähe fühle ich mich stark und auf der anderen Seite so schwach, dass ich mich selbst nicht wiedererkenne. Wo ist die Frau, die das Imperium ihres Vaters mit eisiger Härte regiert? Die sich in einer Welt, beherrscht von Männern, nicht scheut, ihre eigenen Regeln durchzusetzen? Es ist anstrengend, sich jeden Tag aufs Neue behaupten zu müssen. Ich bin es leid, es ermüdet mich. Doch ich habe nie aufgegeben. Das stand nie zur Debatte. Dabei wäre es so leicht. Einfach aufgeben, sein Schicksal hinnehmen. Frieden finden. Doch so ein Mistkerl von Navy Seal hat meine Mutter in seiner Gewalt …

»Miss?« Rico lehnt im Türrahmen, die tätowierten Arme vor der Brust verschränkt.

Mit wenigen Schritten bin ich bei ihm und entlade meine Wut in einer Ohrfeige. Sein Kopf dreht sich zur Seite, doch er verzieht keine Miene, nimmt meinen Ausbruch kommentarlos hin. Was meinen Zorn nur noch mehr anstachelt.

»Wie kann es sein, dass es Hunter gelungen ist, meine Mutter in Palermo abzufangen und einzusperren?«, fauche ich ihn an. Seine Augen weiten sich.

»Miss, sind Sie sich sicher?«

»Ich habe eben mit ihr telefoniert und mit ihren Entführern. Warum wurde ich nicht darüber informiert, dass sie das Anwesen nie erreicht hat?«

Er schluckt und reibt sich mit der Hand den Nacken. »Fuck. Ich versichere Ihnen, mir sind keine Auffälligkeiten berichtet worden, Miss. Außerdem haben wir den Besuch Ihrer Mutter nicht angekündigt, wegen den Sicherheitsvorkehrungen. Niemand wusste, dass sie in Italien ankommt.«

Scheiße.

Ich war es, die darauf bestanden hat, dass niemand in Italien über ihre Ankunft informiert wird. Ich habe mir keine Sorgen gemacht, als sie nicht angerufen hat. Das tut sie ohnehin selten, wenn sie bei der Familie ist.

»Auffälligkeiten?« Ich schnaube abfällig. »Die Entführung meiner Mutter ist wohl mehr als das. Ist dir eigentlich klar, was das für uns bedeutet? Was das für mich bedeutet?«

Ich greife nach einem beliebigen Buch aus dem Regal und

werfe es quer durch den Raum. Es kracht gegen die Wand und fällt polternd zu Boden, den Rücken auseinandergebogen, die Papierseiten zerknickt. Ich presse meine Handballen gegen die Stirn und atme tief durch.

Du musst dich beruhigen, Alecta. Einen kühlen Kopf behalten. Hunter ist ein Schlitzohr, du wirst nur gegen ihn gewinnen, wenn du einen klaren Gedanken fassen kannst.

»Wie viele Männer kannst du entbehren, Rico?«

»Mit Verlaub, Miss, ich halte es für keine gute Idee, ein Team loszuschicken, um Ihre Mutter zu befreien.« Wie immer kann er meine Gedanken lesen. »Hunter ist unberechenbar. Sie ist seine Garantie, mit heiler Haut davonzukommen. Er wird sämtliche Vorkehrungen getroffen haben, eine Rettungsaktion zu verhindern.«

Wann in den letzten Tagen habe ich verlernt, rational zu denken? Wann hat mein italienisches Temperament überhandgenommen? Mir stockt der Atem, als sich die Antwort wie ein beleuchtetes Schild in mein Gesichtsfeld schiebt.

Es ist Hunter. Es sind diese verfickten Gefühle, mit denen ich ohnehin nie umgehen konnte. Ich fühle mich ausgeliefert, wenn ich ihn liebe. Ich habe keine Kontrolle über mich, wenn ich mich auf ihn einlasse. Das wird mein schwerster Kampf werden. Das unberechenbare Miststück zu bleiben, obwohl der Scheißkerl an meiner Hülle kratzt.

»Miss?«

Ricos Stimme reißt mich aus den Gedanken und ich erinnere mich an das eigentliche Gesprächsthema. »Vermutlich hast du recht.« Ich nicke, und meine Schultern fühlen sich dabei so schwer an, als wären sie zu schwach, um all die Verantwortung tragen zu können, die mich nun zu zermalmen drohen. Ich habe keine Wahl.

Hunter zwingt mich dazu, ihn anzuhören. Einen Deal mit ihm einzugehen, bis ihn einer von uns wieder brechen wird.

Und über allem schwebt die Gefahr, einen falschen Schritt zu machen und meine Mutter für immer zu verlieren. Das kann ich nicht. Sie ist die Einzige, die mir nach Vaters Tod noch geblieben ist.

»Also gut«, murmele ich und reibe meine feuchten Handinnenflächen an meiner Jeans ab. Mit jedem Schritt, den ich, gefolgt von meinem Leibwächter, wieder in Richtung Keller gehe, wankt der Boden unter meinen Füßen immer mehr. Ich habe das Gefühl, als hätte ich den ganzen Tag an der Flasche gehangen, doch dem ist nicht so. Ich war noch nie so nüchtern.

Dennoch kann ich nicht verhindern, dass meine Füße laufen, als wären sie auf dem Deck eines Bootes unterwegs. Falls Rico etwas auffällt, so lässt er es sich nicht anmerken. Ich bemühe mich um eine aufrechte Haltung, steige die Treppenstufen hinab, ohne zu fallen, und gebe Alexander mit der Hand ein Zeichen.

»Alles ruhig«, sagt er und öffnet die Tür.

Als Rico mir folgen will, berühre ich ihn an der Schulter und schüttele den Kopf. »Lass mich allein mit ihm sprechen.« Nur widerwillig tritt er einen Schritt zurück und positioniert sich mit missmutigem Gesichtsausdruck neben Alexander. Ich habe keinen Nerv, mir seine Erklärungen anzuhören, warum ich *nicht* mit ihm allein sein sollte. Hier geht es nur um Hunter und mich. Um niemanden sonst. Das ist eine Sache zwischen uns, die wir klären müssen, und keine Entscheidung, die gleich getroffen wird, kann uns von jemand anderem abgenommen werden. Es steht so viel auf dem Spiel.

Ich trete in den Raum, sehe Hunter, wie er sich trotz seiner ungemütlichen Position um eine aufrechte Haltung bemüht. Er ist nicht leicht zu brechen, zumindest das muss ich ihm lassen. Kabelbinder fesseln seine Knöchel an die vorderen Stuhlbeine und ein Seil drückt seine Arme nach hinten und seinen Oberkörper an die Lehne. Die Haltung, die sein Körper gezwungenermaßen eingenommen hat, sieht ungemütlich aus. Sein Kopf ist nach vorn geneigt.

Ich gehe um ihn herum, erkenne, dass seine Augen geschlossen sind, als würde er meditieren. Lautstark ziehe ich mir einen Stuhl aus der linken hinteren Raumecke.

Sein Schädel fährt nach oben, als hätte ich ihn aus seiner Trance gerissen. Blut klebt an seiner Wange, dort, wo ich ihn mit dem Messer aus der Küche erwischt habe, und dunkle Schatten liegen unter seinen Augen. Was auch immer er in seinem Traum gesehen hat, es macht ihn fertig. Vielleicht seine Tochter? Oder seine Frau? Fast verspüre ich so etwas wie Mitleid für ihn. Aber dann fällt mir ein, dass er meine Mutter entführt hat und weswegen ich hier bin.

Ich positioniere den Stuhl vor Hunter, die Rückenlehne ihm zugewandt. Vielleicht auch, um einen Schutz zwischen uns zu bringen, mag er noch so klein sein. Breitbeinig setze ich mich hin und stütze die Ellenbogen auf der Lehne auf.

»Was soll ich nur mit dir machen, Liam?«, frage ich, darum bemüht, mir meine Emotionen nicht anmerken zu lassen.

»Hast du deine Mutter erreicht?« Sein Blick lässt das Blut in meinen Adern gefrieren. Weder verhöhnt er mich, noch triumphiert er.

Alles, was ich in seinen Augen erkennen kann, ist Verzweiflung. Und der Wille, alles zu tun, was nötig ist, um zu bekommen, was er will. Scheiße, wann lerne ich endlich, mit Emotionen umzugehen, die nichts mit Wut und Lust zu tun haben? Wann kann ich endlich Verzweiflung und Angst in Blicken von Menschen ertragen, die mir etwas bedeuten? Ich will sie nicht zu nahe an mich heranlassen. Ich kann es einfach nicht.

Ich seufze. »Sie hat mir vergewissert, dass deine Männer sie gut behandeln. Anscheinend gehört meine Aufmerksamkeit nun dir.«

Ein schwaches Lächeln huscht über sein Gesicht. »Wie am Tag unserer ersten Begegnung.«

Schnaubend verdrehe ich die Augen. »Du scheinst es dir zur Gewohnheit zu machen, auf meine Familienmitglieder zu schießen.«

Sein Kopf neigt sich zur Seite. »Ich habe nicht auf deine Mutter geschossen und auch niemanden dazu beauftragt. Du weißt, dass ich das nicht tun würde. Es sei denn, du lieferst mir einen Grund.«

Er belügt mich nicht, aber er sagt auch nicht die ganze Wahrheit.

»Wie lange hast du schon geplant, mich mit meiner Mutter zu erpressen?«

Er zuckt mit den Schultern, als handle es sich bei der Entführung nur um eine Lappalie. »Mir war klar, dass der Tag kommen würde, an dem sich die Schlinge zuzieht. Deswegen brauchte ich etwas in der Hand und deine Mutter eignete sich hervorragend. Ich habe es nicht getan, weil ich sie tot sehen will, aber du weißt, dass ich bereit bin, meine Ziele mit allen Mitteln zu erreichen.«

Das ist also der Moment, an dem wir uns an einer Wegscheide befinden. Der darüber entscheidet, was mit uns passiert. »Würdest du mich hintergehen, verletzen und letztendlich ermorden, wenn man dir im Gegenzug Miller anbietet?«

Mein Herz pocht so fest, dass ich das Gefühl habe, mein Shirt vibriert. Als er mich ansieht, liegt Verwirrung in seinen Augen. Er kneift seine Brauen zusammen. »Stell mir nicht solche Fragen.«

»Ich will die Antwort hören.«

»Das könnte deine Mutter umbringen.«

Ich lache leise. »Das tust du nicht. Du willst Miller und eines ist dir bewusst: krümmt man meiner Mutter nur ein Haar, ist Miller dein kleinstes Problem. Also antworte. Sofort.«

Die Luft zwischen uns ist förmlich aufgeladen. Ich blende meine Umgebung aus, konzentriere mich nur auf seine Gestik und Mimik, versuche, nach Antworten zu suchen, die er mir verwehrt. Aber Hunter ist ein verschlossenes Buch mit sieben Siegeln – alles, was er mir zeigt, passiert entweder aus freien Stücken oder völliger Überrumpelung.

»Nein«, gibt er schließlich nach. Als hätte er etwas Falsches gesagt, wendet er den Kopf zur Seite und sieht zur Tür. Es ist ihm unangenehm. Innerlich habe ich auf diese Antwort gehofft, aber ich habe dennoch nicht damit gerechnet, dass es mein Gefühlsleben noch mehr durcheinanderwirbelt.

»Was willst du wirklich, Hunter?« Ich stütze meinen Kopf auf den Armen ab und lasse zu, dass meine Stimme so klingt, wie ich mich fühle: müde. »Sag es mir, worum geht es hier eigentlich? Nur um Miller?«

Er fokussiert sich wieder auf mich. »Es ging, geht und wird auch immer nur um eines gehen, Alecta«, antwortet er leise. »Eine beschissene Sache.«

Fragend ziehe ich meine rechte Augenbraue hoch. »Und die wäre?«

»Rache ist das Einzige, das uns antreibt. Uns beide, dich und mich. Es ist das, was uns am Leben hält, uns dazu bringt, weiterzukämpfen. Und das mit aller Macht, die uns zur Verfügung steht, sei sie auch noch so klein.«

Seine Worte jagen mir einen kalten Schauer den Rücken hinunter. Ich widerspreche nicht. Er hat recht. Ich war so besessen davon, den Mörder meines Vaters zu finden, dass ich Dinge, die rechts und links von mir passierten, nicht mehr richtig wahrgenommen habe.

Wir verloren beide das Wichtigste in unserem Leben. Doch die Tatsache, dass er scheinbar meinen Vater umgebracht haben soll, bringt mich an einen Scheideweg. Ich muss zwischen meiner Rache und Hunter wählen. Und nun bin ich im Begriff, ihm dasselbe anzutun. Verwehre ich ihm seine Vergeltung, nimmt er mir meine Mutter. Und im Grunde wollen wir beide eins: Miller brennen sehen.

Den Mann, der für den ganzen Scheiß die Verantwortung trägt. Dessen Befehl es war, sowohl meinen Vater als auch June und Ella umzubringen.

Meine Lippen öffnen sich, doch bevor ich Hunter sagen kann, wie recht er mit allem hat, öffnet sich die Tür und Rico tritt ein.

»Verzeihung, Miss«, entgegnet er auf meinen düsteren Blick. »Luca Corrazzo ist soeben eingetroffen.«

LIAM

Dieser Scheißkerl hat mir gerade noch gefehlt. Nicht nur, dass ich nichts über ihn finden konnte, es macht mich zudem noch immer stutzig, dass er Alecta Hals über Kopf verlassen hat und jetzt wieder auftaucht.

»Warte«, knurre ich, als sie Anstalten macht, aus dem Raum zu verschwinden, »wir waren noch nicht fertig.«

Sie sieht mich kühl an, als hätte sie endlich wieder ihre Fassung erlangt. »Ich entscheide, wann wir fertig sind, Hunter, das müsstest du eigentlich längst verstanden haben.«

»Du kannst ihm nicht trauen.« Heftig zerre ich an meinen Fesseln, obwohl ich weiß, dass es sinnlos ist. Ich hasse es, jemandem ausgeliefert zu sein, sei es auch nur Alecta. Sie würde mich nicht umbringen.

Ein schmales Lächeln umspielt ihre Lippen. »Ich habe in letzter Zeit die Erfahrung gemacht, dass ich niemandem außer mir trauen kann. Du bist hier nicht mehr als freier Mann, sondern als mein Gefangener. Ich entscheide, ob und wie du weiterleben darfst, Hunter.«

Sie kommt wieder zu mir, stützt ihre Hände auf den Lehnen ab und bringt ihr Gesicht so nahe an meines, dass ich den Rotweingeruch vernehme. Sie hat keine Angst … ich sehe keinen Funken in ihren Augen. Irgendetwas ist geschehen.

Sie hat eine Entscheidung getroffen. »Du hast mein Vertrauen in dem Augenblick verspielt, als du meine Mutter entführen ließest. Ich kann noch damit leben, dass du anfangs auf der anderen Seite warst. Ob du es glaubst oder nicht, zwei meiner Sniper waren es auch … am Ende zählt nur, dass man sich für die richtige entscheidet. Meine Mutter zu entführen, um mich zu erpressen, war die falsche Entscheidung.«

»Du weißt, dass ich keine Wahl hatte«, zische ich, »und bei Gott, ich würde es wieder tun. Wir sind nicht so verschieden, wie du denkst und wenn du mich umbringen willst, tu es. Ich werde nicht um mein Leben betteln wie ein räudiger Verräter.«

Sie schluckt, aber es flackert kein Funken von Unsicherheit in ihren Augen auf. »Warum hast du mich dann beschützt, als du die Gelegenheit hattest, mich auszuliefern? Warum hast du mir Millers Tochter gebracht, obwohl du sie selbst irgendwo hättest verstecken können? Warum …«

»Weil du mir nicht egal bist, verdammte Scheiße!«, entfährt es mir lautstark, sodass sie zurückzuckt.

Stille senkt sich über uns. Erst nach einer Weile höre ich ihren Atem wieder. Schwer und unregelmäßig. Sie starrt mich mit leicht geöffnetem Mund an, kein Wort dringt über ihre Lippen, stattdessen fixiert sie mich wie ihre Beute, scheint in meiner Miene nach einer Lüge zu suchen. Es dauert mehrere Sekunden, bis mir bewusst wird, was ich gerade gesagt habe.

Dass ich die Kontrolle in ihrer Nähe verloren habe – etwas, das mir sonst nie passiert. Ich bin viel zu sehr Profi, um betreten den Blick zu senken, wenn ich einen Fehler gemacht habe. Ich stehe zu der Scheiße, die ich verzapfe.

Alecta drückt sich von den Lehnen weg, dreht sich um und geht. Ihre Schritte sind selbstsicher, sie hat keine Eile. Erst, als die Tür ins Schloss fällt, erlaube ich es mir, tief durchzuatmen. Die ganze Sache nimmt einen Verlauf, den ich nicht vorausgesehen habe. Auch ich habe den Fehler gemacht, die Viper zu unterschätzen. Sie spielt mit ihren Opfern, sie mimt die verruchte Bitch, gibt sich naiv und lässt sich von einer Armada von Soldaten bewachen – dabei weiß sie genau, dass sie es auch ohne sie mit ihren Feinden aufnehmen kann.

Ein ungläubiges Lachen entfährt mir, als ich mir darüber im Klaren bin, dass sie auch bei mir ihre Maske aufgesetzt hatte. Sie hat mich nie an sich herangelassen, nicht wirklich.

Es vergehen Stunden, bis sich die Tür wieder öffnet. Mein Arsch schmerzt vom langen Sitzen, meine Muskeln haben sich in der unnatürlichen Position längst verkrampft, aber ich sage kein Wort.

Rico kommt auf mich zu, stellt sich hinter mich und schneidet mich vom Sessel los. »Wenn es nach mir ginge, hätte ich das Messer für etwas ganz anderes verwendet«, sagt er rau, als würde er mir ein zukünftiges Versprechen geben. Ich bringe meine Arme nach vorn, reibe meine Handgelenke.

»Miss Di Salvo erwartet dich oben. Ich lasse dich keine verfickte Sekunde aus den Augen.«

»Das habe ich mir auch nicht erhofft«, entgegne ich ruhig und stehe auf.

Ich lasse mir nicht anmerken, dass mir die ersten Schritte schwer fallen. Rico greift nach seiner Knarre, drückt mir den Lauf in den Rücken und schiebt mich vorwärts. Früher hätte ich mich umgedreht und ihm das Genick gebrochen … allein dafür, dass mich jemand bedroht. Heute weiß ich, dass ihm Alectas Leben über alles geht. Dass er sein eigenes geben würde, um sie zu retten.

»In das Besprechungszimmer«, raunzt er, als wir in der Eingangshalle ankommen.

Es ist still, selbst der Brunnen ist abgeschaltet worden. Irgendetwas ist hier gewaltig faul.

Im Besprechungszimmer warten Rams, Alecta und Luca auf mich. Sie steht am Fenster, während ihr Hacker sein Gesicht fast an den Bildschirm drückt und seine Finger über die Tasten fliegen. Ihr kleiner Liebhaber steht neben Alecta, hat die Arme vor seinem Oberkörper verschränkt, während er mich aufmerksam taxiert.

»Setz dich«, befiehlt Alecta mit unüberhörbarer Wut in ihrer Stimme, »du wirst uns helfen, an Miller ranzukommen.«

»Und wenn nicht?«, frage ich provokant, als mich Rico auf den Sessel schiebt und schließlich hinter mir stehen bleibt.

Alecta hat den Blick weiterhin nach draußen in den Sonnenuntergang gewandt. »Wenn nicht, wirst du keine Chance haben, Miller auch nur zu Gesicht zu bekommen.«

»Das war nicht der Deal.«

Sie lächelt zynisch. »Wir hatten nie einen Deal, Hunter.« Sie stößt sich vom Fenster ab, kommt auf mich zu und dreht den Sessel um einhundertachtzig Grad, ehe sie sich verkehrt hinsetzt. »Lass es mich so ausdrücken: Ich kann Miller auch ohne deine Hilfe schnappen, schließlich habe ich seine Tochter ... allerdings vertrete ich einen bestimmten Kodex: ich stoße Menschen nicht das Messer in den Rücken, sondern in die Brust. Du hast mir Millers Tochter verschafft, deswegen gebe ich dir die Gelegenheit, an deiner Rache festzuhalten. Du bekommst das, was von ihm übrig ist, wenn ich mit ihm fertig bin.«

Die abgeklärte Art und Weise, wie sie spricht macht mir bewusst, dass sie es todernst meint. Alecta hat ihre Entscheidung längst gefällt – sie will Miller, koste es, was es wolle. Nicht mehr nur, um ihren Vater zu rächen, sondern um ihn zu beseitigen, damit die Guerilla eine Chance haben und das Sinaloa-Kartell zu schwächeln beginnt. Sie denkt über ihre Rache hinaus ... und dafür benutzt sie mich.

»Du brauchst mich sehr wohl«, halte ich dagegen, was dafür sorgt, dass sie eine Augenbraue hebt.

»Nein.«

»Wenn du Miller anlocken willst, dann mit der richtigen Beute. Wenn er die Chance hat, uns beide zu töten, wird er eher in die Falle tappen.«

Sie stützt sich auf ihrer Hand ab und sieht mich forsch an. »Anscheinend hast du deine Zeit im Verlies sinnvoll genutzt und nachgedacht.«

»Er hat sie dafür genutzt, um sich zu überlegen, wie er dich übers Ohr haut«, knurrt Luca. Er bleibt nicht länger auf der Stelle stehen, sondern umrundet den Tisch, fährt dabei mit dem Mittelfinger über die Holzplatte.

Alecta lächelt. »Das haben schon einige versucht, aber irgendwann sind sie immer gescheitert.«

Luca setzt sich mir gegenüber, sein Blick spricht Bände. Am liebsten würde er mich erschießen. Zeit für eine kleine Provokation.

»Wartest du erst auf Muttis Erlaubnis, ob du abdrücken darfst?«, frage ich und neige den Kopf zur Seite.

Etwas Dunkles blitzt in seinen Augen auf, ein kurzer Vorgeschmack auf den Abgrund, der sich dahinter verbirgt. Plötzlich wird mir etwas klar: Dieser Scheißkerl hat von einem Profi gelernt. Nach außen hin wirkt er, als sei er der harmlose Barkeeper von nebenan eben. Aber da ist noch jemand anderes in ihm. Jemand, der bereit ist, für seine Ziele zu töten. Für Alecta zu töten.

»Wenn sie nicht hier wäre, würde von dir nur noch ein Haufen Asche übrig sein, verdammter Verräter«, knurrt er und umfasst die Tischkante, als bräuchte er Halt, um sich nicht augenblicklich auf mich zu stürzen.

»Rico?«, durchbricht Alectas Stimme unseren Disput. »Alexander soll unsere Geisel zu mir bringen. Ich bin mir sicher, dass sie trotz meines intensiven Verhörs noch Informationen für uns hat. Und Rams?«

Der Hacker erstarrt in der Bewegung. »Ja, Miss?«

»Such mir etwa vierzig bis fünfzig Meilen entfernt eine abgelegene Hütte in der Pampa. Wir brauchen einen Treffpunkt mit Miller, an dem wir ungestört sind.«

»Er wird nicht allein kommen«, halte ich dagegen, was sie nur ein müdes Lächeln kostet.

»Darauf will ich auch hoffen. Sonst wäre es richtig langweilig und du weißt doch, wie sehr ich Langeweile hasse, immerhin hast du mich lang genug im Visier gehabt.«

Sie geht mit der Haltung einer Königin zum Kopfende des Tisches und lässt sich darauf nieder, bevor sie mit den Fingern schnippt. Als ob ihre Haushälterin hinter einer Tür gewartet hätte, kommt sie mit einem Tablett herein und serviert ihr ein Glas Rotwein … mit einer Knarre. Ich bleibe äußerlich völlig ruhig, aber es macht mich innerlich wahnsinnig, dass ich keine Ahnung habe, was sie vorhat. Ihre Miene ist versteinert, ich kann keinen einzigen Gedanken davon ablesen.

»Verräter sind für mich nichts Neues. Es heißt nicht umsonst: Halte deine Freunde nah bei dir, deine Feinde aber noch näher«, beginnt sie mit veränderter Tonlage. Rauchiger. Entschlossener. Mich amüsiert, dass sie dieselben Floskeln verwendet wie ich. Sie lässt ihren Blick zwischen mir, der Haushälterin und Luca hin und her wandern, bevor sie sich einen Schluck Rotwein genehmigt. »Sie gehören quasi zu meinem Tagesgeschäft. Manchmal entlarvt man einen Verräter schneller, manchmal langsamer. Es gibt Verräter, die ich länger an meiner Seite leben lasse, um an Informationen zu gelangen, während sie sich in Sicherheit wiegen.«

Sie stellt das Glas zurück auf das Tablett und ihr Finger fährt über den polierten Lauf der Beretta. Italienische Marke. Wie passend. Ihr Blick wandert zu mir. »Ich hatte von Anfang an ein … besonderes Gefühl bei dir, Hunter. Dass du nicht mit offenen Karten spielst, aber instinktiv habe ich geahnt, dass unsere … Verbindung irgendwann Risse bekommen wird. Du hast mich verraten, aber immerhin bettelst du nicht wie ein mickriger Versager um dein Leben. Obwohl ich es nur ungern zugebe, du stehst zu deinen Taten. Ich hätte an deiner Stelle nicht anders gehandelt, um mein Ziel zu erreichen: den Mörder meiner Familie zu schnappen. Manchmal gibt es allerdings Verräter, die nicht den Hauch eines Rückgrats vorweisen können. Bei denen es schwieriger ist, an Informationen zu gelangen, weil quasi nichts an Identifikationsmaterial vorliegt.«

Sie nimmt mich aus ihrem Visier und wendet sich Luca zu. Ich bin mir sicher, dass ihr Blick nicht noch kälter werden kann, aber ich habe mich geirrt. Er hat sich in pures Eis gewandelt. Luca zieht die Augenbrauen zusammen, sein rechtes Lid zuckt.

»Du bist nicht zu mir zurückgekehrt, um mich zu beschützen, Luca«, sagt sie mit harter Stimme, »sondern um zu verhindern, dass ich dahinterkomme, wer die ganze Zeit der Schläfer war: Du.«

Bevor er etwas erwidern kann, öffnet sich die Tür und Alexander erscheint mit der Gefangenen. Luca dreht seinen Kopf in Zeitlupe zu ihr. Seine Miene entgleitet ihm, als Evelia hereingebracht wird.

Scheiße, was wird hier gespielt?

»Wenn sie nicht gewesen wäre, hättest du mich wahrscheinlich viele weitere Monate verarschen können. Ihr kennt euch ja bereits durch das FBI … Evelia hat dort unter einem verdeckten Namen ein Praktikum absolviert, damit niemand weiß, dass sie Millers Tochter ist. Du konntest also nicht wissen, wen ich hier gefangen halte, das wurde dir zum Verhängnis. Evelia …«, Alecta wendet sich an sie, »erzähl mir von Luca, aber verwende bitte seinen richtigen Namen.«

Sie hat Angst, das sehe ich an ihrem fahrigen Blick, aber sie zittert nicht. Evelia Fields hat eine strenge Erziehung und

Schießtraining genossen, ich wette, sie wurde auf diesen Augenblick vorbereitet.

»Sein Name ist Matteo Rigetti, innerhalb des FBI besser bekannt als Agent 531. Er hat in der Abteilung für Mafiamorde gearbeitet, in der ich mein Praktikum absolviert habe. Matteo Rigetti starb offiziell, als ein Gebäude in die Luft gesprengt wurde.«

»Agent 531«, sagt Alecta leise und betrachtet die Waffe auf dem Silbertablett. »Du hast deine Spuren verdammt gut verwischt, es ist nichts über einen Matteo Rigetti zu finden, deine Akte wurde versiegelt. Von wem wurdest du angeheuert, mich auszuspionieren?«

»Es ist nicht so, wie du denkst, Alecta. Bitte! Lass mich …«

»Von wem wurdest du angeheuert?«, brüllt sie, sodass Rams in seinem Sessel noch kleiner wird. Luca scheint zu ahnen, dass ihm die Felle davonschwimmen, feine Schweißperlen haben sich auf seiner Stirn gebildet.

»Von niemandem. Dein Vater kam auf mich zu, als ich eine Position in der Mafiamord-Abteilung erhalten habe. Das Schmiergeld war hoch, und tief in meinem Herzen war ich immer ein Patriot. Dann ging ein Austausch schief. Guiseppe wollte mich auffliegen lassen. Das konnte ich nicht riskieren. Alecta … ich schwöre, meine Loyalität zu dir …«

»Warum hast du bei mir angefangen?«, unterbricht sie ihn scharf, ihre Finger umschließen die Waffe.

Er blinzelt auffällig oft. »Weil mir klar ist, dass es falsch war, ihn umzubringen. Dadurch wurdest du ins kalte Wasser geschubst. Du hattest nicht viel Ahnung von dem Business … An diesem Abend war Ricciardo bei ihm. Ich wusste, dass ich dir damit Zeit verschaffe, weil das FBI mit den beiden Morden anderes zu tun hatte, als einen möglichen Nachfolger deines Vaters aufzuspüren. Ich habe dir einen Gefallen getan.«

Alectas Unterlippe bebt. »Du hast dich bei mir eingeschlichen wie ein verdammter Parasit. Du hast meinen Vater verraten.« Sie greift nach der Waffe und richtet die Mündung auf Luca.

Er hebt die Hände und schüttelt den Kopf. »Nein, lass es mich erklären, es ist …«

Der Schuss fällt.

Ein einziger Schuss, aber er trifft sein Ziel mitten ins Herz.

»Die Zeit des Erklärens ist vorbei«, flüstert Alecta. Luca fällt mit aufgerissenen Augen nach vorn, sein weißes Hemd färbt sich an der Einschussstelle rot.

»Nein!« Ein herzzerreißender Schrei ertönt, gefolgt von dem Geräusch eines zerberstenden Glases. Mit vor Schreck geweiteten Augen steht Merita neben Alecta, die Hände vor den offenen Mund geschlagen. Tränen fließen ihre Wangen hinab. »Er wollte Sie immer nur beschützen, Miss«, flüstert sie.

Überrascht taxiert Alecta ihre Haushälterin. »Du hast es gewusst.« Keine Frage, sondern eine Feststellung. Angst tritt in Meritas Blick als ihr bewusst wird, dass sie gerade ihr eigenes Todesurteil unterschrieben hat. »I-Ich versichere Ihnen, Miss, ich hätte es Ihnen sofort gesagt, wenn ich nicht der festen Überzeugung gewesen wäre, dass er Sie liebt.«

Alecta nickt Rico zu. »Sperr sie ein.«

»Nein, Miss, ich flehe Sie an!«, schluchzt Merita, als Rico sie am Arm packt und an Alexander übergibt, der sie mit verkniffener Miene aus dem Raum bugsiert. Alecta reicht Rico die Waffe. »Reinige sie sorgfältig. Ich kann mir keine Ladehemmung erlauben.«

Als wäre nichts geschehen … als hätte sie Luca lediglich eine kleine Abmahnung verpasst und ihrer Haushälterin den Urlaub genehmigt, steht sie auf, geht zu mir und nimmt mein Kinn zwischen ihre Finger. »Das passiert mit Menschen, die glauben, mich verarschen zu können. Mein Instinkt hat mich gewarnt, als Luca eine Auszeit wollte. Meine Leute brauchen keine Auszeit, sie dienen mir, wann immer ich es von ihnen verlange. Allerdings brauchte ich Zeit, um herauszufinden, was genau mich irritiert hat. Was für ein passender Zufall, dass mir Evelia Fields zugespielt wurde. Ihr wollt also die Viper in mir?«, fragt sie ruhig, aber ihre Stimmlage verheißt nichts Gutes.

Alecta hat die ganze Zeit im Hintergrund gelauert, sie wollte nicht nach vorn schießen und zubeißen, sondern sich in ihrem Versteck aufhalten, um so viele Feinde wie möglich auf sich aufmerksam werden zu lassen. Sie hat die ganze verfickte Zeit lang längst nach dem Verräter gesucht.

»Ihr könnt sie haben.« Als sie mich ansieht, wird mir eines bewusst: Wir haben nicht nur die Viper aus ihrem Versteck geholt … sondern auch dafür gesorgt, dass sie sich nicht mehr darin zurückziehen wird.

Die Zeit des Beobachtens ist vorbei.

Es ist dreiundzwanzig Uhr, als die Tür zu meinem Zimmer aufgerissen wird. Alecta hat darauf verzichtet, mich anzuketten, die Sniper vor meiner Balkontür sind überzeugend genug, keinen Ausbruchsversuch zu wagen. Außerdem weiß sie genau, dass ich nicht fliehen werde. Es bringt mich Miller nicht näher, sondern eher ferner.

Rico deutet mit dem Kopf zur offenen Tür. »Miss Di Salvo verlangt nach dir.«

Allein die Aussicht, Alecta nahe bei mir zu haben, sorgt dafür, dass mein Schwanz zuckt. Ich habe das Bedürfnis, ihr für diese Anketterei an den Stuhl den Arsch zu versohlen.

Wortlos stehe ich auf und gehe durch den Gang zu ihrem Zimmer. Auch davor hat sie einen Sniper positioniert, der sein Gewehr im Anschlag hält. Eine Warnung?

Er rührt sich keinen Zoll, als ich die Tür öffne und eintrete. Auf den ersten Blick ist von Alecta nichts zu sehen, im Raum ist es still. Sie hat die Fenster geöffnet, der Wind weht die Vorhänge hinein.

Ich sehe mich um, bevor ich mich in Bewegung setze und das angrenzende Zimmer aufsuche, das mich an eine Miniversion ihrer Bibliothek erinnert.

Auf dem Sideboard stehen verschiedene Flaschen Whisky, deren Labels darauf schließen lassen, dass der Inhalt verdammt teuer ist.

»Ich habe es dir schon einmal gesagt, Alecta, ich bin nicht dein Schoßhündchen«, knurre ich, als sie sich noch immer nicht zeigt.

Jetzt tritt sie aus der Dunkelheit. Sie trägt ein blutrotes, bodenlanges Kleid, das dieselbe Farbe wie ihr Lippenstift hat. Ihre Haare sind gelockt, reichen ihr bis knapp zum Bauch. In der Hand hält sie ein Weinglas. Wortlos deutet sie mit dem Kopf zum Sideboard. Als ob sie mir angesehen hätte, dass ich gerade mehr als zweifingerbreit dieser Flüssigkeit brauche. Sie beobachtet mich unter Argusaugen, während ich nach der zweiten Flasche – einem Highland Park – greife und das Glas damit befülle. »Ich hoffe doch, dass du das Antidot irgendwo herumliegen hast.«

Sie lacht leise. »Du denkst, ich würde dich vergiften? Das ist die Waffe der schwachen Frauen. Ich bin nicht schwach.«

Ihre High Heels verraten mir, dass sie sich nähert.

»Du jagst anderen lieber eine Kugel ins Herz«, gebe ich zurück und drehe mich um, bevor ich einen langen Schluck nehme.

»Nur denjenigen, die sie verdient haben.«

»Warum hast du mich dann verschont?«

Ihre Miene ist unergründlich. Die schummrige Beleuchtung sorgt dafür, dass sie wie eine Rachegöttin wirkt. Allzeit bereit, ihren finalen Plan in die Tat umzusetzen. »Das sagte ich bereits.«

»Weil wir dasselbe Ziel haben? Weil du durch meine Hilfe erkannt hast, wer der Schläfer ist?«, frage ich sarkastisch und proste ihr zu. »Diejenige, die Lügen so abgrundtief hasst, ist selbst kein Stück besser als jeder gewöhnliche Lügner. Warum bin ich hier?«

»Ich musste erst wissen, was es bedeutet, dich abgrundtief zu hassen, bevor ich erkennen konnte, dass der unbändige Hass wegen deines Verrates nur einen einzigen Grund hat.« Sie nimmt mir das Glas aus der Hand und stellt beide auf dem Sideboard ab. Mir kommt es vor, als würde mein Herz nicht mehr rhythmisch schlagen, als sie mich wieder ansieht. Stark und doch schwach. Jemand, der es gewohnt ist, zu führen und diese Führung doch eine Zeitlang abgeben will.

Jemand Menschliches.

Ich greife nach oben, fahre mit dem Daumen über ihre Unterlippe, deren Rot auf meine Haut abfärbt. Ich bin nicht der sentimentale Typ, war ich auch nie. Ella wusste damit umzugehen, sie hat mich nie dafür verurteilt, weil es andere Werte waren, die zählten. Aber heute habe ich das unerklärliche Bedürfnis, Alecta etwas zu sagen. Etwas, das unsere Beziehung, wie auch immer sie aussieht, verändern könnte. »Von Anfang an nicht mit offenen Karten gespielt zu haben, war der größte Fehler, den ich in den letzten Jahren begangen habe. Ich bin allerdings niemand, der Fehler bereut, ich lerne. Zumindest dachte ich das. Einen Fehler würde ich nämlich immer wieder machen. Wieder und wieder.«

Ihr Atem trifft auf meine Haut, ihre Zunge stößt nach vorn, leckt über meinen Daumen. »Welchen?«

»Mach kein verschissenes Weichei aus mir«, drohe ich ihr, packe ihre Taille und ziehe ihren Körper zu mir. Ihre Titten prallen gegen meinen Oberkörper. Sie wehrt sich nicht, erträgt den festen Griff, der bestimmt schmerzhaft sein muss.

»Du hast mich besoffen und sentimental gesehen, Hunter, wie viel schlimmer kann dein Fehler schon sein?«

Als ich sie in den Armen halte, wird mir erst bewusst, dass ich mein Leben für sie geben würde. Dass ich sie besser beschützen würde als ich es bei Ella und June konnte. Dass ich es nicht zulassen würde, dass sich gewisse Dinge wiederholen.

»Warum bin ich hier?«

»Damit ich meinen Fehler wiederhole«, flüstert sie, fährt mit ihrer Hand an meinem Rücken hinab. »Ich habe einen Anruf erhalten, dass Mutter frei ist. Warum hast du sie gehen lassen? Du hast keine Sicherheit, dass ich dich nicht verarsche.«

»Ich hätte es nicht getan, wenn die Szene mit Luca sich anders entwickelt hätte.«

Sie nickt. »Ich weiß, dass ihr euch nicht leiden konntet … dennoch, das war nicht der einzige Grund, warum du deinen Wachhund zurückgepfiffen hast.«

»Alecta«, sage ich drohend, streife mit meinen Lippen über ihre. Ich wünschte, mein Herz würde nicht so heftig schlagen. Ich wünschte, sie hätte nicht diese Wirkung auf mich. Zeitgleich weiß ich, dass ich das erste Mal seit der Ermordung meiner Familie wieder lebe.

»Okay … dann beginne ausnahmsweise ich. Du bist hier bei mir, weil ich es so will. Weil du mehr für mich bist als nur ein ehemaliger Handlanger Millers. Irgendwann in den letzten Wochen wurde mir eines bewusst: es zuzulassen, jemanden zu lieben, sorgt nicht für Schwäche. Es verwandelt Schwäche in Stärke. Man stellt sich einer Situation, deren Ausgang man nicht kennt. Schrecklich für zwei Menschen wie uns.«

Ich greife unter ihren Arsch und hebe sie hoch. Fordernd schiebe ich sie auf das Sideboard, beachte die offene Flasche nicht, die zu Boden segelt. »Sag es.«

Mit der Hand fahre ich unter ihr Kleid, hinauf zu ihrem dünnen Slip. Eine ruckartige Bewegung und der Stoff reißt.

»Ich liebe dich, Liam. Aber sei dir einer Tatsache bewusst: meine Liebe schützt dich nicht vor Bestrafung. Nicht vor Konsequenzen.«

Ich ertrage es keine Sekunde länger, nicht in ihr zu sein. Hastig schiebe ich ihr Kleid nach oben, während sie die Beine um meine Hüfte schlingt und sich an mich presst. Ihr

Atem kommt keuchend, als ich meine Hose öffne und nach unten schiebe. Ich umfasse ihren Arsch, küsse sie forsch und rücksichtlos.

»Gut«, knurre ich zwischen zwei Küssen und versenke mich mit einem langen Stoß in sie. Ihr Stöhnen ist Musik in meinen Ohren. Sie ist das Unzähmbare. Der Stolz. Die Viper. Das hier hat nichts mehr mit einem dominanten Fick zu tun. Es ist mehr. Und obwohl wir wissen, dass es bedeutet, die Kontrolle abzugeben, zögern wir keine Sekunde.

»Liam«, stöhnt sie, küsst mich fordernd und presst sich an mich. Ihre Finger krallen sich durch den Stoff des Shirts in meinen Rücken, ihre Titten reiben an meinem Oberkörper. Ihre Lippen öffnen sich, keuchend schlägt mir ihr heißer Atem entgegen, den ich wie ein Kokssüchtiger inhaliere. *Ich brauche sie.* Der Geruch von Wein vermischt sich mit dem Geschmack von Whisky.

Ein heiserer Schrei entfährt Alecta an meinem Mund, die Muskeln um meinen Schwanz verkrampfen sich. Wieder und wieder stoße ich zu, mein Herz pocht dabei so wild in meiner Brust, dass ich das Gefühl habe, nicht mehr atmen zu können. Die Abstände der zuckenden Wellen werden immer kürzer, heftiger, und ich weiß, dass ich verloren bin. Sie ist hier. *Sie ist mein.*

Ihre Finger bohren sich hart in meinen Rücken, sie stöhnt, will den Kopf nach hinten werfen, doch meine Hand hindert sie daran, zwingt sie, ihre Stirn gegen meine zu drücken.

»Sieh mich an«, knurre ich mit dem letzten Rest an Beherrschung, die ich aufbringen kann. Mit flatternden Lidern öffnet sie die Augen. Ihr Blick ist verklärt, als befände sie sich in einer anderen Welt. Ihre ungleichen Iriden verdunkeln sich. Alecta dabei zu betrachten, wie sie kurz vor dem Orgasmus steht, treibt mich weiter an. Und ich habe das Gefühl, sie zum ersten Mal *wirklich* zu sehen. Ihre Stärke. Ihre Schwäche. Die verletzliche Mafiabraut hinter der eisigen Fassade.

Ihr Zucken wird immer heftiger, nur mit Mühe kann ich uns beide aufrecht halten. Unser Atem schlägt gegeneinander, unser Stöhnen wandelt sich zu einem lauter werdenden Schrei.

Wir fallen und warten auf den Aufprall.

ALECTA

Liams Brust hebt und senkt sich in einem gleichmäßigen Rhythmus. Ich lasse meine Fingerspitzen über seine Haut tänzeln, genieße das Prickeln, das durch mich hindurchwandert.

Vom Sideboard sind wir ins Bett gewandert, völlig ermattet und dennoch erfüllt von einer Zufriedenheit, die ich lange nicht mehr verspürte. Für einen Moment erlaube ich mir die Vorstellung, wir wären ein ganz normales Paar. Ohne Verpflichtungen, ohne ständig vom Tod verfolgt zu werden. Aber das sind wir nicht, und das werden wir nie sein.

Manchmal frage ich mich, ob ich auf denselben Kitsch wie viele andere Frauen stehen würde. Gemeinsam Zeit verbringen, Filme schauen und dabei Popcorn essen. Am Jahrestag ausgehen, uns mehrmals am Tag die magischen drei Worte ins Ohr flüstern und über unsere Zukunft schwafeln. Diese Vorstellung ist befremdlich … aber ein kleiner Teil von mir sehnt sich irgendwie danach. Doch mir ist durchaus bewusst, dass dieses Gefühl trügerisch ist. Es ist ohne Bestand. Man kann Emotionen nicht vertrauen. Und diese Vorstellung ist und bleibt, was sie ist: eine Illusion, ein Wunschbild, der verzweifelte Ausdruck, einfach nur normal sein zu wollen.

Hunter und ich sind nicht normal. Wir werden es niemals sein. Egal, wie sehr wir es auch versuchen.

Wie habgierige Tiere sind wir übereinander hergefallen. Die Schlange und der Skorpion. Ineinander verwunden und verschlungen, voller Hunger und Geilheit. Der Kampf um die Herrschaft. Ausgewogen, ohne Sieger. Wir sind uns ebenbürtig. Doch heute war da noch etwas anderes. Etwas, das all die Dinge, die uns widerfahren sind und uns entzweiten, einfach wegspülte. Wir haben wieder zueinander gefunden. Und gehen aus der Scheiße stärker heraus als zuvor.

Ich habe nie gedacht, dass ich jemanden finden könnte, der mir standhält. Sich von mir nicht einschüchtern lässt, sondern mir stattdessen Contra gibt.

Luca, nein, Matteo, war ein toller Zeitvertreib. Zwischendurch, in einem äußerst schwachen Moment, dachte ich, ihn möglicherweise lieben zu können. Doch der Gedanke hat sich schnell verflüchtigt. Er konnte mir nicht geben, wonach mein Körper und meine Seele verlangen. Es war nie genug.

Ich weiß, dass er mich wirklich geliebt hat, aber sein Verrat ist unverzeihlich. Jetzt schlägt sein Herz für niemanden mehr.

Hunters Hand wandert meinen Rücken hinauf. Langsam zieht er an meinen Haaren. Ich blicke zu ihm auf und schenke ihm ein letztes Lächeln, bevor mein Rachefeldzug dem Höhepunkt entgegen schießt. Unser Rachefeldzug. In dem es keinen Platz mehr für Ablenkung gibt.

Ich rolle mich von der Matratze, greife nach dem Hemd, das zerknüllt auf dem Boden liegt, und werfe es Hunter ins Gesicht. »Zieh dich an«, befehle ich, »wir haben einiges zu tun.«

Murrend kommt er meiner Aufforderung nach, während ich in eine schwarze Jeans und ein ebenso dunkles Top schlüpfe. Meine Haare verbanne ich mit einem Zopfgummi an meinen Hinterkopf. Adrenalin fließt durch meine Adern. Ich spüre es ganz deutlich, die Vorfreude darauf, diesem Mistkerl Miller sein gerechtes Ende präsentieren zu können. Er hat mir lange genug auf der Nase herumgetanzt.

Ich schlüpfe in meine Boots und ziehe die Schnürsenkel etwas fester als nötig. Die Anspannung um meine Knöchel erinnert mich daran, auf dem Boden der Tatsachen zu bleiben. Alles fokussiert im Blick zu haben und mich nicht ablenken zu lassen.

»Was ist dein Plan?« Hunters Stimme klingt ungewöhnlich rau.

Ich drehe mich zu ihm um und betrachte seine zerknautschten Anziehsachen, seine zerzausten Haare, die er einfach nicht bändigen kann, egal, wie oft er mit der Hand durch sie hindurchfährt.

Ein Ausdruck der diabolischen Vorfreude liegt auf seinen Zügen. Er kann es nicht erwarten. Das ist es, was ich meine … wir werden dieses Gefühl, nah an der Klippe zu stehen, immer brauchen. Ein normales Leben ist nichts für uns, aber die Vergangenheit hat mich etwas Bitteres gelehrt: ich werde diejenigen, die ich liebe, niemals beschützen können. Irgendwann kommt immer ein Scheißkerl oder eine Bitch daher, deren Absichten auf den ersten Blick nicht erkennbar sind. Deren Vergangenheit geändert oder ausgelöscht wurde. Irgendwann, und da bin ich mir sicher, würde ich Liam verlieren. Nicht, weil er geht, sondern weil er von jemandem umgebracht wird, der nach Rache dürstet. Der mich an meinem wundesten Punkt treffen will.

Ein leichtes Ziehen in meiner Brust zeigt mir, dass ich bedaure, was ich gleich von ihm verlangen werde. Aber es muss sein.

»Wir treffen uns in zehn Minuten im Konferenzraum. Ich gebe Rams und Rico Bescheid.«

Ohne eine weitere Erklärung verlasse ich mein Zimmer. Ich nicke dem Mann, der sich vor meiner Tür positioniert hat, zu und er folgt mir in einem gewissen Abstand. Ich hasse es, beschattet zu werden, und sei es zu meinem eigenen Schutz. Es ist erbärmlich, in meinem eigenen Haus Wachen postieren zu müssen.

Während ich in der Küche darauf warte, dass sich meine Tasse mit Kaffee füllt, greife ich nach meinem Handy und schreibe Rams und Rico eine kurze Anweisung. Ein süßlicher Duft lockt mich um die Anrichte herum und offenbart mir einen Teller voller Pancakes. Merita wurde durch eine schweigsame Arbeitskraft ersetzt, die Rams zuvor durchleuchtet hat.

Sie sorgt nicht nur dafür, dass ich zukünftig stets eine ordentliche Garderobe vorzuweisen habe, sie kümmert sich auch inbrünstig um meine Verpflegung. Ich bediene mich und mache mich auf zum Konferenzraum. In der einen Hand meinen Kaffee und in der anderen den Pancake haltend, steuere ich auf meinen Sessel zu und lasse mich nieder.

Es dauert nur wenige Minuten, da öffnet sich die Tür und meine Jungs treten ein. Rams, wie immer mit seinem Laptop unterm Arm und einer Umhängetasche über der Schulter, dicht gefolgt von Rico, der aussieht, als hätte er schlecht geschlafen, und Hunter, dem der anhaltende Blutdurst ins Gesicht geschrieben steht. Ich gönne mir einen Schluck Kaffee, warte, bis sich die drei gesetzt haben und räuspere mich dann.

»Hunter«, beginne ich ohne Umschweife, »ruf Miller an.«

Die Stimmung im Raum kippt schlagartig. Rams erstarrt in der Bewegung, seinen Laptop zu öffnen, während Hunters Gesichtszüge entgleisen. »Warum sollte ich das tun?«

»Ich denke, er hat dir einiges zu erzählen.«

Hunters Vorfreude, den Mistkerl wie auf altertümliche Art auf einem Holzpfahl aufzuspießen, ist wie weggeblasen. Wenn ich mich nicht täusche, wird er sogar blass um die Nase.

Rico beugt sich über den Tisch und schiebt dem Ex-Navy Seal ein Telefon zu. Liams Lippen pressen sich zu einer schmalen Linie zusammen, seine Kieferknochen mahlen. Er weiß genau, was ich von ihm erwarte.

»Moment«, mischt Rams sich ein, fördert ein Kabel aus seiner Tasche zutage und verbindet das Handy mit seinem Laptop. Er wird das Gespräch aufzeichnen. Und er weiß genau, warum er das tun muss. »Die maximale Gesprächsdauer beträgt zwei Minuten, andernfalls besteht die Gefahr, dass sie uns orten können.«

»Stell es auf laut, wenn du telefonierst«, fordere ich und trinke weiter meinen Kaffee. Der bittere Geschmack rinnt mir die Kehle runter, doch ich mag es so. Schwarz wie meine Seele. Schwarz wie meine Zukunftsaussichten, wenn es nach Miller geht.

Hunter schenkt mir einen vielsagenden Blick, den ich nicht recht deuten kann. Er scheint wütend zu sein, vielleicht fürchtet er sich auch vor dem, was er gleich zu hören bekommt. Stumm wählt er Millers Nummer und legt das Telefon vor sich auf den Tisch. Das Freizeichen ertönt viel zu lange. Mit jedem Geräusch werde ich ungeduldiger, tripple mit meinen Fingernägeln auf der Tischplatte herum. Die Luft in diesem Raum ist deutlich angespannt.

»Wer ist da?«

Hunter und ich wechseln einen schnellen Blick. Das ist seine Chance, endlich die Wahrheit zu erfahren.

»Hunter«, antwortet er. Seine Stimme klingt eiskalt, so emotionslos habe ich ihn noch nie erlebt.

Ein kurzes Schweigen folgt. »Hunter«, kommt es schließlich gedehnt zurück, gefolgt von einem abfälligen Schnauben. Gleichzeitig meine ich, die Panik zu fühlen, die von dem Scheißkerl ausgeht. »Du bist also noch am Leben.«

Dass ich Millers Köder nicht geschluckt habe, wird für ihn jetzt zum Problem. Liams Kieferpartie wirkt wie in Stein gemeißelt. »Ich weiß, was du getan hast, Miller«, brummt er. »Sag es mir, ich will die Worte aus deinem Mund hören.«

Ein Lachen erklingt, kalt und herzlos, passend zu dem Abschaum, der er ist. »Ich habe vieles getan. Auf was genau spielst du an?«

»Es war vor vier Jahren.«

»Du musst mir schon mehr auf die Sprünge helfen«, seufzt Miller ungeduldig. »Das ist lange her, mein Gedächtnis ist nicht mehr das Jüngste.«

Stumm schüttele ich den Kopf. Das Arschloch legt es wirklich darauf an, Hunter zu provozieren.

»June und Ella, das sind ihre Namen«, flüstert Liam heiser. »Du hast sie ermorden lassen.«

»Falsch.« Stille breitet sich aus. Ein leises Lachen ertönt. »Oh, armer, armer Hunter. Du weißt gar nichts. Sie mussten deinetwegen sterben. Du hast dich nicht an die Vorschriften gehalten. Ich wollte dich schon lange aus dem Team werfen, doch du scheinst bei einem aus der oberen Etage einen Stein im Brett zu haben. Sie wollten dich trotz deiner Verhaltensauffälligkeiten nicht gehen lassen. Also musste ich dafür sorgen, dass du nach den Regeln spielst. Nach meinen Regeln.«

»Wer. Hat. Meine. Familie. Ermordet?«

»Das warst du allein.«

Hunter stößt hart die Luft aus. »Ich will wissen, wer den Abzug gedrückt hat, Arschloch! Ich will wissen, wer wie ein Feigling in mein Haus eingebrochen ist und meine Familie umgebracht hat, während ich nicht Zuhause war. Anstatt sich mir zu stellen, wie ein richtiger Mann!«

Er schnalzt mit der Zunge. »Hättest du dich an die Vorschriften gehalten, wäre das alles nicht nötig gewesen. Soldaten befolgen Befehle. Mehr wurde nicht von dir verlangt. Aber du musstest ja immer deinen eigenen Willen durchsetzen. Dir fehlte die richtige … Motivation. Ich verspürte keine Freude dabei. Wobei, im Nachhinein würde ich es immer wieder tun.«

Ich erkenne, wie die Ader an Hunters Stirn bedrohlich hervortritt. Sein Adamsapfel hüpft, als er hart schluckt. »Ich hätte nicht gedacht, dass du die Eier in der Hose hast, dir selbst die Finger schmutzig zu machen.«

»Weißt du, Hunter, manchmal träume ich von ihnen. Von den Schreien deiner Tochter und den verzweifelten Versuchen deiner Frau, sich und ihr Kind zu retten, weil du nicht da warst. Wo warst du noch gleich? Ach ja, du warst einkaufen.«

Miller hätte es nicht sagen müssen. Doch der Hohn ist deutlich aus seiner Stimme herauszuhören, die Genugtuung, Hunter mit seinen Worten verletzen zu können. Die Wunden wieder aufzureißen, die gerade erst begonnen haben, zu heilen.

Ich sehe deutlich vor mir, wie Miller sich genüsslich in seinem Lederstuhl zurücklehnt, ein verschlagenes Grinsen im Gesicht und wahrscheinlich eine dicke Beule in der Hose. Ich hege keinen Zweifel, dass genau solche Situationen und Gespräche den Special Agent aufgeilen. Im Augenwinkel erkenne ich, wie Rico die Finger zu Fäusten ballt und Rams' Hautton dem seines weißen Hemdes gleicht.

»Wo bist du, Hunter?«, fragt Miller wie beiläufig, fast gelangweilt. »Deiner italienischen Schlampe bereits entkommen?«

Ein süffisantes Lächeln legt sich auf meine Lippen. Das ist mein Einsatz. »Ich habe noch eine ganz andere Schlampe bei mir. Vermisst du deine Tochter?«

Stille schallt mir als Antwort entgegen, lauter, als Worte es jemals sein könnten. Die Stille, die mir eine Gänsehaut über die Schultern jagt. Ich genieße es, mit Ängsten zu spielen, unvorhergesehen auf der Bildfläche zu erscheinen.

»Oh, du dachtest doch nicht etwa, Hunter wäre mir entkommen. Jämmerlich. Hast du dein Präsent erhalten? Ich habe meine Haushälterin gebeten, es mit einer rosa Schleife zu umwickeln.« Ich nicke Hunter zu, als Zeichen, dass unser Schachzug weitaus vernichtender war als Millers. Er hat die Figur nicht kommen sehen.

»Wenn du, Bitch, mir meine Tochter nicht zurückgibst, schwöre ich dir, dass …«

»Halt dein verdammtes Maul«, unterbreche ich ihn eisig. »Du hast die Regeln nicht vorzugeben. Es gibt nur eine Möglichkeit, deine süße Evelia zu retten.«

Ja, die Bitch wütet in mir. Hier geht es um viel mehr als den Mord an meinem Vater, der längst gerächt ist, obwohl Miller den Befehl zum Töten gab. Ich will den Scheißkerl fallen sehen.

»Welche?«, keift er in den Hörer.

»Der Ort der Übergabe lautet Hickory Flats Cemetery, heute um zwanzig Uhr. Ich würde dir raten, pünktlich zu sein.«

»Was ist der Austausch? Du gibst mir meine Tochter nicht einfach so zurück. Nicht du.«

Rams gibt mir ein Zeichen, dass wir keine Zeit mehr haben.

Ich lächele. »Zugangsdaten zu streng vertraulichen Informationen, die meinen Waffenhandel gefährden könnten. Für jede Viertelstunde, die du zu spät am Übergabeort erscheinst, schneide ich deiner Tochter einen Finger ab. Solltest du nicht allein erscheinen, erhältst du ihren Kopf.«

Er schreit noch etwas durch den Hörer, aber ich habe längst aufgelegt.

Rams stößt hart die Luft aus, als hätte er sie während des gesamten Telefonats angehalten. »Heilige Scheiße«, flüstert er und schiebt sich die Brille nach oben, die ihm bis auf die Nasenspitze gerutscht ist.

Ich stehe auf, tätschele meinem Hacker beruhigend die Schulter. »Sehr gut gemacht, Rams. Hast du das Geständnis auf Band?«

Er nickt heftig. »Natürlich, Miss.«

»Gut. Lass es unseren Freunden zukommen.«

Während seine Finger bereits über die Tastatur fliegen, wende ich mich an Rico. »Ich brauche eine vollausgerüstete Mannschaft, meine SWAT-Leute und jeden Sniper, der in meinen Diensten steht. Außerdem will ich, dass du Merita hierherbringen lässt.«

Er nickt. Liam dagegen sagt kein Wort, scheint völlig in sich gekehrt zu sein, als ob er sich bereits einen Plan überlegt, wie er Miller allein erwischen kann. Das wird er nicht, dafür sorge ich.

»Hunter.« Keine Reaktion. »Hey, Hunter!«, rufe ich lauter und schnippe vor seinem Gesicht herum. Blinzelnd blickt er zu mir auf. »Du hast acht Stunden, um wieder klarzukommen und dir zu überlegen, was du mit Miller anstellen willst. Nicht allein, sondern mit mir. Betrachte es als gemeinsame Freizeitaktivität.«

Während Hunter im Trainingsraum verschwunden ist, nutze ich die Zeit mit meinem Team, um die Gegebenheiten zu besprechen. Uns bleiben nur wenige Stunden, um einen wasserdichten Plan zu entwickeln.

»Ihr positioniert euch am Hügel, der Abstand zum Haus beträgt achthundert Yards, ihr erhaltet dafür die Präzisionsgewehre«, wende ich mich an die Sniper, die lediglich nicken. Sie befolgen Befehle, mehr nicht, deswegen habe ich sie eingestellt.

Mein Blick wandert weiter zum Bombenentschärfer, der heute eine andere Aufgabe erhält. »Wie viel C4 steht uns zur Verfügung?«

Er grinst. »Genügend, um halb Atlanta zu sprengen.«

»Wenn ich den Befehl zur Sprengung der Hütte gebe, wird er augenblicklich durchgeführt, verstanden?«

Der Kerl wirkt kurz verunsichert, aber schließlich nickt er.

»Ich meinte damit wirklich augenblicklich. Keine Sekunde später, egal, wer sich im Haus befindet.«

Jetzt wird auch Rico unruhig, er wirft mir einen schmalen Blick zu, als ahne er, was ich vorhabe. Aber ich kann und ich werde niemanden, bis auf ihn, Rams, Christian und Colton, in diesen Plan einweihen. Es steht zu viel auf dem Spiel. Doch zuvor muss ich mit Rico allein sprechen. Er wird den Auftrag dann an die anderen drei weitergeben.

»Jawohl, Miss.«

»Gut. Ihr könnt den Raum verlassen und den Zielort aufsuchen. Wenn euch irgendetwas verdächtig vorkommt, wird mir das sofort gemeldet. Rico? Sorg dafür, dass die richtigen Schusswaffen vor Ort sind, falls die Idioten einen Hubschrauber lossenden.«

Er hebt eine Augenbraue. »Sie glauben nicht, dass Miller allein erscheint?«

Seufzend schüttele ich den Kopf. »Ich fürchte nein.« Ich drehe mich zu den Verbliebenen im Raum um. »Ihr könnt gehen, ich will Rico allein sprechen.«

Als Rams mir einen vorsichtigen Blick unter den dicken Brillengläsern zuwirft, nicke ich. »Ganz allein.«

»Natürlich, Miss.«

Wenn er nicht so ein eingeschüchterter Kerl wäre, könnte er glatt mehr aus seiner Erscheinung machen. Mit seinen Fähigkeiten wäre er gewissen Kunden Millionen wert, viele Millionen. Ob er sich der Tatsache bewusst ist? Erst als Rico und ich allein sind, spreche ich weiter. »Es geht um Hunter.«

Er trippelt mit den Fingern auf der Tischplatte herum und verzieht das Gesicht, als hätte er Schmerzen. »Das dachte ich mir bereits. Wenn ich ihn umbringen soll, werde ich es tun, wenn auch nur ungern. Er ist ein Scheißkerl, aber ohne ihn hätte wir Sie vermutlich nicht mal aus Montenegros Klauen bekommen.«

Ich weiß, wie schwer es ihm fällt, das zuzugeben. Rico ist jemand, der keine Fehler machen will. Der sich am liebsten selbst geißeln würde, wenn etwas schiefgeht. Unter allen Menschen hier ist er der Loyalste. Nur deswegen weihe ich ihn in meine Gedanken ein.

»Nicht umbringen«, flüstere ich und lasse mich auf dem Sessel nieder. Ich bin müde, ausgelaugt und hätte dringend eine Massage nötig. Hunters Erscheinen hat vieles durcheinandergebracht, unter anderem meine Fähigkeit, ruhig zu bleiben, wenn sein Leben bedroht ist.

Ich fahre durch meinen Pferdeschwanz. »Verrat hin oder her, er hat mir das Leben gerettet. Innerhalb unserer Kreise stehe ich somit in seiner Schuld.«

Rico gibt ein Brummen von sich. »Sie habe ihn am Leben gelassen und nicht gefoltert, Ihre Schuld ist beglichen.«

»Das sehe ich nicht so. Er hat aus denselben Gründen gehandelt wie ich. Egal ob Miller lebend oder tot aus dieser Sache herauskommt, Hunter wird beim FBI ganz oben auf der schwarzen Liste stehen. Sie werden ihn jagen, und irgendwann werden sie ihn finden. Es ist nur eine Frage der Zeit.«

Das Trommeln hört auf. »Sie wollen es demnach selbst beenden?«

Irgendetwas in mir zerbricht, als ich Rico in meinen Plan einweihe. Nach einigen Sätzen weiß ich, was es ist: der unbändige Hass, der mich immer angetrieben hat.

Er ist fort.

LIAM

1581 Tage.

So lange musste ich warten, um meine Rache zu bekommen.

1581 Tage, in denen mich nichts anderes beherrscht hat, als der Wunsch, den Tod von Ella und June zu rächen. Ich hätte gedacht, dass mich ein gewisses Hochgefühl durchfluten würde. Dass ich es vor lauter Anspannung nicht mehr erwarten kann, auf mein Ziel loszustürmen. Aber ich bin innerlich völlig ruhig. Egal, auf welche Art ich ihn schnappe, er wird dafür bezahlen.

Die Sonne geht bereits unter und wirft einen rötlichen Schimmer auf die dreckige Wand des alten Friedhofsgebäudes, in denen früher die Leichen aufgebahrt wurden. Rico und ich sind etwa fünfhundert Yards entfernt auf einem überhöhten Posten, der uns einen halbwegs scharfen Blick durch das Baumdickicht hindurch ermöglicht. Ich sehe durch das Fernrohr auf den Eingang. Ein schwarzer SUV, der Alecta gehört, fährt vor und bleibt davor stehen.

Sie trägt trotz der Wärme einen dünnen langen Mantel, deren Kragen ihr halbes Gesicht verdeckt. Ihre Haare sind offen, sie sieht nicht zu uns, sondern betritt das Gebäude. Hinter ihr ist ein Bodyguard, der dem Fahrer ein Zeichen gibt, ehe er ihr in das Gebäude folgt.

»Ich habe kein gutes Gefühl bei der Sache«, knurre ich und behalte das Gemäuer im Blick.

Rico rührt sich keinen Zoll, hält sein Präzisionsgewehr im Anschlag. »Wir sind durch das Dickicht zumindest vor einem Hubschrauber geschützt. Das bedeutet allerdings nicht, dass sie es nicht auf dem normalen Weg versuchen.«

Ich bin mir sicher, dass Miller nicht allein erscheint. Meinen Recherchen nach haben er und Evelia kein inniges Verhältnis mehr, aber ich plädiere auf den Umstand, dass Alecta immer noch seine Tochter hat. Eine Tochter mit vielen Informationen, die ihm das Genick brechen könnten.

»Hunter«, dringt Alectas Stimme durch den Funk, »ich kann dich bis hierher die Stirn runzeln sehen.«

Grimmig positioniere ich mich so am Waldboden, dass ich es länger aushalten kann, ohne schnell zu verkrampfen. Ich nehme das Gerät in die Hand. »Ich hoffe, du weißt, was du tust. Wenn es nach mir ginge, hätten wir den Plan anders umgesetzt.«

»Natürlich hätten wir das. Der Meister höchstpersönlich kann schließlich nicht damit leben, auf andere angewiesen zu sein«, erwidert sie und ich höre in ihrer Stimme das Schmunzeln.

Ich sage nichts mehr, übergebe das Funkgerät an Rico und konzentriere mich auf das Haus.

Die Fenster sind teilweise eingeschlagen, Putz bröckelt von den Wänden ab und hat sich am Waldboden gesammelt. Es könnte ein Sturm reichen und die Bude würde in sich zusammenfallen, demnach sollte es dort drin besser zu keiner Schießerei kommen. Es gefällt mir nicht, dass sie sich darin aufhält. Miller hat etwas vor.

Unruhe erfasst mich und ich blicke zu Rico. »Als du erfahren hast, dass Alecta entführt wurde, standst du kurz vor dem Herzinfarkt. Warum bist du jetzt so tiefenentspannt?«

Das Weiß seiner Augen wirkt angesichts der vielen Farbe in seinem Gesicht noch intensiver. »Miss Di Salvo ist schlau. Sie würde sich niemals in dieses Haus begeben, wenn es nicht sein muss.«

»Okay, Jungs, es geht los. Delta eins auf Position A sieht drei schwarze Fahrzeuge am Beginn der Straße«, ertönt Alectas Stimme.

Scheißkerl. Ich wusste, dass er nicht allein kommt, dafür ist er viel zu feige. Wie von selbst gleitet meine freie Hand an meinen Hals, dort wo meine Dogtag … ich taste an meinem Hals entlang, aber da ist nichts. Verfickte Scheiße, ich habe sie nicht angelegt.

Ich habe keine Zeit, um im Geiste durchzugehen, warum ich sie vergessen habe.

»Sniper eins und zwei?«, hallt Alectas Stimme durch den Funk.

»Auf Position.«

»Sehr gut. Rams?«

»Hier, Miss.«

Sie atmet durch. »Auf mein Zeichen führst du deinen Auftrag durch, verstanden?«

Ein kurzes Knacken am Ende der Leitung. »Verstanden, Miss.«

»Welcher Auftrag?«, zische ich Rico zu, aber er ignoriert mich, späht durch das Zielrohr auf den Eingang. Ich richte meine Aufmerksamkeit auf die nahenden Geräusche der Autos. Drei SUV.

»Es geht los«, sagt er schließlich und tippt seine Uhr an. Ein Piepsen ertönt.

»Rams. Das Zeichen«, meldet sich Alecta zu Wort.

»Verstanden, Miss. In drei Sekunden.«

Mit quietschenden Reifen bleiben die Autos vor dem verfallenen Gebäude stehen. Türen springen auf, Agents stürmen aus dem Wagen und suchen hinter Gebüsch und Bäumen Schutz. Mein Finger liegt über dem Abzug. Ruhig und entspannt. Ich nehme einen ins Visier, der eine höhere Position hat, das erkenne ich bereits an der Art und Weise, wie selbstverständlich er sich aus dem scheiß Auto bewegt.

»Sie sind da.« Wieder Alectas Stimme

Jetzt bemerke ich, was Rams' Auftrag war. Er muss die Funkverbindung gestört haben. Die Agents halten sich zwar das Handgelenk an den Mund, aber an den Handzeichen, die sie sich geben, weiß ich, dass sie keinen Kontakt untereinander haben.

»Er ist hier«, flüstert Rico und ich nehme das eine Arschloch aus dem Visier, bevor ich das andere fixiere.

»Miller«, entkommt es mir leise. Scheiße, die Versuchung ist so groß, abzudrücken. Aber meine Kugeln würden die Panzerung nicht durchschießen können. Dieser Wichser versteckt sich so hinter dem Wagen, dass ich kein freies Schussfeld habe.

Die Agents nähern sich dem Gebäude, immer so, dass sie noch vom Dickicht geschützt sind und mir keine freie Bahn geben.

»Okay.« Alecta atmet langgezogen aus. »Es geht los. Sprengung.« Alectas Stimme ist ruhig, geklärt. Als wüsste sie, dass es keinen anderen Ausweg mehr gibt. Das Gebäude ist umstellt, diese Wichser verstecken sich hinter Bäumen und Gebüsch, sodass ich sie nicht ins Visier nehmen kann.

Ich greife nach dem Funkgerät. »Keine Sprengung«, fluche ich, »du bist noch im Haus, gottverdammt!«

Ein Gefühl, das ich seit vier Jahren nicht mehr an mich herangelassen habe, erfasst mich mit voller Wucht: Angst. Die nackte Angst um sie. Auch wenn mich dieses Biest bis an den Rand des Wahnsinns getrieben hat, kann ich mir nicht vorstellen, dass sie weg ist. Fort. Tot.

Ich werfe Rico einen mahnenden Blick zu. »Wenn du den Zünder auch nur ansiehst, blase ich dir den Schädel weg.«

Er schluckt. »Ich bin nicht im Besitz des Zünders.«

Ein dumpfes Geräusch breitet sich in meiner Umgebung aus. Wie ein Surren, wenn man kurz davor ist, das Bewusstsein wegen zu hohen Blutverlustes zu verlieren. Die Erde scheint aufzuhören, sich zu drehen, seine Lippen bewegen sich nicht mehr, obwohl er etwas sagt.

Nein, das ist unmöglich.

»Ich sagte, Sprengung!«

Eine Sekunde.

So fühlt es sich an. Eine einzige Sekunde, die über Leben und Tod entscheidet. Ehe ich erneut ins Funkgerät brüllen kann, ertönt ein ohrenbetäubender Knall.

Feuer, Schreie, eine irrsinnige Kraft, deren Auswirkungen sogar ich noch spüre. Als würde uns ein Sturm mit voller Wucht erfassen. Aus einem puren Kriegsreflex lasse ich mich nach vorn fallen, schütze meinen Schädel mit den Händen. Die Explosion ist so laut, dass das Surren in meinen Ohren stärker wird. Höher, feiner, als hätte es mir das Trommelfell zerrissen.

Ich wehre mich gegen den Reflex, hebe den Kopf und blinzele. FBI Agents wurden durch die Wucht aus ihren Verstecken geschleudert, abgerissene Körperteile liegen am Boden, die Schreie sind verstummt.

»Delta eins schießt«, tönt es durch den Funk und wenig später werden die Männer, die sich noch irgendwo rührten, abgeknallt.

»Alecta«, flüstere ich. Mein Körper ist wie gelähmt, will meinen Befehlen nicht gehorchen. Anstatt aufzustehen bin ich wie an den Boden gefesselt.

Sie ist tot.

In die Luft geschleudert.

»Hunter«, höre ich meinen Namen wie aus weiter Ferne. Jemand rüttelt an mir, schlägt mir gegen den Oberarm. »Wir müssen weg. Sofort!«

Ein schwarzer SUV fährt mit quietschenden Reifen durch die enge Kurve, driftet zum offenen Bereich. Ich erkenne die beiden SWAT-Typen, die mit den Gewehren voraus aus dem Wagen stürmen. Sie können sie nicht retten. Niemand konnte diese Explosion überleben.

»Hunter!« Wieder dieses Brüllen. Ich sehe zur Seite, ein Schleier legt sich vor mein Gesichtsfeld. June. Meine Tochter.

Scheiße, ich halluziniere. Sie rennt auf mich zu, ihre Ärmchen sind von sich gestreckt. Daneben Alecta, die ihr folgt, lacht, ausgelassen tobt.

Was passiert hier?

»Hunter, verdammte Scheiße!« Ein Schlag auf den Kopf. Das Bild verschwindet, Schmerz breitet sich explosionsartig in meinem Schädel aus, ich stöhne auf.

Die Sicht wird klarer, das Surren lässt nach und ich erkenne Rico, der an meinem Arm zerrt. »Steh auf! Wir müssen hier weg.«

Irgendwie übernehmen meine Instinkte das Handeln, ich schaffe es, mit seiner Hilfe aufzustehen.

»Komm, wir müssen zum Wagen. Beeil dich, heilige Scheiße.«

Meine Zunge fühlt sich an wie angefroren. Alecta ist tot und seine einzige Sorge ist es, zu entkommen. Meine Beine folgen ihm wie von selbst. Ich fühle mich um vier Jahre zurückversetzt, gleich hilflos wie damals.

Miller ist tot.

Alecta ist tot.

Es ist vorbei.

Ich weiß nicht, wohin Rico mich bringt, aber irgendwann, nachdem wir ins Auto eingestiegen sind und er das Gaspedal durchdrückt, wache ich aus meiner Schockstarre auf. Blut flutet meine kalten Finger, das Zittern lässt nach und meine Gedanken werden klarer.

Als wir auf eine Lichtung kommen, sehe ich ein kleines Haus am Waldrand, daneben liegt ein See. »Wohin fahren wir?«

Mit Automatikgetriebe über einen holprigen Waldweg zu fahren grenzt an Wahnsinn, aber Rico scheint das Maximum aus dem Wagen herausholen zu wollen.

»Zum Boss«, entgegnet er ruhig und umklammert das Lenkrad mit beiden Händen. »Und jetzt hör auf, Fragen zu stellen. Sie wird sie dir gleich beantworten.«

»Zum …«, beginne ich und verstumme abrupt, als ich eine Gestalt auf der Veranda einer Hütte erkenne. Mein Herz setzt einen Schlag aus, um dann noch kräftiger weiter zu pochen. Alecta. Sie hat die Arme vor der Brust verschränkt, ich erkenne das Funkgerät in den Händen, ihre Augen sind hinter einer großen Sonnenbrille verborgen. Sie trägt eine beschusshemmende Weste, darunter ein olivfarbenes Hemd.

Rico bremst ab und steigt aus, ohne mich ein einziges Mal anzusehen. Ich öffne die Wagentür, schlage sie ruckartig zu und folge ihm. Mit jedem Schritt spüre ich das Leben in mir zurückkommen. Mit voller Wucht. Wut bahnt sich ihren Weg durch meine Eingeweide, mein Magen rebelliert und in meinem Kopf dröhnt es.

Sie hat mich verarscht.

Einfach verarscht.

»So sehr ich Ihnen auch ergeben bin, Miss Di Salvo, aber ich werde Hunter kein weiteres Mal hinters Licht führen. Vorher kündige ich«, speit Rico aus, als er an ihr vorbei in das Innere des Gebäudes geht.

Auf der einen Seite bin ich unfassbar erleichtert, sie zu sehen, auf der anderen würde ich sie am liebsten packen und im See ertränken.

Ich bleibe vor dem Treppenaufgang stehen und starre zu ihr nach oben. Sie nimmt die Sonnenbrille ab und ich erwarte mir einen abgeklärten, rationalen Blick, aber ihre Augen sind feucht.

»Tut mir leid«, sagt sie leise, »aber es ging nicht anders. Ich war es dir schuldig.«

Es kommt selten vor, dass ich um Worte verlegen bin, aber sie schafft es immer wieder. »Du hast mich glauben lassen, du wärst gestorben. In dem verdammten Haus. In die Luft gesprengt.«

Ich presse jedes einzelne Wort heraus, kralle meine Finger um das Geländer und stürme nach oben. Ehe sie die Gelegenheit erhält, zu reagieren, packe ich sie und werfe sie wie einen Sack Mehl über die Schulter.

»Hunter!«, zischt sie. »Lass mich sofort runter. Rico ist im Haus.« Sie schlägt mit den Fäusten auf meinen Rücken ein, versucht, nach mir zu treten, aber sie erwischt mich nicht. Völlig außer mir gehe ich die Treppe wieder nach unten und visiere den Wald an. »Hör auf, dich zu wehren, sonst wird es verdammt schmerzhaft für dich.«

»Niemals«, faucht sie, trommelt weiter mit ihren Fäusten auf meinen Rücken. Ich hole aus und verpasse ihr einen festen Schlag mit der flachen Hand auf ihren Arsch.

Sie stöhnt auf, presst sich gegen mich und fängt an, sich wie ein Fisch zu winden. Als wir endlich das Waldstück erreichen, lasse ich sie auf dem Boden ab, um sie in der nächsten Sekunde gegen einen Baum zu pressen. Durch den Aufprall entströmt die Luft in einem Zug aus ihrer Lunge.

Ich dränge meinen Oberschenkel zwischen ihre Beine, halte sie gefangen und umfasse ihr Gesicht dann unsanft hart. »Wenn du keine verdammt gute Erklärung dafür hast, Alecta, schwöre ich dir, dass Miller dein kleinstes Problem war.«

»Lass. Mich. Los«, faucht sie. Allein das Feuer in ihren Augen zu sehen, lässt meinen Schwanz zucken.

»Erklärung!«

»Ich musste dich beschützen, du Idiot! Du hättest dich nur selbst in Gefahr gebracht und meinem Plan niemals zugestimmt!« Obwohl ihre Stimme vor Verärgerung trieft, zittert sie gleichzeitig.

»Egal, ob wir Miller tot oder lebendig erwischt hätten, du wärst dem FBI auf Dauer nie entkommen. Sie hätten dich quer über den Erdball gejagt, das konnte ich nicht zulassen. Du bist offiziell tot, Hunter, wie ich!«

Ich sehe sie prüfend an, versuche, ihren Worten zu folgen. »Wer waren die beiden im Haus?«

»Merita und der Türsteher, der mich damals an dich verraten hat. Er trug deine Dogtag, sie Schmuckstücke von mir. Rams hat die Zahndaten in meiner Kartei gegen ihre getauscht und seine gegen deine. Wir sind frei, Hunter, verstehst du? Frei.«

»Und Miller?«

Die kurze Freude in ihren Augen verschwindet und weicht wieder Rationalität. »Ich habe die Bombe zünden lassen, als er außerhalb des Radius war. Er hat überlebt und wird von den beiden SWAT-Männern hierhergebracht.«

»Und seine Tochter?«

»Sie denkt, wir sind tot. Rams hat sie mit einem kleinen Startkapital außerhalb Atlantas abgesetzt.«

Ich runzele die Stirn. »Du lässt sie laufen? Du?«

Alecta wirkt müde. Als könnte sie die ganze Last nicht mehr tragen, die sie ständig mit sich geschleppt hat. »Wir sind tot, Hunter. Es ist mir scheißegal, ob sie den Cops etwas über uns verrät oder nicht, es zählt nicht mehr. Sie können mein ganzes Anwesen durchforsten, sie werden nichts finden, alle brisanten Dokumente sind zerstört worden.«

»Und jetzt?«

»Jetzt kümmern wir uns um Miller. Ich habe dir versprochen, dir ein Stück vom Kuchen abzugeben, aber wir sollten uns nicht zu lange Zeit lassen. Das FBI wird ihn suchen, auch wenn die SWATs ihm den Peilsender entfernt haben.«

»Wie viel Zeit haben wir noch, bis er eintrifft?«

»Wenn du mir ein wenig Spielraum lässt, kann ich auf die Uhr sehen«, entgegnet sie und deutet auf ihr Handgelenk. Keine Chance. Ich sehe nach unten auf das beleuchtete Display. »Zwanzig Uhr fünfzig.«

»Dann haben wir etwa vier Minuten.«

Ich genieße es, dass sich die Finsternis wieder in mir ausbreitet. Dass ich die Kontrolle über mich wieder zurückhabe. Alecta hat sie mir genommen und gleichzeitig wieder zurückgeben.

»Gut«, knurre ich, packe sie am Hals und ziehe ihren Kopf zu mir. Unsere Lippen prallen hart aufeinander, ich stoße die Zunge in ihren Mund, schmecke sie, fühle sie, besitze sie. Forsch gleitet meine Hand nach oben zu ihrem Hosenbund und nestelt an ihrem Knopf. Alecta stöhnt auf, vergräbt die Hände in meinen Haaren, schlingt die Beine um meine Hüfte.

»Oh nein, du kleines Biest. Du wirst bestraft werden, glaub mir das«, fluche ich, beiße in ihre Unterlippe, bis ich Blut schmecke.

In einer fließenden Bewegung wirble ich sie herum, drücke sie gegen den Baum und zerre ihre Hose nach unten, bis ich die nackte Haut unter meinen Fingern spüre. Es juckt mich so derb, sie zu bestrafen.

Brutal ziehe ich ihre Haare zurück, sodass sie aufschreit und mit dem Kopf gegen die Kuhle zwischen Hals und Schulter prallt. Ich bringe meine Lippen an ihr Ohr, fahre mit der Zunge die Konturen ihres Läppchens nach. »Du wirst mich nie mehr so verarschen, hast du mich verstanden?«

Sie sagt kein Wort, ihr Atem geht schwer. Ich ziehe meinen Arm an, hole aus und lasse die flache Hand gegen ihren Arsch prallen. Das Klatschen ist Musik in meinen Ohren, ihr Stöhnen das Crescendo.

»Hast. Du. Mich. Verstanden?«, presse ich hervor, vergrabe meine Finger in ihrer Arschbacke und drücke fest zu.

»Ich würde es wieder tun, um dich zu retten«, haucht sie schließlich, was meinen Ärger noch anstachelt.

Fahrig nestele ich an meiner Hose, schiebe sie nach unten und befreie meinen Schwanz. Mit bebenden Fingern presse ich ihn in ihre Ritze und versenke ihn langsam dazwischen.

»Fordere mich nicht heraus, Alecta. Ich ficke dich so lange, bis du mich anbetteln wirst, aufzuhören.«

Das leichte Zucken ihrer Mundwinkel lässt meinen Schwanz steinhart werden.

»Mach nur.« Ihre Stimme ist so leise, dass ich sie kaum höre. »Bestrafe mich. Dir bleiben drei Minuten.«

Ich ziehe ihren Kopf zu mir, streife mit den Lippen über ihre Wange. »Du willst es so? Du kannst es haben.« Ich trete einen langen Schritt zurück, drücke ihren Oberkörper nach vorn und bringe mich in Position. Sie ist so nass, dass ich am liebsten sofort abspritzen würde. Ohne Vorwarnung dringe ich hart in sie ein. Eine Mischung aus Schreien und Stöhnen entweicht ihrer Kehle, während ich sie ficke.

Dominanz trifft auf Unterwerfung. Der Wunsch zu bestrafen auf den Wunsch, Schmerz und Lust in einem zu fühlen.

Wieder und wieder ramme ich mich so fest in sie, dass unsere Körper klatschend aufeinandertreffen. Ihre Muskeln schließen sich um meinen Schwanz, ihr Stöhnen wird drängender, lauter, quälender. Ich weiß, dass sie kurz davor ist, zu kommen. Nach einem weiteren Stoß ziehe ich sie zu mir und verharre in der Position, schiebe meine Hand nach vorn und lasse sie kaum wahrnehmbar über ihre Klit gleiten.

»Nicht. Gott, Hunter, bitte«, wimmert sie, versucht, sich gegen meine Hand zu drücken, aber ich halte immer einen gewissen Abstand, sodass sie sie nur leicht berührt.

»Mach das nie wieder, Alecta, verstanden?«, zische ich ihr ins Ohr.

Seufzend legt sie den Kopf in den Nacken, fährt mit den Lippen über meinen Hals. »Das kann ich nicht.«

»Warum nicht?« Ich lege meine Finger wieder an ihre Klit.

»Weil ich dich liebe. Ich beschütze Dinge, dich ich liebe.«

Mehr braucht es nicht, um meine Bestrafung zu beenden. Ich ficke sie mit kleinen Stößen, während ich ihre Klit reize.

Nichts, gar nichts, kommt an das Gefühl ran, zu wissen, dass sie mir gehört. Ich lasse mich fallen, sauge ihr hohes Stöhnen in mich auf und komme mit einer Wucht, die mich gegen sie kippen lässt.

Keuchend und mit pochendem Herzschlag verharren wir kurz in der Position, ehe ich mich aus ihr zurückziehe und ihre Hose richte. Sie dreht sich schweigend zu mir um, drapiert ihre Kleidung ordentlich und überprüft den Sitz ihrer Frisur.

»Bei einer Sache kannst du dir sicher sein, Hunter«, flüstert sie und fährt sich mit der Zunge über ihre Unterlippe, »ich hätte es nicht getan, wenn ich dich nicht lieben würde.«

Und obwohl ich sie gerade dominant gefickt habe, ist sie diejenige, die mit hochgerecktem Kinn zurück zum Haus geht. Kurz bevor das Geräusch eines nahenden Autos die Stille zerbricht.

Es ist so weit.

ALECTA

Ich habe mich oft gefragt, wie es sich anfühlen würde, zu sterben. Hätte ich Todesangst? Wäre ich völlig ruhig und würde mit geschlossenen Augen auf das Ende warten? Schmerzt es oder fühlt sich alles taub an?

Hunter zu hintergehen, um dafür zu sorgen, dass er von der Bildfläche verschwindet, war eben nicht eines der selbstlosesten Dinge, die ich getan habe. Ich tat es, um ihn bei mir zu haben.

Während mein Kopf sich noch sträubt, hat sich mein Herz längst entschieden. Hunter ist mir ebenbürtig, niemand, der mich nach einigen Monaten langweilen würde.

Der schwarze SUV, der meine ehemalige Haushälterin und den Türsteher zum mittlerweile in Schutt und Asche gelegten Haus gebracht hat, bleibt vor der Hütte stehen. Die idyllische Szenerie, die hier vorherrscht, passt nicht zu der Brutalität, die Miller gleich erleben wird.

Ich höre Hunter hinter mir, seine Schritte werden schneller, ungestümer. Ehe er an mir vorbeihasten kann, wirbele ich herum und strecke den Arm aus. »Ruhig, Brauner. Wir haben mehr Zeit, als du denkst.«

Er scheint es anders zu sehen. Seine Lippenpartie ist wie in Stein gemeißelt, er fixiert den Wagen, der soeben vorgefahren ist.

»Hunter … eine Kleinigkeit, bevor wir reingehen.«

»Was?«, zischt er, ohne seinen Blick von dem Fahrzeug zu nehmen. Ich schnippe mit den Fingern vor seinem Gesicht herum, bis er endlich aus seiner Starre erwacht und sich auf mich konzentriert.

»Ich habe dir nicht alle Einzelheiten aus der Akte deiner Familie erzählt, das hatte Gründe. Also egal, was da drin passiert, du wirst dich zu keiner Kurzschlussreaktion hinreißen lassen, verstanden?«

Ich sehe seine Hand nicht kommen, die meinen Schopf packt und meinen Kopf schmerzhaft zu ihm zieht. »Du hast Informationen vor mir verheimlicht? Schon wieder?«

Seine impulsive Art reicht mir endgültig. Ich greife nach unten zu meiner Wade, hole die Knarre aus der Tasche und halte sie ihm gegen die Schläfe. »Lass mich los«, presse ich hervor. »Sofort. Ich habe dir Miller geliefert, und bei Gott, dort drin wirst du dich an meine Spielregeln halten, verstanden? Die Zeit von Impulsivität ist vorbei!«

Ich weiß, dass er leidet. Dass er sich so sehr danach sehnt, Gerechtigkeit zu erhalten. An diesem Punkt war ich lange … bis ich ihn traf und er mir bewusst gemacht hat, dass Rache oft mehrere Facetten hat. Dass der Tod für manche Menschen nur die Erlösung ist.

Als ob meine Worte endlich zu ihm durchdringen, lässt er mich los und nickt. »Verstanden, Miss.« Den sarkastischen Unterton kann er sich nicht verkneifen, aber immerhin scheint er zu bemerken, was hier auf dem Spiel steht. Er schiebt sich den Lauf der Waffe von der Schläfe und geht zum Eingangsbereich.

Miller wird gerade von den beiden SWATs ins Haus verschifft, wehrt sich trotz gefesselten Händen heftig. »Ihr verfluchten Scheißkerle! Ihr sollt dem Staat dienen, nicht dieser Bitch.«

»Die Bitch zahlt besser und verfolgt wichtigere Ziele«, höre ich Christian, einen meiner SWATs. Ungewöhnlich, dass sie mich verteidigen, meistens schweigen sie nämlich.

Hunter wartet vor der Eingangstür auf mich.

»Bereit?«, frage ich und versuche, in seiner Miene zu lesen, was er vorhat. Ich traue ihm nicht, was diese Sache angeht. Seit er weiß, dass Miller an der Ermordung schuld ist, ist es das erste Mal, dass sie aufeinandertreffen.

»Ich mag impulsiv sein, Alecta, aber ich bin nicht dämlich. Miller wird langsam sterben.« Mit diesen Worten öffnet er die Holztür und tritt in den Raum ein. Ich folge ihm.

Das Innere ist rustikal eingerichtet, ein dicker Wollteppich liegt auf dem Boden, die Feuerstelle ist unbenutzt. Ein altes Wochenendhaus, das von niemandem mehr genutzt wird. Miller wird von einem Soldaten auf den Sessel in der Mitte geschubst, ehe er gefesselt wird.

Die beschusshemmende Weste wurde ihm ausgezogen, stattdessen sitzt er in Shirt und Cargohose vor uns.

»Du dachtest, du kannst mich verarschen?«, beginne ich gelangweilt und starre auf meine Fingernägel, unter denen die Rückstände der Baumrinde zu sehen sind. Hunter muss in Zukunft etwas vorsichtiger mit mir umgehen.

Miller sieht sich im Raum um, die Unsicherheit in seinem Blick ist mein Adrenalin.

»Suchst du deine Tochter?«, flüstere ich und gehe auf ihn zu, bleibe knapp vor ihm stehen. »Sie ist leider nicht hier. Du wirst sie nicht mehr wiedersehen.«

Seine Unterlippe bebt, er reißt an seinen Fesseln, kann sie aber keinen Zoll lösen. »Wenn du sie umgebracht hast, Bitch …«

Eine schnelle Bewegung von der Seite und sein Kopf wird nach hinten geschleudert. Ich sehe Hunter warnend an. »Nicht zu fest, wir wollen schließlich länger Freude an ihm haben.«

Miller spuckt Blut zu Boden, rafft sich dann wieder in die Senkrechte, während Hunter sich hinter einen Stuhl stellt. Bis dato hat er kein Wort gesagt.

Seufzend verschränke ich die Arme vor der Brust. »Ich würde ihn so gern auf dich hetzen, du Scheißkerl, aber die Pläne laufen eben anders, deswegen werde ich deinen bisher unsicheren Verbleib fixieren. Willst du wissen, was auf dich wartet?«

»Der Tod?«, speit er sarkastisch hervor und verzieht seine Lippen zu einem Grinsen. »Wenn meine Leute dich finden, wirst du dir wünschen, jetzt gleich gestorben zu sein.«

Wieder ein Seufzen, das so passend für diese Situation ist. »Ich bin offiziell tot, Miller, genau wie Hunter. Uns gibt es nicht mehr. Deswegen haben wir hier freie Bahn in dem, was wir mit dir anstellen.«

Und nachdem, was ich Hunter verschwiegen habe, gibt es nur eine gerechte Strafe für Miller. »Kennst du die Strafe der Trentuno? Eine der brutalsten Arten, jemanden zu foltern. Sie wurde vor allem im Mittelalter angewandt«, flüstere ich und blicke auf ihn herab.

Seiner Miene nach zu urteilen hat er keine Ahnung, wovon ich rede. Wie schade. Während Rico scharf die Luft einzieht, hält sich Hunter an der Sessellehne fest. Er hat gelernt, seine Emotionen zu beherrschen, aber auch an seiner Miene erkenne ich, dass er keinen Schimmer hat, wovon ich rede.

»Rico«, sage ich ruhig, »gib mir die Akte von Hunters Familie.«

Ich will es nicht tun, aber ich muss. Eines habe ich in den letzten Wochen gelernt: ich kann zwar nicht alle Menschen in meinem Umfeld beschützen, aber ich habe die Möglichkeit, ihnen zur Gerechtigkeit zu verhelfen.

Rico kommt zu mir, hält mir eine dünne Mappe hin, die ich aufklappe und Miller vor die Nase halte. »Lies den zweiten Absatz laut vor.«

Sein Gesicht wird bleicher, aber der Groll in seinen Augen überwiegt, was mich zum Lächeln bringt. »Du bist nicht das erste Arschloch, das mich tot sehen will.«

Eine Ader an seiner Stirn beginnt zu pochen, seine Kiefermuskeln zucken. Er hat Angst, auch wenn er es niemals zugeben würde.

»Du willst nicht vorlesen?« Ich trete einen Schritt zurück und nicke Hunter zu. »Dein Einsatz. Aber bring ihn nicht um, wir brauchen ihn noch, glaub mir.«

Es scheint so, als hätte sich Hunter währenddessen genau überlegt, was er zu tun hat. Anstatt sofort auf ihn loszustürmen, was ich an seiner Stelle sicher getan hätte, nimmt er einen Gegenstand, der aussieht wie eine Hantelscheibe, von der Anrichte und stellt sich vor ihn hin. Rico wirft mir einen sorgenvollen Blick zu. Ich schüttele kaum merkbar den Kopf und er entspannt sich wieder.

»Na los, bring es hinter dich und schlage mir den Schädel ein.« Obwohl sich Miller um einen langweiligen Ton bemüht, höre ich die Panik in seinen Worten. Sie zieht sich wie ein endloser Nebel durch sie hindurch. Er weiß, dass er uns nicht mehr entkommen kann, aber er hofft, dass wir sein Leid verringern.

Anstatt einer Antwort ergreift Hunter die Hantelscheibe mit beiden Händen und lässt sie mit voller Wucht nach unten sausen. Er trifft nicht seinen Schädel, sondern sein empfindlichstes Stück. Bis zu diesem Augenblick wusste ich nicht, dass ein Mensch derart laut brüllen kann. Aus einem Reflex heraus drücke ich mir die Hände gegen die Ohren, ich habe das Gefühl, ein Düsenjet startet neben mir. Rico ist zurückgetaumelt, hat das Gesicht verzogen, als würde er die Schmerzen selbst empfinden, während Hunter die Ruhe in Person ist. Er hält den Gegenstand ein weiteres Mal in die Luft.

»Nein! Nein!«, mischen sich kaum hörbare Laute in diesen Mix aus Brüllen, Wimmern und Würgen. Millers Gesicht ist knallrot, er atmet so schwer, dass ich glaube, seine Lunge könnte jeden Moment zerreißen.

»Halt ihm die Akte wieder hin«, sagt Hunter in monotoner Stimmlage, ehe er sich mit der Hantelscheibe hinter dem Sessel positioniert. Ich weiß, dass er es genießt und dennoch glaube ich, dass er ihn einfach nur brennen sehen will.

Erneut trete ich vor Miller, halte ihm die Mappe hin. »Ich an deiner Stelle würde lesen«, mache ich ihn mit übertrieben freundlichem Tonfall auf die Tatsache aufmerksam, dass von seinen Eiern ansonsten nur noch Brei übrig sein wird.

Er blinzelt auffällig oft, ich wette, sein Puls hat die magische Zweihundert-Schläge-Grenze längst erreicht. »Obduktionsbericht … Ella Hunter«, keucht er und kneift die Augen zusammen, vermutlich, weil ihn der Schweiß stört.

»Weiter«, knurre ich, spüre dieselbe Wut in mir, die Hunter fühlen muss. Bis zum heutigen Tag habe ich ihm verschwiegen, was dieser Scheißkerl mit Ella angestellt hat. Es hätte Hunter nichts genützt, seine Irrationalität nur verstärkt.

»Sicht…Sichtbare Anzeichen von Ver…Vergewaltigung«, bringt er hervor.

Ich ziehe die Akte wieder zurück und deute Rico, sich zwischen Hunter und Miller zu stellen. Als ob er wüsste, dass es einem Himmelfahrtskommando gleicht, verweigert er den Befehl. Als wäre es ihm lieber, sofort von mir wegen Befehlsverweigerung abgeknallt zu werden. Ich lasse meinen Blick zu Hunter wandern und verstehe, warum. So habe ich ihn noch nie gesehen. Wie versteinert, mit dem Boden verschmolzen. Die Hantelscheibe fällt zu Boden, seine Hände bleiben in der Position. Schweißperlen bilden sich auf seiner Stirn, die Todeslust in seinen Augen jagt selbst mir einen Schauer über den Rücken. »Lasst uns allein.«

Drei Worte. So leise gesprochen, als ob sie vom Wind fortgetragen wurden.

Rico und ich bewegen uns nicht vom Fleck. »Nein.«

Obwohl es sich anfühlt, als würde ich mich einem wilden

Stier nähern, gehe ich langsam und mit leicht von mir gestrecktem Arm auf ihn zu. Der Boden knarzt unter meinen Füßen, Hunter sieht mich nicht an, behält Miller die ganze Zeit im Blick.

»Liam«, flüstere ich, als ich vor dem Sessel stehenbleibe, der uns noch trennt. »Nicht. Du weißt, dass er ein weitaus qualvolleres Ende verdient hat als den schnellen Tod.«

»Töte mich endlich«, keift Miller und spuckt auf den Boden. »Los, bring es hinter dich!«

»Stopf ihm das Maul«, fahre ich Rico an, der wie von der Tarantel gestochen aufspringt und nach einem alten Fetzen auf der Ablage greift.

Als ich mich Hunter wieder zuwende, löst sich Finger für Finger von der Lehne. »Ich werde ihn nicht gleich umbringen. Es wird lange dauern. Sehr lange.« Es ist ein Versprechen, das weiß ich, aber es ist sinnlos.

»Nichts davon bringt mir meinen Vater und dir deine Familie zurück«, entgegne ich ruhig, »aber es gibt etwas, das zumindest einen Funken Gerechtigkeit in diese verfickte Welt bringt. Vertrau mir. Bitte.« Ich beuge mich zu ihm, sodass die anderen beiden uns nicht hören können. »Du weißt, dass ich nicht flehe oder bettle, aber jetzt mache ich es: Vertrau mir. Schieb deinen Zorn zur Seite. Egal, was du ihm jetzt abschneidest, er würde seine gerechte Strafe nie erhalten. Er hat keine Angst vor dir … er hat Angst vor dem Schmerz.«

»Den kann ich ihm bescheren.«

Ich schüttele den Kopf. »Komm mit. Bitte.«

Nur widerwillig folgt er mir nach draußen. Das Haus ist außen nicht beleuchtet, um etwaige Arschlöcher davon abzuhalten, es zu entdecken.

»Okay … das hier wird jetzt kein schnulziges Gespräch zwischen uns beiden, verstanden? Aber du weißt so gut wie ich, dass wir uns an einem Wendepunkt befinden. Egal, wie dieser Abend ausgeht, wir müssen uns entscheiden, was …«, ich räuspere mich, weil es mir so verdammt schwerfällt, darüber zu reden, »mit uns passiert.«

Hunter sieht in die Ferne, fixiert dort einen Punkt, als suche er Halt. »Du willst mir sagen, dass ich ihn leben lassen soll? Ihn, den ich seit tausendfünfhunderteinundachtzig Tagen jage?«

»Nein … ich will, dass du dir meinen Vorschlag anhörst. Ob du ihn annimmst, überlasse ich dir. Wenn nicht, werde ich mit Rico und den beiden SWATs gehen und wir sehen uns nie wieder. Offiziell gibt es uns nämlich nicht mehr. Und nein, Hunter, das ist keine Erpressung. Ich lasse dir die Wahl … aber einer Sache kannst du dir bewusst sein: es wird dich nicht befriedigen, Miller zu töten. Ich wurde jahrelang von diesem unbändigen Hass angetrieben, ich wollte alles Erdenkliche mit ihm anstellen, aber ich habe erkannt, dass es viel schlimmere Dinge für ihn gibt, als von mir gefoltert und getötet zu werden. Dinge, vor denen er sich viel mehr fürchtet.«

Ich habe Angst. Dass er mich nicht ausreden lässt. Dass er einfach wieder hineinstürmt, um die Sache zu beenden. Ich nehme an, dass er im jetzigen Zustand nicht berührt werden will, deswegen halte ich ein wenig Abstand.

»Wenn du mich jetzt auslachst, werde ich dich erschießen, verstanden?«

Er sieht zwar zu mir, aber er verzieht keine Miene. Es ist eines der schwierigsten Dinge, die ich aussprechen muss, aber ich habe dazugelernt. Ich bin nicht mehr dieselbe Alecta wie noch vor wenigen Monaten.

»Wir sind ein Team. Obwohl wir strategisch unterschiedlicher nicht sein könnten, ähneln wir uns in vielen Punkten. Ich werde dich nicht anbetteln, zu bleiben. Niemals. Du hast zwar eine Schwäche in mir hervorgeholt, aber du wirst niemals einen heulenden Jammerlappen aus mir machen.« Ich hole tief Luft, ehe ich fortfahre. »Aber eigentlich sind wir mehr als ein Team, zumindest, was die emotionale Ebene anbelangt. Ich liebe dich. Und verdammt, es kostet mich so viel Überwindung, es dir zu sagen. Also Hunter … wir haben zwei Möglichkeiten: wir entscheiden als Team, was mit Miller passiert …«

»Oder?«, unterbricht er mich, die Härte in seiner Stimme trifft mich bis ins Mark, aber ich lasse mir seine abweisende Art nicht anmerken.

»Oder du ziehst es allein durch. Ich werde ihn nicht umbringen. Mein Plan beinhaltet, ihn jemandem auszuliefern, den er viel mehr fürchtet. Der Dinge mit ihm anstellen wird, auf die wir niemals kommen würden. Das ist meine Art, meinen Vater zu rächen und für Gerechtigkeit zu sorgen.«

Ich stelle mich vor ihn, lege die Hand auf seine Brust. Er zuckt zurück, aber ich bleibe hartnäckig. »Entscheide dich, Hunter. Allein oder als Team. Wenn du willst, dass sich unsere Wege nach diesem Drama trennen, dann kennst du die Antwort bereits. Wenn du willst, dass sie parallel weiterverlaufen, ebenso. Ich gebe dir fünf Minuten.«

Als ich mich umdrehe und weiter in der Dunkelheit verschwinde, wünschte ich, sie würde mich verschlucken. Ich habe nie jemandem mein Leben in die Hand gelegt – niemals. Die Angst, abhängig zu werden und nicht mehr selbst entscheiden zu können, war einfach zu groß.

Heute weiß ich, dass es keine Schwäche ist, das Leben mit jemandem zu teilen, es in andere Hände zu legen. Es kommt nur auf die Hände an. Auf den Menschen, dem sie gehören. Ich kann nichts dagegen tun, als die Tränen an meinen Wangen hinablaufen. Als ob jemand den Korken aus dem Fass gezogen hätte.

Die traurige Wahrheit ist, dass ich ihn liebe. Mehr als jeden anderen Typen zuvor.

Und dass irgendetwas in mir zerbrechen würde, wenn er geht.

Irgendetwas, das mir das Gefühl von Leben zurückgegeben hat.

LIAM

»Dad«, höre ich eine Stimme. Ich sitze mit June auf dem Sofa, sie trommelt mit ihren Händen gegen meinen Oberkörper, um meine volle Aufmerksamkeit zu bekommen. Ich habe Fronturlaub, genieße den letzten Tag mit meiner Familie. Ella sitzt neben mir und blättert in ihrem Rezeptbuch, während June sich besonders anhänglich an mich schmiegt. Als wüsste sie, dass sie mich die nächsten Monate wieder nicht zu Gesicht bekommen wird.

»Ja, Kleines?«

Ihre Augen leuchten auf, als sie ihre Hand flach auf meine Brust legt. »Mom sagt, wir sind ein Herz und eine Seele. Was tut das Herz, Dad?«

Ich werfe Ella einen amüsierten Blick zu. Sie schmunzelt, aber sie erwidert ihn nicht.

»Mit dem Herzen fühlt man, June. Wenn man glücklich, voller Freude oder traurig ist. Dein Herz schlägt auch schneller, wenn du eine neue Puppe bekommst, richtig?«

Sie nickt eifrig. »Und wie!« Ihre Fingerchen drücken sich fester gegen mein Shirt. »Und schlägt es auch schneller, wenn man jemanden lieb hat?«

Ich nicke. »Natürlich.«

Das Strahlen auf ihrem Gesicht ist eines der schönsten Geschenke, die sie mir machen kann. »Und schlägt es auch schneller, wenn man jemanden vermisst?«

»Ja, dann auch.«

Sie beugt sich nach vorn und schmiegt sich an meinen Oberkörper. »Dann wird meines die ganze Zeit schnell schlagen, wenn du wieder arbeiten musst, Daddy.«

Ich weine nicht. Niemals. Irgendwann nach dem Tod meiner Familie habe ich es verlernt. Aber den Kloß in meinem Hals kann ich nicht mehr leugnen. Er schnürt mir die Luft ab, lässt mich würgen. Ich stolpere nach vorn, stütze mich an der Säule auf der Veranda ab und schließe die Augen. Es ist nicht mehr nur die Wut, die mich beherrscht, es ist die unbändige Trauer, das verloren zu haben, was meinem Leben einen Sinn gab. Ich war nie der emotionale Typ. Ich hätte auch nie gedacht, dass ich eines Tages heiraten und ein Kind in die Welt setzen werde – bis zu dem Zeitpunkt, als ich Ella traf, gab es nur die Seals für mich. Nichts anderes. Später haben sich die Prioritäten verschoben.

Und trotz meines Hasses auf Miller existiert noch ein Funke Rationalität in mir. Alecta hat recht … nichts wird mir meine Familie zurückgeben, nichts wird die Trauer erleichtern, aber jetzt gibt es einen Menschen, der genau weiß, was es bedeutet, jemanden zu verlieren und gleichzeitig nicht trauern zu können. Von Rache besessen zu sein.

Bis jetzt wollte ich den Zustand des Alleinseins nicht ändern … niemals.

Ich öffne die Augen wieder, blicke zu der Stelle, an die sich Alecta zurückgezogen hat. Sie steht mitten auf der Wiese, so viel kann ich im Mondschein erkennen. Noch nie war es so klar wie jetzt, was ich zu tun habe. Ich werde mich nie kastrieren lassen, aber sie hat recht, manche Entscheidungen kann man gemeinsam treffen, bevor man sie mit Tunnelblick anvisiert.

Ich stoße mich von der Säule ab und gehe auf sie zu. Erst als ich näher komme, bemerke ich, dass sie zittert. Langsam schließe ich die Arme um sie, ziehe sie fest an mich und halte sie einfach.

»Als Team«, flüstere ich und es dauert nur den Bruchteil einer Sekunde, bis sie sich entspannt und hörbar aufatmet. Ich fahre mit der Hand an ihrem Bauch hinauf, zu ihrem Schüsselbein über ihren Hals, bis ich ihre Wangen erreiche. Sie hat geweint. Jemand Starkes wie sie hat geweint.

»Aber du musst verstehen, dass ich ihn nicht davonkommen lassen kann. Ich *kann* es nicht.«

Sie dreht sich um und blickt mir entgegen. Ihr Gesicht wirkt im Schein des Mondes unnatürlich bleich. »Ich weiß. Und das hätte ich auch nie von dir verlangt.«

»Gut. Was hast du vor?«

»Gleich, Hunter, wir sprechen gleich darüber.« Noch bevor sie den Satz beendet, hat sie nach oben gegriffen und mein Gesicht zu sich hinuntergezogen. Ich schmecke etwas Salziges, als sie mich küsst. Intensiv, forsch und doch verzweifelt. Sie hatte Angst. Angst, dass ich mich gegen sie entscheide. Stöhnend umfasse ich ihren Körper, schiebe meine Zunge in ihren Mund, fahre gleichzeitig mit den Händen über ihren Rücken. Sie löst sich rasch von mir, verharrt mit den Lippen vor meinen.

Ich weiß, dass der Zeitpunkt endlich da ist. Dass es sinnlos ist, sich noch zu wehren. »Ich liebe dich, verstanden? Ich werde niemals dein Schoßhund sein oder deinen Befehlen widerstandslos gehorchen, aber ich werde dich vor jedem Wichser beschützen, der dir zu nahe kommt. Ich bleibe, wenn du willst, dass ich bleibe. Aber nicht hier, nicht in den USA.«

Ich spüre sie lächeln. »Nein, nicht hier. Ich hätte auch schon einen Plan, aber zuvor bringen wir die Sache mit Miller zu Ende.«

Sie greift nach ihrem Smartphone und hält es hoch. »Willst du jetzt wissen, was ich mit ihm vorhabe?«

Eine Viertelstunde später betreten wir wieder das Innere. Rico hat den Blick zu Boden gesenkt, während er unruhig auf einem Fuß trippelt. »Danke, dass ihr euch nicht umgebracht habt.«

»Schweig«, schießt Alecta in seine Richtung und wendet sich wieder an Miller. »Hast du dich gut erholt, während wir eine Pause eingelegt haben?«

Sein Gesicht ist blutverschmiert, die Arroganz aus seinen Augen verschwunden. Alecta neigt den Kopf zur Seite und betrachtet ihn prüfend. »Du denkst, du hast Schmerzen. Kleines Arschloch, du hast keine Ahnung von wahren Schmerzen. Ich habe überlegt, dich dem Sinaloa-Kartell auszuliefern, aber es gibt jemanden, der noch größeres Interesse an dir hat.«

Sie nickt mir zu und wir tauschen die Plätze. Ich ziehe einen Sessel zu mir und lasse mich darauf nieder, bevor ich mich nach vorn beuge und die Finger ineinander verschränke. »Du denkst noch immer, einer von uns beiden tötet dich, oder?«

»Mach nur«, zischt er, »halt mir nur den Lauf an die Stirn. Ich habe keine Angst vor dir.« Noch immer dieses dreckige Lachen, obwohl ich ihm kurz zuvor die Eier zermalmt habe.

»Du hast Ella vergewaltigt«, entgegne ich kalt, nicke Rico zu, damit er mir die Hantelscheibe bringt. Millers Blick wird fahrig, aber bis auf ein Schlucken folgt keine weitere Reaktion. Ich nehme den schweren Gegenstand entgegen und lege ihn auf meine Oberschenkel.

»Es war geil, sie hat gestöhnt wie eine Hure. Eine kleine Machtdemonstration, du verstehst es sicher, nicht wahr?«

Ich muss die Impulsivität in mir kontrollieren, mir bleibt keine andere Wahl. Ich hätte Alecta diese Brutalität niemals zugetraut, aber ich weiß, dass dieser Weg der gerechtere ist. Der mit den meisten Schmerzen.

»Du wirst bald wissen, wie es ist, wie eine Hure zu stöhnen«, flüstere ich und fahre mit dem Daumen über die Hantelscheibe. »Ich wollte dich tot sehen, Miller. Zu Tode gefoltert, besser gesagt. Aber Alecta hat recht, manchmal ist es besser, wenn andere den Job übernehmen. Bevor dieser Jemand den Raum betritt, kläre ich dich noch über das sogenannte Trentuno auf. Ich muss gestehen, ich kannte es selbst nicht.« Obwohl ich jetzt weiß, dass nicht ich ihn umbringen werde, fühlt es sich nicht minder gerecht an. »Gewisse Mafiatypen haben einen Kodex: Auge um Auge, Zahn um Zahn. Ich weiß jetzt, warum Alecta diese Strafe für dich gewählt hat. Du wirst von einunddreißig Männern vergewaltigt werden, bevor man dich dem Boss überlässt. Ich hörte, seine Arten, zu töten, übertreffen selbst die des Sinaloa-Kartells. Ich durfte bereits Bekanntschaft mit ihm machen.«

Gott, wie sehr ich die Angst genieße, die sich jetzt durch seinen Körper ausbreitet. Ich stehe auf und sehe Alecta an. »Er kann kommen.«

Immer kurz bevor ich jemanden getötet habe, war da dieser Rausch. Dieses Summen in den Ohren, das wilde Schlagen meines Herzens. Ich habe für dieses Gefühl gelebt und nicht gedacht, dass es etwas Besseres, Einnehmenderes geben könnte. Ich habe mich getäuscht.

Wenig später öffnet sich die Tür und Miguel Flores erscheint. Nicht, wie ich ihn bei meiner letzten Begegnung in Erinnerung habe, sondern weitaus gefährlicher, entschlossener. Keine Spur eines Lächelns ist auf seinen Zügen zu sehen, auch nicht, als er mir und Alecta zunickt. Er hat ein Maschinengewehr in der Hand, wird von drei Typen flankiert, die ich bereits von der Waffenübergabe kenne.

Ja, es fühlt sich verdammt gut an, Miller in seine Hände zu geben. Niemand, nicht einmal ich, könnte ihn gerechter bestrafen als Flores.

»Gut, dass du mich in diesen Plan miteinbezogen hast, Alecta. Du hast ja keine Ahnung, was meine Leute mit ihm anstellen wollen.«

»Nein«, flüstert Miller. »Nein!« Er rüttelt am Sessel, versucht, davonzuhüpfen, aber es endet nur darin, dass er zur Seite kippt und auf dem Boden liegen bleibt. Wo ich geglaubt habe, bereits Furcht in seinen Augen zu sehen, so quellen sie jetzt davon über. Das hat nichts mehr mit Panik zu tun … es ist Todesangst.

Bevor sie ihn mitnehmen, gehe ich in die Hocke und beuge mich zu ihm. »Du hättest nie Hand an meine Familie legen sollen. Niemals. Ich wünsche dir viel Spaß mit Miguels Truppe.«

Es sind die letzten Worte an ihn. Mehr habe ich nicht mehr zu sagen. Als ich aufstehe, brüllt er wie am Spieß, wehrt sich gegen die beiden Typen, die ihn hochzerren und die Fesseln durchtrennen.

»Nein! Das könnt ihr nicht machen! Das könnt ihr nicht! Bei Gott, nein!«

Flores sieht ihn emotionslos an, als er an ihm vorbeigeschafft wird. Er geht zu mir, das erste Mal seit er den Raum betreten hat, zucken seine Mundwinkel leicht. Seine Hand landet auf meinem Oberarm, klopft dagegen. »Du tust das Richtige. Miller gehört zum engen Kreis des Sinaloa-Kartells. Sie haben Frauen und Kinder entführt. Ich werde hier nicht ausbreiten, was sie mit ihnen angestellt haben. Mir gefällt die Kombination aus italienischen und mexikanischen Foltermethoden. Ich fürchte, du bist in Zukunft doch nicht mehr für einen Auftrag zu haben, oder?« Er holt einen Joint hervor und steckt ihn sich zwischen die Zähne. Sein verbliebener Handlanger zündet ein Feuerzeug und hält es ihm hin. Die Flamme frisst sich in das weiße Papier, Rauch steigt auf und Flores nimmt einen tiefen Zug.

»Ich denke nicht.« Dabei wandert mein Blick zu Alecta. »Allerdings laden wir dich gern in unser neues Domizil ein. Irgendwo in Südamerika.«

Er nickt. »Gute Wahl. Dort kommen wir uns auch nicht ins Gehege. Ich denke nicht, dass ihr euch aus dem Waffenhandel zurückziehen werdet?«

Alecta zuckt mit den Schultern. »Wer weiß schon, was in Südamerika auf uns wartet.«

»Hm … viele Aufständische, die eine Freude mit dir hätten.« Flores war schon immer ein Mann knapper Worte, weshalb er sich auch dieses Mal schnell aus dem Staub macht. An der Tür dreht er sich noch einmal um. »Ich lasse euch dann ein kleines Präsent zukommen.«

Ich kann mir denken, wie dieses Präsent aussieht. Irgendein Teil von Miller. Dann schlägt er die Tür zu und lässt uns allein zurück. Das Geräusch eines startenden Motors erfüllt die Nacht, quietschende Reifen folgen, ehe sich wieder völlige Stille über uns legt. Als wäre Miller nie hier gewesen.

Unsicher steht Alecta hinter dem kleinen Sofa, fährt mit der Hand über den vergilbten Stoff. Die Stille zwischen uns wird erdrückend. Ich gehe auf sie zu, nehme sie in die Arme und küsse sie. »Danke.« Ein Wort, das mir sonst so schwer über die Lippen kommt, fühlt sich jetzt selbstverständlich an. Ihr Lächeln jagt meinen Puls nach oben.

»Du hast genug Zeit, um mir deine Dankbarkeit zu zeigen, Hunter.«

»Gut. Hiermit biete ich Ihnen meine Dienste als Bodyguard an, Miss Di Salvo. So in etwa begann doch unser Bewerbungsgespräch, oder?«

Sie fährt mit dem Daumen über meine Unterlippe. »In deinem Fall lautet die Jobausschreibung anders: Liebhaber.«

»Ich kann mit beidem leben.«

»Gut. Adrian bringt uns über die Grenze. Ein Anruf genügt und der Helikopter startet. Es gibt allerdings noch einen Punkt, den du wiedergutmachen solltest.«

Ich sehe sie fragend an. »Nur einen?«

»Meine Mutter ist stinksauer auf dich, sie hat allerdings entschieden, in Italien zu bleiben, bis wir eine uneinnehmbare Burg in Südamerika aufweisen können, bei der sie nicht Gefahr läuft, gekidnappt zu werden.«

»Eigenes Domizil, gemeinsame Zeit, Paar … das hört sich scheiß normal an, ist dir das klar?«

Sie nimmt mein Kinn zwischen ihre Finger und drückt zu. »Scheiß normal hat sich noch nie so gut angefühlt. Aber keine Sorge … in Südamerika wartet viel Arbeit auf uns. Immerhin wissen wir, dass das normale Leben auf Dauer nichts für uns ist.«

Es gibt etwas Gutes an Miller. Ohne ihn wäre ich vermutlich niemals auf Alecta getroffen.

Sie ist der lebende Beweis, dass man einen Skorpion von seiner Mordlust befreien kann.

Ich der lebende Beweis, dass man auch eine Viper bändigen kann.

Es sollte sich dennoch besser niemand mit einem solchen Duo anlegen. Das mündet zweifellos im Tod.

ALECTA

Sechs Monate später …

Sonnenstrahlen fallen durch das geöffnete Fenster, tauchen das Schlafzimmer in sanftes Licht. Eine Brise weht hinein, lässt die weißen, halbdurchsichtigen Vorhänge tanzen, leicht und völlig frei. Genauso, wie wir uns fühlen.

Lächelnd vergrabe ich mein Gesicht in dem weichen Kissen. Ich hätte nie gedacht, dass ich mich hier wohlfühlen könnte. Ein verhältnismäßig kleines Haus, wenn man mein letztes Domizil betrachtet. Nicht groß, aber es reicht zum Leben.

Es ist so schön hier, ruhig, abgeschieden – der perfekte Ort, um sich um das Business zu kümmern. Rico ist für die Verschiffung der Waren verantwortlich. Er ist in Amerika geblieben, um dort für uns die Geschäfte zu leiten. Es hat mich einige Mühen gekostet, ihn davon zu überzeugen, dass Liam auf mich aufpassen wird. Und nun befinden wir uns hier, in unserem eigenen, kleinen Paradies.

Fernab des FBI. Fernab von meinem alten Leben.

Die Decke hinter mir raschelt, die Matratze senkt sich ein. Ich spüre einen warmen Körper an meinem Rücken und einen starken Arm, der sich um meine Taille legt.

Sanft berühren mich Lippen an der Schulter, hauchen Küsse auf meine Haut und hinterlassen ein aufregendes

Kribbeln. Sie wandern zu meinem Nacken und schließlich fühle ich, wie seine Zähne in mein Ohrläppchen beißen und mein Unterleib danach schreit, zu wiederholen, was wir in der vergangenen Nacht veranstaltet haben.

»Guten Morgen, Mrs. Garcia«, murmelt er leise, vergräbt sein Gesicht in meinen Haaren, sodass ich seinen Atem spüren kann. »Wie fühlt man sich als Frau eines gesuchten Mannes? Bereust du es schon?«

»Guten Morgen, Mr. Garcia«, hauche ich zurück. »Du meinst wohl, eines totgeglaubten Mannes.«

Einen kurzen Augenblick horche ich in mich hinein. Vor einer Woche haben wir uns in einer kleinen Kapelle geschworen, einander zu beschützen. Bis dass der Tod uns scheidet, was angesichts unserer Jobs nicht so abwegig ist, aber daran will ich nicht denken. Wir haben auf kitschigen, lächerlichen Scheiß verzichtet, aber verheiratet zu sein hat eben gewisse Vorteile, nicht nur steuerlich.

»Du wirst kein Gesülze von mir hören«, ziehe ich ihn auf und schmiege mich trotzdem mit einem breiten Grinsen an ihn. Ich bin glücklich. Wann konnte ich das das letzte Mal von mir behaupten?

»Ich wäre auch enttäuscht gewesen, hättest du mich mit Liebesschwüren überhäuft.«

Ich hätte nie gedacht, dass mein Leben sich so entwickeln würde. Ein anderer Name, eine neue Identität. Wir haben in Brasilien eine Heimat gefunden, fern ab von dem ganzen Scheiß, der uns in Atlanta widerfahren ist. Hier kennt uns niemand. Und hier werden wir nicht gesucht. Denn Alecta Di Salvo und Liam Hunter sind tot.

Wir haben die Chance, von vorn anzufangen. Uns ein neues Business aufzubauen, um ähnliche Aufständische wie in Mexiko zu unterstützen. Waffenhandel wird immer mein Steckenpferd sein, es gehört zu mir.

»Hast du Hunger?« Als sein Magen bestätigend knurrt, löse ich mich aus seiner Umarmung. »Ich würde dir ein Frühstück machen, aber ich fürchte, das überlebst du nicht. Susanna wird sich darum kümmern. Kannst du währenddessen die Zeitpläne noch einmal durchchecken und dich mit Rico abstimmen?«

»Sag mir nicht, was ich zu tun habe«, brummt er und vergräbt seinen Kopf im Kissen.

»Es darf nichts schiefgehen, Liam. Es ist das erste Mal, seit wir Atlanta verlassen haben, dass wir uns wieder ins Geschäft einmischen. Wir dürfen uns keine Fehler erlauben.«

»Ja, ja, schon gut.«

Ich schlüpfe in meine kurze Hose und ein schwarzes Top, die Haare binde ich mir zu einem Pferdeschwanz zusammen. Auf nackten Sohlen tapse ich in die Küche, in der Susanna bereits hantiert. Die füllige Brasilianerin denkt noch immer, wir sind ein einfaches Paar, das aus seinem stressigen Leben ausgestiegen ist. Ich habe sie engagiert, weil sie keine Fragen stellt. Das gefällt mir.

»Guten Morgen, *Señora*, darf ich Ihnen ein Frühstück zubereiten?«

Ihre weißen Zähne stehen in starkem Kontrast zu ihrer olivfarbenen Haut. Ihr Lächeln ist ehrlich, das sehe ich auf den ersten Blick. Sie arbeitet gern für uns. »Das wäre gut.«

Der Kaffee steht bereits auf der Theke, die den Küchenbereich vom Wohnzimmer trennt. Ich setze mich auf den Hocker, greife nach der Tageszeitung und nehme einen Schluck. Köstlich. Es gibt keine besseren Bohnen als diese hier in Brasilien.

Die Speckscheiben ziehen sich zischend zusammen, verströmen einen Duft in der Küche, der nun auch meinen Magen zum Knurren bringt. Schritte auf den knarzenden Dielen verraten mir, dass Liam es geschafft hat, sich aus dem Bett zu quälen. Heute ist unser letzter freier Tag, bevor Bonnie und Clyde ihr Comeback verkünden. Die Vorfreude lässt Schmetterlinge in meinem Bauch flattern. Wir haben genug Zeit verstreichen lassen, um auszuschließen, dass noch jemand an unserem Tod zweifelt.

»Guten Morgen, *Señor*, für Sie steht auch ein Kaffee bereit«, zwitschert Susanna und deutet auf die zweite Tasse, während sie ihm zuzwinkert.

»Danke«, brummt er und greift danach. »Ich bin im Arbeitszimmer. Mich mit Rico kurzschließen.« Die imaginären Gänsefüßchen, die er dabei in die Luft malt, zeigen nur zu deutlich, was er davon hält. Aber auch er wird lernen, dass er eben manchmal nach meiner Pfeife tanzen muss.

Ein Klopfen an der Tür hält mich davon ab, eine Unterhaltung mit Susanna zu beginnen. Ich rutsche vom Hocker und stelle den Kaffee auf dem Tresen ab. »Ich gehe schon«, rufe ich, damit Liam sich nicht von seinem Schreibtisch fortbewegen muss.

Vor unserem Haus wartet der Postbote und hält breit grinsend ein Paket in die Luft. »Heute habe ich etwas mehr als elendige Rechnungen für Sie, Mrs. Garcia.«

Lächelnd nehme ich es entgegen und unterschreibe die Übergabe. »Vielen Dank, Mr. Fernandes. Grüßen Sie Ihre Frau von mir, ich werde morgen vorbeikommen und für das Wochenende einen Kuchen bei ihr bestellen.«

»Das wird sie sicher freuen, *Señora*. Planen Sie eine Feier?«

Ich zwinkere ihm verschwörerisch zu. »Gibt es nicht immer etwas zu feiern, Mr. Fernandes? Und wenn es nur das Leben selbst ist.« Und der hoffentlich erfolgreiche Abschluss eines Deals.

Er nickt. »Selbstverständlich, Mrs. Garcia. Ich wünsche Ihnen und Ihrem Mann noch einen schönen Tag.«

»Das wünsche ich Ihnen auch.« Ich warte, bis er auf sein Fahrrad steigt und auf wackeligen Rädern den holprigen Steinweg zurück zur Straße fährt. Kopfschüttelnd schließe ich die Tür und schaue mir das Paket näher an, während ich zu Liam ins Büro gehe. Es ist ein unscheinbarer Karton, nicht sonderlich groß.

»Erwartest du ein Paket?«, frage ich meinen Mann, doch er schüttelt nur den Kopf.

»Steht kein Absender drauf?«

Suchend drehe ich es hin und her. »Nein. Nur …«

Ich weiß nicht, ob es aus einem Reflex heraus passiert, aber er stürmt nach vorn, reißt das Paket an sich und schleudert es in die gegenüberliegende Ecke, ehe er mich packt und nach draußen schubst. Stolpernd fange ich mich im Flur, halte mich mit letzter Kraft an der Wand fest.

»Liam, bist du wahnsinnig?«, keuche ich, taste mich an dem rauen Putz entlang und komme wieder in die Senkrechte.

Er sieht mich an, als hätte ich meinen klaren Verstand in Atlanta zurückgelassen. »Wie kannst du nur so unvorsichtig sein? Das könnte eine verdammte Briefbombe sein!«

Ich runzele die Stirn. »Von wem? Wir sind tot, schon vergessen? Außerdem wollte ich dir gerade sagen, dass MF auf dem Paket steht.«

Irgendwie finde ich es heldenhaft, dass er mich immer noch mit seinem Leben beschützen will, aber er sollte schon gelernt haben, dass ich selbst auf mich aufpassen kann.

»Oh«, kommt es nur zurück und er kratzt sich am Hals, als wäre er soeben in das Fettnäpfchen seines Lebens getreten. Augenrollend gehe ich zurück, greife nach dem Cutter am Schreibtisch und hole das Paket aus der Ecke. Als ich die Klappen öffne, erblicke ich einen rosafarbenen Briefumschlag, darunter eine kleine Box. Ich nehme den Brief heraus und hole eine Glückwunschkarte hervor, während Liam die Kiste jetzt doch näher betrachtet.

»*Mis amigos, anbei ein kleines, wenn auch verspätetes Hochzeitsgeschenk. Wie versprochen. Hat nur Monate gedauert, euch zu finden. M.F.*«, lese ich den Inhalt der Karte vor. Die Schrift ist krakelig, mit Sicherheit die eines Mannes.

»Miguel Flores«, schlussfolgert Liam und hält mir mit

einem satanischen Grinsen auf den Lippen die geöffnete Box entgegen. »Er hat sein Wort gehalten.«

Neugierig beuge ich mich vor. »Ist das …?« Ich räuspere mich. »Millers Schwanz? Oder besser gesagt, das, was davon noch übrig ist.«

Hunter grinst. »Der Scheißkerl hat seine gerechte Strafe erhalten.«

Erst jetzt spüre ich, wie mir ein Stein vom Herzen fällt. Ich dachte, mich seit unserer Ankunft in Brasilien bereits frei zu fühlen. Doch es war nichts im Vergleich zu der Genugtuung, die mich gerade in diesem Moment durchströmt. Mein Blick trifft den meines Mannes. Der Glanz in seinen Augen verrät mir, dass er genauso empfindet.

Es ist vorbei.

Die Vergangenheit liegt hinter uns.

Zeit, den brasilianischen Staat aufzumischen

EPILOG

NEVILLE RAMS

Atlanta, ein Jahr später …

Ich habe von der Besten gelernt.

Woher beziehen die Rebellen die Waffen? Welcher Drogenboss mischt sich in den Bürgerkrieg Brasiliens ein?

Die Schlagzeilen, die auf meinem Bildschirm aufploppen, bringen mich zum Grinsen. Alecta und Hunter haben es geschafft, leben jetzt unter einem anderen Namen in Brasilien und mischen dort das System auf.

Wie gut, dass ich mein Wissen dazu nutzen kann, die beiden im Auge zu behalten.

Seit sich Alectas und meine Wege getrennt haben, wurde mir erst bewusst, was ich wirklich mit meinen Fähigkeiten anstellen kann. Obwohl ich Hunter, dieses verdammte Arschloch, niemals gutheißen werde, bin ich seinem Rat gefolgt und habe mich in eine andere Person verwandelt. Den Neville Rams von vor einem Jahr gibt es nicht mehr. Andere Frisur, neue Haarfarbe, muskulösere Statur. Auch wenn ich in meinem Inneren immer der zahlenliebende Nerd sein werde, erinnert vom Äußeren her nichts mehr an die Person, die ich einst war.

Ich habe einen Befehl befolgt und Evelia außerhalb Atlantas ausgesetzt, mit einer kleinen Warnung im Nacken: sie sollte besser niemandem erzählen, dass sie zum Sinaloa-Kartell gehört, andernfalls würde sie von tausenden blutrünstigen Mitgliedern verfolgt werden. Wenn man einmal gefangen genommen wurde, gibt es kein Zurück. Das Kartell kennt keine Gnade.

Glücklicherweise haben meine Recherchen ergeben, dass sie jetzt in Montana wohnt und dort in einem Krankenhaus arbeitet. Sie scheint den Sprung zurück in das normale Leben geschafft zu haben.

So wie ich in ein neues.

Mein Blick fällt auf das Firmenlogo an der unteren Ecke des PCs.

Rams Ltd.

Offiziell eine Softwarefirma, die Kunden alle Wünsche erfüllt. Inoffiziell nutze ich sie als Deckmantel für meine weniger legalen Geschäfte. Waffenhandel juckt mich nicht.

Es ist viel interessanter, Falschinformationen zu streuen oder zu verhindern, dass Lieferungen ihren Zielort erreichen.

Alecta hat mir beigebracht, wie ich das System mit Waffenlieferungen zu Fall bringen kann. Allerdings halte ich nichts davon, mir die Finger schmutzig zu machen und an Übergabeorten zu erscheinen, nur damit mir dort jemand eine Kugel in den Kopf jagt. Tatsächlich ziehe ich es vor, von meinem Arbeitsplatz aus zu agieren, dafür zu sorgen, dass bestimmte Kartelle in sich zusammenbrechen.

Mein neuester persönlicher Auftrag ist die Zerschlagung des Sinaloa-Kartells.

Ich bin es Alecta schuldig, immerhin hat sie dieses Ziel monatelang verfolgt und tut es noch immer. Mir ist bewusst, dass ich mich damit in gefährliche Gewässer begebe, aber es wird Zeit, die größeren Fische im Ozean anzuknabbern.

Ich hätte mir keinen besseren Firmensitz als Atlanta vorstellen können. Die Stadt, die mich an so vieles erinnert, die mich geformt hat. Ich bin niemand, der Vergangenem nachtrauert, aber manchmal vermisse ich die Zeiten mit der temperamentvollen Italienerin.

Als es an der Tür zu meinem Arbeitszimmer klopft, lasse ich den Bildschirmschoner aufploppen. Jennifer, meine persönliche Assistentin, stöckelt auf mich zu, sie trägt wieder dieses Lächeln auf den Lippen, das nicht ahnen lässt, wie versaut sie zwischen den Laken sein kann. Ja, Jennifer fickt gut, aber die Herzchen in ihren Augen haben dort nichts zu suchen. Ich fürchte, es wird Zeit, nach einer neuen Sekretärin Ausschau zu halten.

»Entschuldigen Sie die Störung, Sir, aber ich fürchte, das wird Sie interessieren.« Mir fallen als Erstes ihre perfekt manikürten Finger auf, die ihr Tablet fest umschlossen halten, als würde es sich um einen kostbaren Schatz handeln.

Ich runzele die Stirn und lehne mich in meinem Ledersessel zurück. »Ich höre.«

Sie weiß, wie sehr ich es hasse, bei meiner Arbeit gestört zu werden. An den fahrigen Bewegungen ihrer Finger und dem Knabbern an ihrer Unterlippe erkenne ich, dass es sich um etwas Wichtiges handeln muss.

Sie holt tief Luft, bevor sie beginnt. »Ihr Anwesen in Wyoming wurde in die Luft gesprengt«, platzt es aus ihr heraus und sie reicht mir das Tablet.

Ich zucke kurz zusammen. Soll das ein Scherz sein? »Was heißt, in die Luft gesprengt? Wollen Sie mich verarschen?« Ich schnappe mir das Gerät und starre auf den Bildschirm.

Mein Wochenendhaus. Oder besser gesagt, das, was noch davon übrig ist. Asche. Herumliegende Holzsplitter, ein riesiger Krater in der Mitte, wo das Wohnzimmer gestanden hat. »Was zur Hölle …?«, bringe ich über die Lippen, reiße mir die Brille von der Nase und reibe mir die Augen. Das kann unmöglich echt sein.

»Die Ermittlungen haben vor einer Stunde gestartet. Es wurde zu meinem jetzigen Wissensstand bis auf einen ungewöhnlichen Gegenstand nichts dort gefunden.«

Ich fahre mit dem Finger über das Display, tippe auf das sogenannte Beweismaterial und erstarre. Egal wie betrunken oder sediert ich wäre, an diesen Anhänger würde ich mich immer erinnern.

Ich habe ihr beschissenes Leben gerettet und sie dankt es mir so?

»Verzeihung, Sir, kennen Sie den Besitzer dieses Schmuckstücks?«

Ich gebe ihr das Tablet zurück und würdige sie keines Blickes, als ich das Büro verlasse. Irgendetwas wird hier gespielt.

Du willst mich herausfordern?

Du kannst dich nicht vor mir verstecken.

Nirgends.

Ich finde dich, Evelia Fields.

DANKSAGUNG

Eine Geschichte zu schreiben, ist wirklich nicht leicht. Die Queen hat uns beide ganz schön gefordert – auf vielen verschiedenen Ebenen. Die Protagonisten sind knallhart, das Setting keine leichte Kost. Wir mussten viel recherchieren, umdenken und aufpassen, dass uns Liam und Alecta nicht auf der Nase herum tanzen, denn sie sind wirklich gut darin, ihre Geschichte selbst zu gestalten.

Wir haben viel Zeit mit den Charakteren verbracht, sind gemeinsam durch Höhen und Tiefen gegangen und wahnsinnig stolz, ihre Geschichte nun auf euch loslassen zu dürfen.

Doch das alles hätte nicht funktioniert, wenn wir nicht so liebe und fleißige Helferinnen an unserer Seite hätten:

Vielen Dank an unsere Testleserinnen Patricia, Sarah und Sam für das kritische Feedback.

Danke an Marie für das überwältigend-grandios-perfekte Cover.

Dann wäre da Katha, die beste Lektorin der Welt, die uns im wahrsten Sinne des Wortes die Augen geöffnet und uns aus der Verzweiflung geholt hat. Fühl dich geknuddelt und geknutscht und mit unserer Dankbarkeit überhäuft.

Danke an unsere Korrektorin für den letzten Feinschliff unserer Geschichte.

Auch möchten wir uns herzlich bei unseren lieben Bloggerinnen bedanken, die uns tatkräftig bei der Veröffentlichung unterstützt haben: Patricia, Sarah, Yassi, Nici, Corinna, Enya, Vic, Jacki, Rebecca, Chrissi und Judy.

Und wir danken dir, liebe Leserin, lieber Leser, fürs Kaufen, Lesen und Mitfiebern. Wir hoffen, die Geschichte von Alecta und Liam konnte dich ebenso fesseln wie uns.

Cheers,

Jo und Valérie

Folge den Autorinnen auf Social Media:
www.instagram.com/jo.d.shannon
www.instagram.com/valeriedarcy.autorin